吕新作品系列

消逝的农具

吕新/著

山西出版传媒集团 北岳文艺出版社
BEIYUE LITERATURE & ART PUBLISHING HOUSE
·太原·

图书在版编目(CIP)数据

消逝的农具 / 吕新著. — 太原 : 北岳文艺出版社，2018.1
(吕新作品系列)
ISBN 978-7-5378-5390-3

Ⅰ. ①消… Ⅱ. ①吕… Ⅲ. ①中篇小说—小说集—中国—当代 Ⅳ. ①I247.5

中国版本图书馆CIP数据核字(2017)第266691号

书名:消逝的农具
著者:吕　新

策　　划:续小强
责任编辑:马　峻

项目统筹:马　峻
装帧设计:张永文
印装监制:巩　璠

出版发行:山西出版传媒集团 · 北岳文艺出版社
地址:山西省太原市并州南路57号
邮编:030012
电话:0351-5628696(发行部)　0351-5628688(总编室)
传真:0351-5628680
网址:http://www.bywy.com　E－mail:bywycbs@163.com
经销商:新华书店　印刷装订:山西人民印刷有限责任公司

开本:890mm×1240mm　1/32　字数:185千字
印张:8.5　版次:2018年1月第1版　印次:2018年1月山西第1次印刷
书号:ISBN 978-7-5378-5390-3
定价:38.00元

目录

南方遗事

——遥望民间早期象征主义的磨坊

一

穿过二十里以外的稀疏的云彩，我望见了那种四季常青的语言之树。

语言下面是一个虚构的时期。

下面是明亮的稻田和茂密的芦苇，南方众多的水汪汪的河汊子遍布在一种烟雨迷蒙的历史中。最初的某一天，我坐在一辆蒙有绿色篷布的马车上，面对着的是河两岸星星点点的民间历史和传说。

整整几年，我们都在绚丽的五谷中经过。沿途是传说中的房屋和松散的歌谣。

正月初一，我站在一排模糊的警句和格言的后面，我听见民间的爆竹有如秋日的扁豆，初二早晨的墙角里残血点点。

我来时的路上，田野萧瑟，狂风大作，我听见天空里一直都在打雷，但始终没见下雨。从初一到十五，我跟在远去的旱船的后面，路上有失散的鞋，有短短的蜡烛和一些肉红色的胡桃。那时候，我站在舞狮者的后面，我听见红纸的公鸡啄食着干瘪的谷粒，在低远的村落里一遍一遍地啼唱。

一个背景有些苍茫的冬天，我望见吴发坐在水边钓鱼。

二

圆形的水有如我的呼吸和身世。我坐在一些年代里的蓝色丘陵上眺望，两边都是页码凌乱的民间著作。我想象水中的鱼，它们平滑的背部铭刻着早年的声音和梦想。后来的一些年，天气一天不如一天。夕阳西下染红了城墙，我腿部的树枝繁叶茂，黑木耳幽雅地挺着。

夜里，幽闭的红灯笼失眠至天亮。

我坐在夜晚的杂粮堆上，我记得吴发是一个脸色苍白的民间工匠。

吴发在最初的一个开头下着小雨的故事里想起了弟弟吴天。在吴天的小腹上日夜活跃着部分形体消瘦的白色曲线，如同先辈们的稀疏的白发。天气渐渐转暖，吴发连续许多日子都在用他的同一张苍白的脸久久地眺望着吴天。吴天是二月初生下来的，随同吴天一起到来的还有一株颜色鹅黄的药草。

我行走在二月份的面粉中，我听见这个季节里有许多的小动物都在低声交谈，河流两岸的气氛寂静如初。

很早的时候，吴天就感到在寂寥的民间有一张苍白的脸在久久地向他眺望，他记下了一种十分流畅的语言。他初来乍到，二月的面粉使他恍若置身于一个混沌而无边的年代。

遥望早年间干净清澈的水，吴发已经推算出水中是一条年幼的鱼。吴发短暂的一生依附在一块发白的石头上，他发现河面上的船离他越来越远，四周的景色如古人的字画。他听见阵阵空洞无物的锣鼓声在一些久远的年代里响着，天光正在渐渐发白。

黎明抵达的时候，吴发钓上的那条鱼已经十分苍老了，有如吴发的爷爷。雪白的胡须，鱼骨和鳞片松动如晚年的关节和牙齿。鱼颤颤巍巍地坐进吴发身边的一只木桶里后，一抹鲜红的阳光浮出了水面。

其时，一种典型的规范化的语言清晰可触地呈现在附近的一些树干上。光影和水色使吴发对一切都感到异常陌生，飘拂的树影和银色的鳞片弄痛了他的眼睛。他看见吴天手举斧子的姿势有些幼稚吃力，甚至令人可笑。吴天用一种十分荒唐的姿势挥动斧子，披散在肩头的树枝斑斓无比地浮现着他的一生，水边回响着近乎荒唐的声音。那时候，吴天的一根金色的眉毛曾亮亮地在吴发的记忆里闪了一下。

某年某月，戏台子上刮着北风，我是吴发吴天兄弟俩的舅舅，我感到天空是一匹马。

（很多年以后的一个夏天，月光遍地，水边的房屋消逝，我们一起落马而死。）

三

二三月交替的夜晚，月亮圆圆地挂在天上，镜子里虚构的树木纷纷倒下，又不断重新生长了起来。

我见过那些砍不完老不死的乡村古树。我从一些没有碑文记载的年代里走过时，常听见树上的枝丫间传来鸟的啼叫，一种充满了无限距离的文字经常被书写在冬日黄昏的墙上。那些树总是站在墙外，犹如整齐的鱼骨。

语言的重复增加常使我感到夜长梦多。

我回到了阔别已久的虚构的乡间。

我站在那些过去的墙下，面对着的是墙上的一幅幅笔迹苍茫的水墨。在吴天后来制造的一起一落的巨大回音里，我望见乡村郎中汤丙鹿的弯曲的倒影正在飞越三十里金色的水塘，一朵莲花状的云彩穿过他身体的空隙。此后的岁月里，他种植了一株株鹅黄色的药草，他的袖口上落坠着一些粉红和鹅黄的美丽花瓣。

在河流两岸的那些星星点点的村落里，儿童们怀抱金色的公鸡安安静静地坐在一道道古老的门槛上。

三十里乡间阳光灿烂，字体碧绿。

四

乡间的人喝着圆形水坛里的明亮的水。

五

吴天的头枕在一颗西瓜上睡了一觉，醒来后他发现他一个人坐在西瓜地里，天空里什么也没有。那些低矮的瓜棚在他的眼前总是一闪而逝。从附近山上的石头前滑过。

吴天的一只手按着那只粗糙的布口袋，许多年来这口袋里其实什么也没有。吴天从左边口袋里掏出他的几根手指放进了右边的那个口袋里，放进去以后他又抽出他的手轻轻地拍了拍右边的口袋。这时候，左右两边的口袋都空洞无物，但吴天觉得左边的口袋是空的，右边的口袋里却充满了一些东西。山中的石头上长满了绿色的苔藓，田野里劳作的人在太阳下像一些黑色的虫子。

他翻开第一章，缓慢进行的时光中残留着昨夜的风声。成群的骆驼载着黑白分明的盐驮，正在艰苦卓绝地穿越虚构的乡土。

一只木船在河里缓缓走着，船头前晾出了湿漉漉的衣衫。

公主看见地上出现了几朵鲜红的梅花。公主看见那几朵梅花如几只眼睛一样，泪水盈盈。四月一开始，从公主的头顶上面便传来一种婴儿的肉色的哭声。此后的一些日子里，公主就一直行走在那种粉红色的记忆里。

公主一手举着灯盏，一手提起粗布的衣裙，一步一步沿着那架红木的梯子一直走上去。身后好像还悄悄地落着雪，也许是雨，经久不息的水声环绕着寂寞的山庄。

吴天骑在黑暗中的墙头上。

吴天的声音如同虫子，他轻轻地说道："公主，药煎好了，该用药了。"

公主走到高处的时候，感到梯子上的风很大。她想民间的风真大。她抬起宽大的裙袖护着灯，她觉得自己已经很久没有说话了。

风在那个时候显得很凌乱，一片一片的风仿佛太监或宫女们冰冷潮湿的舌头一样殷勤地舔着公主美丽的手臂和面容。

接下来，火苗逐渐减弱，变得又细又小，公主感到灯盏里的油好像不多了。公主以为快到了。身后似乎仍下着雪，雪把大部分的事物都掩埋了。公主顺着梯子往上走的时候，她空荡荡的袖筒里十分寂寞。大雪使她几乎失去了记忆，先前的那些旧人一个也想不起来了。黑暗覆盖了她的目光，使她无法看见地上的那些风化后的兵器和宫廷的碎片。

快到了。她这么想着，便抬起衣袖擦去脸上的泪。此前，她发现自己哭过。

吴天合上书，骑在黑暗中的墙头上低声叫道：“下来吧公主，从梯子上下来。”

“城墙豁口上有风。”

河里的那条船不走了。船妇从拱形的乌篷中钻出来，收起被风吹干了的那些衣衫。

六

昨夜的一场大雨将水边的部分蕙兰吹得东倒西歪。树丛后面的村庄里有人正在加固房舍，搜集被风吹散后的茅草。

我站在河边，河水如画。

河水冲刷着山中的石头，下山的路都隐显在乱蓬蓬的马齿草中间，山腰中可见那些倾散的谷物和失落的犁刀。

山下是虚构的乡土，恬淡而宁静。

我注意到了那些值得推敲的墙。很多的院落里都晾晒着陈旧的棉衣、渔网，湿漉漉的井绳、腊肉，风干了的辣椒和艾条。

有关那位流离失所的公主，她的故事在民间经久不息，她背井离乡的经历年年演绎一回。

我推算公主的实际年龄，里面有许多难以圆说之处。这件事情在时间上面出了一些毛病，出现了一些令人无法把握的东西。

我感到这件事情里自始至终都有一位白发苍苍的老太太在暗中悄悄地走动着。时间的流逝使她的手上布满了无数褐色的斑点。有时候，岸边的灯火又会照亮她脸上的麻子。

七

夏日傍晚的河边，夕阳常将墙垣染成朱色。吴发牵着羊在河边饮水。他的嘴里说着一些凉飕飕的话吓唬羊，羊听了吴发的很锋利的语言之后，便乖乖地低下头喝水。吴发一边抚摸着肥大的毛茸茸的羊尾巴，一边打量着远处茅舍墙上的几枝夜来香。对于墙头上历代以来便栖落着的夕阳，他从来都熟视无睹。过了年以后，吴发就上了山，山中的空气使他耳聪目明，衣服如云彩一样飘飘拂动。

吴天从头至尾一点不漏地翻看着吴发的过去，绿林的品质使吴天在这种时候时常产生一种飞檐走壁的快感，而吴发飘拂的衣衫又常常将他的目光弄得十分红肿，这使他始终不得不与吴发保持着一种距离。

爷爷听说吴天在县立中学读完以后没有考入任何一所大学，又没有找到可做的事情，吴天一个人在县城的护城河边转悠着想死，爷爷就来了。爷爷站在火柴厂的排水沟的一边对吴天说："考不上就拉倒。死了吧，死了好，往后就可以跟爷爷一起种西瓜了。"

吴天现在回忆起来，护城河边造纸厂的机器当时似乎都不响了，爷爷说这话的时候像一束橙黄色的阳光。吴天想起世上的每一句话，都觉得很有道理。就像他从小站在鲜艳的桃符下面相信红纸是用人的血染出的一样。那时候，每次回家的时候，他都感到自己的身上流荡着一股浓浓的血腥气。在他以后绿林生涯里，充满了无数英勇的火苗。

那天的事情结束得过于迅速。造纸厂紫色的水和火柴厂黄色的水从对面的沟里流出来，缓重的彩色水流有如老年的哲学家在傍晚的山谷里徐徐而行。吴天看见爷爷的手里拿着一件七彩颜色的衣服，爷爷要吴天换上。爷爷对他说："换上它，你换上。"吴天费了很大的力气也没有将那件七彩的衣服穿到身上去。爷爷站在他的对面仔细地看着他，对他说了许多鼓舞人心的话。爷爷那天运用了一种十分慈祥的语言，他把所出现的每一个句子都整理得井井有条，曲径通幽。后来，山中朱红色的钟声飘来之时，爷爷便转身一个人走了。突如其来的钟声使爷爷的长袍抖成一团，爷爷越过造纸厂排出来的紫色水流，花白的胡须在宁静的阳光里飘扬，在风中蜿蜒而去。

那时候吴天正背水而立，他听见火柴厂的工人们正在那道黄色的水沟里洗刷炊具。

八

公主只睡了一个时辰左右，附近的鱼就把她吵醒了。

巨大的渔网将天空遮掩得密密麻麻。公主醒来后，吴发已经走得完全看不见了，他的后面出现了一大片空白的东西。公主的怀里抱着一只银瓶走得很慢，步履如水。

那时候天还没有亮，那时候所谓的亮色就是那一大片空白的部分。

沿路上都堆着一些白色的盐或雪。

九

第二天，雨过天晴，这是一个阳光通红、地面潮湿的好日子，正值河对岸竹器店老板的儿子娶亲。白色的水雾四处延伸，河面上有船从远处划来了。

我从河边的那个茶叶收购站的大铁门里走出来后，那只娶亲归来的船只正好从一段残缺颓废的历史中驶出。

我没有任何的办法去描述那个茶叶收购站里所发生的故事，我所能提供的只是几个不大准确和真实的数字。那个临河而建的茶叶收购站里住着那么五六个或六七个人，其中一位面目模糊得十分不具体的白发苍苍的老太太，还有两位肖像酷似一人的年轻姑娘，也许是几个，也许就只是那一个。那天傍晚，天上下着很大的雨。沿着一种沉闷的汽锤的响声，我在滂沱的大雨中看见了那个茶叶收购站的圆形的镶有黑色花栏的围墙。当我后来为了避雨翻墙跳进那个黑大门里以后，我就发现我自己生涯里的晴朗的日子已经所剩无几了。

一种古老的动静猝然而至。

我站在堆放着茶苗的一根木头柱子旁边，看见了雨夜里收购站内零零星星的灯火。我在那种时候听见了骨牌制造者和棋谱发明者的故事，他们的梦呓令人不安，他们多少年来一直用酒代替油点灯照明。我只想说那天夜里我看到的那种幼小的蓝火苗很美丽，如同蜡烛，它像一些温暖的念头和散淡的情绪，遍布在三十里美丽的乡土上。

后来发生的故事使我对这个临近河边的茶叶收购站萌生了一连串背景阴暗的幻想。骨牌制造者找到了那座埋藏在沙石下的死城。两个没有胡须的年轻人他们轻而易举地在茶苗旁边找到了我。他们看到我的时候，惊喜万分地说道："呀，舅舅来了。"

这是那个傍晚的一部分内容，连同后来发生的其他都出现在同一个雨夜里。有关那个茶叶收购站里的情节到这里便无法再进行下去了，这中间出现了距离，就是那种像时间一样无时不在无所不在的距离。我想我提供的这个故事的范围始终不会越过河边。我想说的是这很有可能是一场黑白相间的虚实难辨的梦与现实。在他们惊喜万分地将我带到那种幼小的蓝火苗前面时，我仍完好如初地一直呼吸着清新透明的乡间空气。

十

顺着那一株鹅黄色的药草，我找到了汤丙鹿的著名的中草药铺。

汤丙鹿蜗居在乡间的黑色柜台后面。

他的那些药草遍布三十里美丽的乡土。四月下旬，他拉开药铺里的一个抽屉后，一支枯老的金龟子掉到了他的衣服后面，他听见远处的一些高大无比的热带植物正在轰然倒下，顺着起伏的南方丘陵一直滚落至水边。他望见一些古老的木匠提着斧子在大地的边缘久久地徘徊，他们的身上刻满了线条迷乱的木头花纹，东方古老的朝霞里晃动着各种农具的形状和原始时期的尺寸，一些人骑着犁。他们坐在一种粉红色的树下，心情很好地回忆早年间的拥有七八个头的小麦和谷穗，他们平缓的语言越过木匠们注视着茫茫岁月过去以后的种种痕迹。早晨开始以后，具有蓝绿两种颜色的树叶纷纷坠落民间。他们坐在船舱里或圆圆的谷堆旁，说着一些神话故事和山林演义，后期的民间内容是带有肖像和插图的古代小说。

水边有一座蓝色的磨坊。

这是那古老土地上的种种现象之一。那天我坐在一个渔翁的旁边，我的身后是一大片金黄色的油菜地。我看见一辆蒙着绿色篷布的鼓荡人心的马车叮叮当当地奔跑在乡间晴朗如洗的南方大道上。

天空辽阔，鞭声遥远，六十一年前的一个炎热的夏日，乡村郎中兼药剂师汤丙鹿遇到了一位卖茶水的漂亮女人。

那是一个眉清目秀的吴越妇女，她像一片绿色的柳树叶子一样很瘦削地出现在那个炎热的夏日里后，汤丙鹿坐在一棵桉树下好像读了一节五代时期的游记体的碑文。女人的每一个眼神飘过来以后，汤丙鹿都能感到一片怡人的荫凉笼罩着自己。

那个女人从元宵节的灯火里走来，她的裙裾上还遗留着一些当时的雪花。几个月以来，民间的喜庆的锣鼓声一直形影不离地伴随着她走过了许多的地方，她总是沉浸在一些虚泛的往事之中。她听说广阔的民间五谷丰登，六畜兴旺，鲜艳的蔬菜和水果在人们的身边发出叮叮当当的叩门之声。她望见一些黄纸的桃符遍布在炊烟依稀的民间，遍布在幻影般的窗户和门楣上。她的目光被南方古老的水利工程阻隔着，她的视线内堆放着色彩艳丽的多种器具，包括焙制精良的彩陶和生铁模型。

她把挑子放在乡间的绿荫里，在一块平滑的龟背石上坐了下来。

汤丙鹿放弃了那棵美丽的蝉鸣不止的桉树，他开始喝着她的碧绿茶水。

他们之间几乎没有什么对话，绿色的水或炎炎的烈日消解了种种的语言。汤丙鹿默默无言地喝着她的碧绿的茶水，酷暑使他忘记了许多的东西。女人看着他。女人看见她的碧绿的茶水正穿越他焦虑的喉咙，水声疏朗玲珑。女人那时忽然感到这个夏天其实并不很热，燥热来自于另外的一些东西，女人感到凭空多出来的那些东西不可捉摸，简直无法把握。她注视着渐渐消逝的绿水，想起了一些苍茫有余的细节，有些部分在那碧绿的茶水里浸泡过不止一次。但一种色彩上的气氛和现象本身并不重要，并不能揭示那个夏天里的其他的一些东西，那类东西只提供了一种气候或场景的轮廓，它们在内容上只起到了一种涂脂抹粉的装饰作用。

重要的那种东西浮在茶水的后面。

汤丙鹿喝着那个女人的碧绿的茶水，他忽然记起了在黄昏时的墙上时常出现的种种锈迹斑驳的现象，包括一些前面带有复姓的名字。他在黄昏的情调中默默地阅读那种现象时，有如他在诵读铸造时期的种种文体。他当时大约坐在一只漂亮的滑竿上，但他始终想不起此行的目的和四周的部分参照之物，他感到自己无法复述那些消逝了的面孔和声音，他的目光在白炽的阳光下几近失明。河对岸的村舍里传来一阵婴儿的哭声，他恍若看到一只粉红色的小手正在河对岸摇来摇去。远处乡间大道上稀疏的铜锣声在拂动的指间鲜明地凸起，几只渡河的鸟正栖落在附近的一口水塘边。

汤丙鹿喝完那种碧绿的茶水抽空去看那个女人的瘦削的形象时，他发现时间正在倒流。

我在这里必须重复地说，汤丙鹿喝完那种碧绿的茶水抽空去看那个女人的瘦削的形象时，他发现时间正在倒流。

这就是那个遥远的夏日里的最基本的实质和内容。多年之后，他不无顾虑地向我描述当时的那种背景。我也曾经不止一次地向汤丙鹿请教他那时看到的那种叫作时间的东西——这种事情常使我彻夜难眠，汤丙鹿对此一直感到难以名状，苦不堪言。他说他忽略了它们的尺寸。我想时间大约是没有尺寸的，至多具备一些无形的触角或其他的什么东西，或许它更像是一种妖术，云烟氤氲。我的这种想法使汤丙鹿大为惊讶。现在回忆起来，六十一年前的那个夏日的乡间从头至尾都十分均匀地泼洒着那种颜色碧绿的茶水。很多年，那个像绿色的柳树叶子一样的女人再没有露面。很多年，那种转瞬即逝的语言使汤丙鹿忘记了书写时的次序和格式，以至于他所开的药方常常令人三思而行，疑虑重重。

汤丙鹿就这样蜗居在空气碧绿四季流水的乡间。他在这个虚构的地方种植了一望无际的鹅黄色的药草，他制造了无数的金龟子和六味地黄丸供远近的城市早晚服用。

十一

我来到这个虚构的乡间后，正是一天中的傍晚。河边吹着一种十分凉爽的风，我看见这个结尾的颜色很重。

河的对岸有一些稀稀落落的民间房舍，黑白分明的南方建筑使这个夏日的傍晚到处都飘扬着一种阴湿古老的灵秀之气。

我猜想所谓的人杰可能就是诞生在这样景致的地方。我那时站在一个背景安详的结尾处，眼前清澈的河水如一名纯情的乡村哑巴一样唱着歌，从我的面前缓缓流过，礼仪周全地向夜晚的深处流去。

我在那种灵秀的暮色中看到了一家淡黄色的纺纱厂，我闻到了那些浸泡在水塘里的陈年竹器的味道。

几只破旧的木船在绿色的桉树叶子中间摇摆着，慢慢地隐现出来。我在一块十分温热的石头上坐下来，我看见河水里绿色的浅草被水洗得蓬蓬松松，干干净净。我用这样的一种情绪记述这种图文并茂的岁月，是由于我对岁月的那种散淡的结构形式怀有极大的敬意。我注重时间的状态和形式，经常不自觉地忽略有关的内容，在一次又一次的漫不经心地飞越中，我听到了流传在民间的那种不死的东西。

第一行充满灵秀的遗言已经消逝。

我想象河边有关汤丙鹿的故事和几个重要的形式。十年前的一个草长莺飞的季节，天空中裸露出粉红的牙床一样的东西。沿着乡间的晴朗而绚丽的大道，我找到了晚年时的汤丙鹿先生。我看见汤丙鹿先生腐朽的背影在铅灰的暮色里凸现得像河边房舍上面的老式的烟囱。我听说在那些时候，北方乡村的打谷场上已经全面地铺满了丰收后的庄稼，他们在圆形的天空下轻轻地挥动手中的鞭子，激励着一匹雪青的马在质朴无华的农耕语言中缓缓穿行。在与此有关的田野和窑洞前，日夜运转着那种形式十分抽象的生产制度。

我从一些农业的故事里走出来，疲倦地眺望烟水朦胧的南方岁月。

我听到了一些农业问题的哀鸣声。在那些青翠欲滴的山谷中，他们粉墙黑瓦的居所有如久远的庙宇，平静而颓败。在那样的岁月里，我明白了一些著作中所描述过的现象。所谓的庙宇主义所展示给我们的就只是几枝稀稀落落的红杏的残骸。在一些喜庆的年代里，我们一直都能清晰地望见农业的硕大的花朵。

第二年的春天，我沿河而行，我绕开了那些庙宇主义的墙，眼前的景色令人浮想联翩。破败的山门里夹着一些催人上路的钟声，钟声悠远而温情。上路的那一天，他们早早地就醒了，那时，民间的杏花开得正好。

那时，汤丙鹿已经挥手送走了一天中的最后一辆蒙着绿色篷布的马车。他平静地注视着暮色中渐渐远去的绿色马车，车上满载着他精心研制多年的金龟子和六味地黄丸驶向远方的一座城市。

马车完全从岁月里消逝以后，他在如铅的暮色里苍老地咳嗽了一声。

十二

傍晚一开始，那个年轻而纯情的哑巴就出来了。他是汤丙鹿唯一的一名徒弟。他熟知无数形态各异的中草药的配制方法和使用过程，有关的一些事物在他纯净的记忆里呈清晰无比的网络状。他熟悉那种走法如同熟知家乡的曲径和古代阵图。

年轻的哑巴站在几间仓库的前面，他后面的背景就是那家淡黄色的细纱厂。他将一个黄色的纸包如期交到汤丙鹿的面前。汤丙鹿接过哑巴递来的黄色纸包后放在手掌中间掂了掂纸包的重量，又放到鼻子下面闻了一下，这后来，他就将那个黄色纸包揣进怀里。

“你的身后有没有人?”

南方铅灰而沉重的暮色使汤丙鹿的声音像古旧的青铜烛台一样沙哑而黯然。

年轻的哑巴怀着一种纯净的心情从一些著名的瓷器旁走过

时，他看到了瓷器上精心焙制着的从前的太平盛世年间的一部分优美的舞姿，宽大而柔软的袖筒里抖落出那些朝代里特有的风景和日常用语，抖落出太监们的叹息和婢女们的红颜。灯影幢幢的年代里，他们把黑白两种颜色的梦想建造在河的两岸，夜晚的语言徐徐地从平静的河面上漫过，三十里乡土宁静而清纯，语言简洁，风范玲珑。

船和马车成了乡间引人注目的风物标志。

十三

那些蒙着绿色篷布的马车是五月的一个傍晚时分出现在乡间大道的尽头的。早些时候，旅途中的风声唤醒了一名沉睡的车夫，车夫的姿势使篷布多少有些凌乱。我与汤丙鹿都心照不宣地注视着那段烟水苍茫的水边历史及背景，不远处的河面上有一道弧形的旧日石桥，桥头上扔着一只麻底的旧鞋。我想象当年的那只鞋，那只脚。桥梁上那绿色的青苔曾经很辽远地铺展着，也曾覆盖过一切。

汤丙鹿对我说："你没有义务向别人描绘这里的一切东西。"

他的脸很老了，线条复杂的皱纹里仿佛开满了凌乱的花瓣，他茫茫的眼睛里缓缓地浮动着早年间的一些内容。

我看见他的视线很小心地越过一些山头。

五谷稀疏。多少形状鲜明的器具都逐渐黯淡了，一系列金色的池塘标志着六十一年前的乡村故事有如劫后余生。某年某月是一个气候怡人的好日子，我与汤丙鹿坐在他的乌黑的柜台后面，共同谛听年轻哑巴在后院里的一棵秀丽的树下不紧不慢地捣药。时值夜晚，哑巴头上的月亮很白很圆。

我们都在那个夜晚里听到了那种空寂而单一的捣药声，我们的谈话自始至终都夹杂着车前子和罂粟花的重重枝蔓。那时候，我们两个人都同时发现我们的谈话正在不断地陆陆续续地向后倒退，所谈的内容笼罩着青白的月色。那是一种内容和时间上的倒退。

汤丙鹿那天夜里背靠着一棵郁郁葱葱的大麻坐在那里，他留着一部巨著一样的经典式胡须，戴着圆圆的水晶石眼镜。他在一次著名的八月砍树事件中留给我的全部印象是散淡而冷漠，高傲而目空一切。

他后来轻轻地对我说道："你说的那种事情我明白。"

几年以后，我坐在税务署大门口的青石台阶上，眺望乡间碧绿的字体。

那只上面晾满了衣服的破木船是那年十二月的上旬消失了的。以后，平静的河面上来往的船只一直很少。一些面目陌生的外省人在岸边走来走去，他们所呈现出来的种种状态和形式令人想起饥荒年月里的百姓和狗。

在距离那个乌黑的柜台九年前的一个日子里，劳动者的花朵发出了呛人的幽香。

汤丙鹿回忆起一片圆形的水。他听见整个民间都在下雨，黑白分明的房舍像浓墨泼洒出的一种图画。后来他说，也许不是雨，是附近的一些女人们在夏日的河水里沐浴的声音。

那时，汤丙鹿常在河边的沙地上晒药，有时候，整整一个下午他都独自坐在水边，无言地注视着面前的流水。在那种情况下，他有可能重新回味了一段将近三十年的乡间历史。

当他发现在时间上有漏洞时，他几乎是不假思索地推翻了最初几年里的一些墙头。

十四

那些年里，汤丙鹿说他一直从事着上山采药的事业，生生不息的药材及其采集的过程都同样令他心情舒畅，他勤奋地度过了一段烟波浩渺的岁月，甘苦的药草和清澈的水坛常常使他不能自拔，从而忘掉了大量的往事。

我站在空寂无声的故事里，那个年轻的哑巴以一种千年不变的姿势在捣药，久长的药力漫过他的自相矛盾的脸，他身后的月亮有如北宋末年大量运往京城的青瓷挂盘。

在那一起一落的古老的捣药声里，汤丙鹿告诉我说，公主多年来一直日复一日地吃着他铺子里的草药。

公主每天派手下的一个小丫头准时来柜台前取药。有时，遇到下雨天或下雪天，小丫头来不了的时候，汤丙鹿就打发年轻的哑巴将公主当日要吃的几味药全部送去。汤丙鹿曾经不止一次地向哑巴询问过公主所在的那个地方，但他随即又为自己的举动和语言而感到可笑。此后，面对可怜的哑巴汤丙鹿彻底放弃了有关的语言，甚至一些疑问。

“那个地方很远吗？”

我问汤丙鹿。

汤丙鹿说，从哑巴来回的时辰上来看，那个地方的距离似乎并不太远，说不定就在附近的什么地方。哑巴一般情况下总是早晨出发，到太阳落山就回来了。

“哑巴随身带着干粮和水。”

我问汤丙鹿，这么多年你就从来没有在暗中跟踪过哑巴一次吗？你至少应该跟着他看看公主到底住在什么地方。

汤丙鹿说：“你有所不知，哑巴有踩水的本领，很少有人能追上他，这方圆几十里几乎都是水路，他的这一身功夫对药铺的事业至关重要。再说，秘密跟踪一个人只有那种品行恶劣的人才这样做。”

他说哑巴身上的颜色就是民间最普遍最不为人注意的那种极为常见的颜色，这种事情很容易造成那种真假难辨的惑众现象。

我问他：“公主每天干什么?”

“养病。”汤丙鹿说。

“通常情形下，公主总在养病。另外，她像是在寻找一种什么东西。”

汤丙鹿若有所思地说着。突然，他一拍脑门，恍然大悟地说道：

“啊，对了，我想起来了，公主是在寻找一处房子，她父亲生前留给她的一处房子。哑巴曾在一张纸上给我画过那种轮廓和格式，我感到那是一座白色的宫殿。”

“宫殿？一座白色的宫殿？现在民间还有那种从前的宫殿?”

我惊讶地问他。

他看我一眼，他说：

“这件事令人难以置信。至于宫殿本身，更纯属一种神话。我活了这么大，从来也没有目睹过那种东西。”

这以后，他拉开一个抽屉，从里面取出哑巴画过的那张纸给我看。

那是一张极其平常的包装草药用的黄纸，哑巴在上面画了一些水墨似的线条和图案。除此以外，哑巴还在图案和线条的四周，在纸的边缘部分记录下他所看到的部分。

哑巴这样写道：

这是公主照明用的灯

汤丙鹿将众多难以辨认的药草分门别类，多年来熟练的操作技艺使他产生了一种强烈的睡意。他的衣服里灌满了风，目光浮泛而分散。河边风车的转动声惊动了他，一名道士收回了几支伞状的竹签。

平静的捣药声使这位尝尽百草的中医第一次变得烦躁不安。晚些时候，在药铺后面的那个深幽的庭院里，汤丙鹿伤感的眼神使哑巴在慌乱中用斧子碰响了树干。汤丙鹿收起了笑容，他说他听到了树木的响声。

我进来的时候，哑巴正坐在一堆颜色纷乱的药草之间难以自拔。他用一种深长的妩媚的笑容感染了我，这使我对他的性别萌生了疑云。

十五

住在河岸的当地人大都看见过公主手下的那个贴身的小丫头，她十四五岁年纪，从不与任何人打招呼、说话。

汤丙鹿坐在他的乌黑的柜台后面，他仔细地翻阅记录在账簿里的如烟的往事。他查阅到了一种现象，在公主吃完第一千四百服药以后，那个小丫头已经有很长时间没有来柜台前取药了。这期间发生了许多的事情。猝然中断的时间使汤丙鹿做出了一个困难重重的笑意。

我坐在河边如画的历史风光中，冥想着有关公主的故事。

我仔细地回忆公主的童年以及前半生的社会背景，我身边败落着许多温柔的紫色的花朵，仿佛御史们无数沉重的不眠之夜。我乘坐汤丙鹿装运药材的木船顺流而下，沿河两岸的民间风物一直使我倍感亲切，流连忘返。我坐在船尾，视线内充满了青翠欲滴的稻田和金黄的一望无际的油菜花。

汤丙鹿合上账簿以后，他以为公主遇到了什么意外的事情，或者是那个小丫头患了严重的伤寒致使公主六神无主。于是，汤丙鹿便打发年轻的哑巴带着几天的药一起给公主送去。

哑巴那天捣完药以后，夜已经很深了。哑巴背靠树干坐在一只草蒲团上，他呼吸着浓郁醉人的桂花香气，毫无半点儿睡意。他看见一面颜色灿烂的铜镜，若干张绚丽而毫无生气的脸曾经在那镜子里闪现过，有些还曾长久地顾影自怜。哑巴的枕头下有我的一部小说，我把那部小说送给他的时候，书页上有我的署名和当时的具体年代。我的那部题名为《绳》的小说，正值民间载歌载舞锣鼓喧天地庆祝一年一度的春节之时，我呼吸着漫无边际的香火和酒气，原野里网状的稻田和鱼塘清如明镜，使人回想起整齐规范的春秋战国时期的古老的封田制度。

哑巴那天夜里就一直坐在那棵挺拔的树下，双手捧着那部小说。青色的月光映照着书中的若干幅插图。他的思绪玲珑流畅，他身下的扁圆的草蒲团犹如一叶扁舟载着他飞越了民间众多的日常的夜晚。

哑巴上路的时候，天还没有亮，三十里乡间寂静如初。

十六

吴天骑在黑暗中的墙头上，他望见远处的几只红灯笼像水果一样很鲜艳地亮着，他的舌头在黑暗中飞快地跳动着。

吴天望到了一种使他心跳不止的现象，他望见西瓜地里有一把刀，就是民间常用的那种杀猪用的月牙形的刀子。这个发现使他的情绪久久难以平抑。吴天剃着光光的一颗头，两只大大的眼睛瞪着，他的腰带上拴着许多把黄白的钥匙，那是一大串徒有虚名的没有锁子的钥匙，住在河两岸的人一直将那些没有归宿的钥匙看成是一群光棍或浪子。钥匙没有锁子就如同男人没有女人，如同生命没有家园，吴天日夜兼程抚摸那串无家可归的钥匙犹如抚摸他自己的寂寞空洞的童年岁月。“那是一个十分听话的孩子。”汤丙鹿曾这样对我说起过吴天。回忆早年背景简洁、关系随意的乡间血缘，我是吴发吴天兄弟俩的舅舅。我现在亮出这把刀子，可能意味着这故事将出现部分的险情或悬念。在不久的将来，你将目睹那种岁月里的一片紫红色的鸡血。

有关古代小说里卖关子的现象，一直使乡村里的人们感到焦虑不安，说书人一直令善良的百姓们着急上火。珍藏由沉静的鸡血烧制的著名瓷器是当时的一种广为流行的社会风尚。那时候，在那种兵荒马乱的年月里，不少的人几乎都拥有一些刀子或类似的器具。因此，对于目前西瓜地里出现的这把刀一直难以做出准确的判断。既不能随意地暗示这把刀是公主手下的那个小丫头失落的，也不能怀疑是吴发吴天兄弟俩的爷爷送来的，当然，更不能说明是汤丙鹿指使年轻的哑巴送来的。有一段时间，我怀疑那把刀子是从天上的某一个地方掉下来落到西瓜地里的。我这么说，只因我曾是吴发吴天兄弟俩的舅舅，吴天看到的那把刀在后来的某一天忽然失手，砍去了有关吴发及其家眷们的所有的情节和细部。从此以后，那刀便在乡间流传广泛。

自然的现象无法回避。谁也没有发现，刀背的后面就是那条河，一条在当年的地图上比较著名的河。

需要回味一下那个傍晚的自然气候，许多的东西就包含在那种无法把握的气氛里。河两岸的人们至今还对出现在那个傍晚里的一些颜色记忆犹新。天上的云彩稀薄疏朗，像是形影孤单的骆驼或公鸡。有一种粉红颜色的东西一直流泻不止。据他们后来回忆说，那个傍晚似乎发生了很多的事情，起因像是由于那天的天空里飘着许多柔软的被褥似的东西，因而天气似乎热过了头。

我怀疑这是一次并不存在的现象，他们虚构了一段历史。他们运用许多耸人听闻的词语制造了一些夸张色彩很浓的句子，这是一段被无情演绎了的岁月。实际情况是，那是一个从头至尾都一直平静如水的傍晚。

黄昏降临，住在乡间的人都在清亮的河水里沐浴，吴发及其家眷们也在。

吴发那天的心情比较愉快，他自始至终都一直哼着一种极其温情的江南民间小调。他抬起头看见了天空里缓缓浮动着的柔软的被褥似的那种东西，他又看见大家浸泡在水中的身体都是蜡黄色的。他的手有时不小心滑到女人的腋下时，女人就情不自禁地想笑。

吴发为自己的女人搓过背以后，又开始轮流为他的孩子们洗头。

那天傍晚，吴天没有去河里沐浴，他一点儿也没有感到天气很热，他只是感到身上很空很累，嘴里有些干渴。

吴天一个人坐在南方戏园子里的台阶下喝茶，他注视着杯中碧绿的茶水。整个晚上，他先后付了三次茶钱。

透过那颜色碧绿的茶水，吴天清晰无比地看见了沐浴在河水里的那些人。这一瞬间，他感到这茶有一种非同寻常的东西。他喝了一大口，接着又喝了一大口，但始终还没有品味到那是什么东西。他看见卖水的那个苍白的老妇人正在旁边吸烟。

后来，他一抬头，便看见不远处站着一个人，一个身披红色大氅的人。

他的脸上有了一种颜色，他喊道："公主！公主!"

其时，南方戏园子里的锣鼓声响了起来，咚咚锵锵的鼓乐声预示着今晚戏剧的内容和最后结局。在一阵悠长悠长的胡琴声中，戏园子天蓝色的布景上出现了一座终年积雪的大山，白雪皑皑的山顶上一片寂静。

大雪还在纷纷扬扬地下个不停。一位年老的仆人带着落难的小姐正在急急忙忙地赶路。小姐戴着老仆人的粗布手套，她们的四周白茫茫的，一切都没有。

十七

哑巴送药归来的时候，时间已经是一天中的傍晚了。太阳早就落山了，各种颜色的虫子飞舞着聚集在河面的上空。

河边停着一只静悄悄的乌篷船。

汤丙鹿坐在河边的一只白色石像前，他的手漫不经心地抚摸着石像的腿和腿上的疤痕。后来，远远地就看见哑巴踩着水轻飘飘地归来，他便站起身将哑巴带回了药铺。

早上，太阳升起来以后，哑巴已经把药送去了，这在时间上比往常提前了许多。但是，哑巴很快就发现公主和她手下的那个小丫头都不在，屋里空空的。哑巴以为她们去散步了，便坐下来等着。

哑巴看见了那只上面盖着瓦片的公主日常用饭的碗，他掀起瓦片，看到碗里只有一些清水时，就又将瓦片重新盖了上去。

哑巴还看见一把紫色的木梳子上挂着一些白色的和黑色的断发。

哑巴那天就这样久久地等着，盼着。中午已经过去很久了，公主和她手下的小丫头还没有回来。

这时候，哑巴就看见一只黑色的狗正站在自己的面前。

哑巴不知道这只黑狗是从什么地方走出来的。他看见这只狗长着一双人的眼睛，一动不动地望着他。

自始至终，那只狗没有叫过一声，只是一动不动地望着哑巴。哑巴那时感到一种冰凉的东西流遍全身，他发现他的头发和手指正在慢慢死去，衣服里空空的。他后来摸索着出门的时候，那只狗仍然一动未动。

过河的时候，他听到从东南方向那一带传来“嗵”的一声闷响，像是有人将一口袋米或面推倒了。

几个月后，我在河边找到了一种怀念色彩很浓的乡村语言。

一些被水冲刷过的青瓦如同一顶顶洗得发白的帽子，远远地在那里扣着。

十八

十三年后，当吴发及其家眷们的血染红了马车上绿色的篷布之时，在乡间的某一条背景昏暗的巷子里正蹲着一个爆米花的老头。老头背靠着巷中厚厚的青苔，孤零零地守着面前的一堆火，他身边的地上丢散着一些零零星星的雪白的爆米花。

潮湿而阴暗的风从巷子的尽头轻轻地吹过来，掀动了他的裤子，露出他的青铜的假腿和腿部的各种型号的螺丝。

河两岸的人们一直传说这老头的假腿里装有发报机，一直传说他的爆米花的钟表里有定时炸弹，但多年来，人们谁也没有发现，没有听到过那种爆炸时的声响。有一段时期，大家都觉得他的发报机或定时炸弹很可能是坏了，经常看见他一个人独自低着头在鼓捣那条假腿，估计他一直没有修好。

那只油污的压力表在火上来回转动，滴滴答答地响着，十分从容，那种状态仿佛一个阴谋的雏形。

十九

吴发是那种旧式家庭里长大的一个本分的孝子，早年间读过几天私塾，有关他的孝顺方面的故事，在乡间一直流传着，成为后来的人教育子女的榜样。

那天天不亮的时候，吴发起来过一次。

睡梦中他听见了“嘭”的一声闷响，随后他就看见天上落雪了，下了很大很厚的雪。那雪片像洁白的羊皮一样从天上落下来，天地间雾蒙蒙白茫茫的。这以后，吴发就听见村主任的手里提着一面铜锣，一边沿街敲着，一边将百姓们喊醒。吴发听见村主任说现在地上到处都铺满了几寸厚的面粉，村主任要大家立即带上家里的面盆、口袋、水桶以及凡是能够盛东西的一切家伙出来，地上的面粉至少可以让百姓们度过三五个灾荒之年。

村主任说完话以后，就立即提着铜锣回去了。

吴发想，村主任一定也是回家找口袋去了。村主任虽然缺了一只眼睛，却一向精明过人，善于和各种各样的人打交道。

那时候，村庄里叮叮当当的，人喊马叫，鸡飞狗跳。吴发听见一些人在慌乱中被地上深厚的面粉绊倒了，那纷纷扬扬的雪白的面粉便在转瞬之间覆盖了他们。

过了没多久，先前的那种乱哄哄的声音便没有了，一切都安静了下来。透明的空气里，偶尔响起一两声“嘭”“嘭”的声音。

吴发重新入睡时，听见门外“哗啦”地响了一下，响声很轻、很近。

最初，他以为是风把厨房里剖鱼用的剪子刮下去了，所以他就躺着没动，装着仍在睡觉的样子，还故意打了两声呼噜，表示睡得很香。他这样做的意思是想让他的女人听见后出去看看，可是他听见女人一点儿反应也没有，依然如故地沉浸在昨日的梦里。他心里有些焦急，便闭着眼睛暗暗地埋怨那沉睡的女人。这时候，他听见院子里又哗啦地响了一下，还是方才的那种响动。这次他就感到身体下面湿漉漉的，他再也闭不上眼了。他的脑子里一下子像豆芽似的冒出了一丛丛颜色灰暗的古怪念头。那时候，窗户上已经有了一些亮光了。他匆匆地蹬了一条裤子，又将一件蓝布衫披在身上后，便开门到了院里。外面什么也没有，一切都和昨天睡觉以前的样子一样。他还专门留心看了看那把剖鱼用的剪子，剪子原来并没有让风刮下去，仍好好地放在厨房里的一块木板上面。那会是一种什么东西呢？他这样问自己。他觉得那是一种铁器发出来的声音，一直到现在，他的胸脯里还回响着那种令他耳热眼跳的嗡嗡的余音。夜里原来并没有下雪。他回忆起那满地雪白的面粉时，觉得肚子里很难受，仿佛大雾弥天，他产生了一种类似迷路的感觉，他在院子里无所事事地站了一会儿之后，就感到身上有些发冷，两条腿像空荡荡的竹筒一样，许多日子以来，他一直闲着，几乎没有什么事情可做。他每天都起得很晚，每天都要看见太阳越过窗户以后才慢慢起来。

他紧了紧身上的衣服开始往回走。走到屋门口时，他忽然看见窗户下的石台上放着一件东西，是用麻袋片包裹着的。他看见那个东西后，心里便情不自禁地“哗啦”一下。他从台阶上捡起麻袋片时，感到手里沉甸甸的。他的手抖动得厉害，像几只不听使唤的筷子。他一层一层地将麻袋片剥开，里面明晃晃地出现了一把刀子，就是人们常用的那种杀猪用的月牙形的刀子。他被眼前的这个东西吓得有些愣怔，他那时首先想到的一个问题就是很可能有人要杀他，这是警告或暗示。后来他又想到也许有人想请他去杀猪，但他从来连只鸡也不敢杀。每年冬天家里杀猪时都要请人来杀，平时杀鸡时，他的女人就自己干。每逢遇到类似的杀生场面时，他就躲在家里不敢出来，事情过去之后还总要病上两三天，不吃不喝，只是哭，只是昏睡不止。

眼下，他发现自己激动得有些异常，到后来便什么也想不起来了。他将那把刀子藏到一个草垛下面后就回了屋。他重新躺下后，女人还没有醒来。他看见女人的嘴大张着，女人的这种样子使他感到非常恶心。

这时候，天已经亮了，院子里一片苍白，河边传来了鸭子的叫声。

他听见院子的西厢房里传出了老式留声机的响声，声音沙沙的。他听到这种声音后就知道吴天已经醒来了。吴天一个人住在西厢房里。每天天一黑，吴天就钻进房里不出来了。吴发一点儿也不知道吴天一个人在那里做什么。有时候，他能听见那里似乎还有一个女人的声音，但当他进去以后，又发现只有吴天一个人在。后来，他就深深地感到自己的耳朵和眼睛都不如从前好使了。

他用手指捅捅身边熟睡着的女人，女人睡得很实在。他使用中指和无名指交替着一连捅了几下，女人才终于醒来。

女人闭着眼，声音模糊地对他说：

“夜里不是刚完了么？我不干了，我困死了。”

他见女人又想到那上面去了，就急忙纠正说：“我不是那个意思，我告诉你，不好了，事情麻烦了。”

女人惊问道：“怎么啦？”

他说：“院里有一把刀。”

他说：“不知是谁放的。”

女人一翻身便坐了起来，将被子披到身上，女人问他：

“切菜刀？”

他说不是。他说：“不是切菜刀，是一把杀猪刀。”

女人坐着愣了半天后，又问他：

“夜里你没插大门？”

他说插了，他说他夜里把大门插得很牢。“问题不是出在大门上。刀放在院里还不一会儿工夫，我听见声音了，就是那么‘哗啦’的一声。起初，我以为是风把厨房里的剪子刮到地上了，后来出去一看，剪子好好的，并没有被刮下去，还放在那案板上。我进屋的时候才看见它，用麻袋片包着，就放在门口的石台子上面。”他毫无底气地对女人说着，他感到自己说得淡而无味，一点儿意思也没有。

他说，那刀就用麻袋片包着。

女人说：“你已经说过两遍了。”

“我说过了么？我不记得了。”他说。

二十

我见到村主任的时候，他正在河边晒网。

在最初的一些混沌的年代里，村主任几乎每天都要大量服用汤丙鹿先生的六味地黄丸。村主任每年里总是用一半的时间打鱼，用另一半的时间晒网。村主任的一只眼睛坏了，他的一生都被密集的网眼笼罩着。

我坐在一块废旧的船板上，努力帮助村主任回忆那场铺天盖地的面粉运动，我看见村主任的那只独眼里飘荡着一些鱼的身影。那时候，村主任已经完全没有办法进入那纷纷扬扬的面粉运动中去了。他说他一点儿也想不起有过那样的一种事情。最初，他以为我在骗他、玩他，一直都不理我。后来，大约过了很久以后，他才慈祥无比地对我说道：

“我什么也不知道，我真的什么也不知道，我的记忆里只有一些渔网。”

晴朗如洗的乡间大道上行驶着那些蒙着绿色篷布的马车，

铃声叮叮当当。我看见村主任用他的唯一的那只眼睛瞄着大道上的那些马车，他一副若无其事的样子，他的表情告诉我他对那些东西并不感兴趣。他望着它们，却与它们毫无关系。它们无论走近或走远时，他都是那种漫不经心的样子。

他告诉我说，他几乎每天都能听到一种霍霍的磨刀声，时间大约是一个时辰左右。

“知道是谁吗？”我问他。

他说不知道。说完之后，他又显得有些忧虑不安，他说：

“眼下的季节并不是杀猪宰鸭的时候，我不知道他每天那么霍霍地磨刀要做什么。”

“谁？”

“我是指那个磨刀的人。”

过了好久，他用他那唯一的一只宝贵的眼睛看了我一下，然后说道：

“天下不太平啊。”

一起一落的捣药声从那家淡黄色的纺纱厂后面传来，回荡在河流的两岸。村主任全神贯注地端详着自己的手掌。

我问村主任：

“听说你们去年在下河湾那一带打鱼的时候，捞上了一些别的东西，那些东西不是鱼。”

村主任听了我的话以后，他的独眼猛地亮了那么一下，他吃惊地问道：

“你知道这种事？他们谁告诉你的？”

“我知道公主常派人去汤丙鹿的铺子里买药吃。”我对他说。

村主任说，听说公主就流落在附近一带，但是没有人见过她。当初，她们从城门里逃出来的时候，城墙上守城的军兵们并没有发现她们。这以前的一切都顺利得让人惊讶。唯一的毛病就出在后来的那条江上。她们在江边上了一条船。她们一点儿也不知道那是一条贼船，也许不是贼船，倒像是专门停在江边等她们似的。在那条船上，跟随公主的几个老臣全部被毒死了。我从水里捞上来的东西就是那几个老臣的部分盔甲和一些零碎的衣物。

那条上面晾满了衣服的破木船就是十二月的上旬从江面上消失了的，以后它再没有出现过。木船消失的那种状态，像一座虚幻的遥远的城池。在那些夜晚里，在河两岸的上空，总有一个红红的月亮。

我问村主任道："你从水里捞上来的那些盔甲和衣物有人看见过吗?"

村主任说："药铺里的哑巴好像看见了，我只是觉得我怀疑他看见了，他是不是真的看见了，谁也不知道。那天，我收网的时候，正遇上他采药归来，他踩着水，走得飞快。我隐隐记得，那时他好像朝我这边望了一下，谁知道他看到了什么。"

"还有一个人就是吴天。你知道这孩子因为没有考上那所名牌大学，又不愿出去做事，早在几年前就疯了，变得谁也不认识了。他经常把他的哥哥吴发认成是他已故的爷爷。那天，他藏在路边的一棵树上，用手里的石头和弓箭袭击路上的马车。他几乎谁也怕，又谁也不怕。我路过那棵树下的时候，他正在树上坐着。他一直朝我笑着，他对我说：'我早就看见你了，你还不赶快拿出来。'他还说他在树上望见远处有一大片雪白的地方，像是宫殿。有两个人正在那里安详地下棋。"

"我想，谁也不会相信他说的话。"

村主任补充道。

村主任说完话以后，就收拾渔网去了。

天色临近黄昏，西边的天空里颜色十分灿烂辉煌，绚丽无比。

有一张浸血的牛皮在西天高高地悬挂着。

二十一

那辆满载着女人们的马车是在一个早晨开始出发的。其时，药铺老板汤丙鹿正站在河边的水车旁狠狠地教训赶马车的焦宝。焦宝是汤丙鹿手下的二十几个赶马车中的一个。焦宝那时候已经四十多岁了，他平日里从不与任何男人说话、打交道，他唯一的兴趣就是与女人们聊天。焦宝多年来赶着马车跑过许多的地方，乡间的女人们很喜欢听他讲述外面世界里的一些新鲜的东西。那天，他讲到了外面正在兴起的一种葱绿色的可以做旗袍的布料，这件事引起了女人们的极大兴趣。于是，女人们都纷纷要搭他的马车进城去。

现在想起来，这件事最大的祸根还在于焦宝。焦宝那天的全部目的就是想让那些女人们坐自己的马车，以消解他旅途中的单调和寂寞。焦宝让几个年轻漂亮的女人去向汤丙鹿求情，那二十几辆马车全部归汤丙鹿所有。唯一使女人们感到难以开口的是她们这么多年从没有见过那些马车载过人。平日里，那些马车总是都严严实实地蒙着那种绿色的篷布。除了一个赶车的和一个押车的外，再没有出现过第三个人。押车的那个人总是坐在那种绿色篷布的里面，外面只有一个赶车的。

所以，当几个女人找到汤丙鹿要求破天荒地坐一次他的马车时，汤丙鹿立即明白了，他明白这事与赶车的焦宝有关。汤丙鹿那天用了一种十分简洁而抱歉的语言对众多的女人们说这事情不行，他感觉要出事。

“那么一车女人，全是女人，要不出事才是怪事呢。”

事后，汤丙鹿这样对村主任说。

女人中间有一个白脸的女人，头发乌黑，身段匀称，这就是独眼村主任的女人。汤丙鹿当时在人群中也看见她了。所以，当后来独眼村主任亲自来向汤丙鹿说情时，汤丙鹿一点儿也不感到意外。他知道女人就是水，能溶化世上的一切东西。他知道任何一个地方里，只要出现了女人，那个地方便再也难以像先前那样宁静平和了，迟早总要弄出一些事情来。

村主任那天没戴帽子，隔着老远，汤丙鹿就看见村主任头上的那道粉红色的月牙形的疤痕了。这现象唤起了汤丙鹿多年来一直尘封在记忆深处的某些东西，有一些依稀的如烟似雾的事物从他的眼前闪烁而过。

村主任对汤丙鹿说：

“就让她们坐焦宝的马车去吧，听焦宝说是城里有一种什么葱绿色的布料，让她们去吧，女人都那样。”

“你是村主任，我一点儿也不骗你，会出事的，一定会出事的。”

村主任说：“可以让她们付钱，她们十几个女人都愿意付。”

汤丙鹿的脸有些微红，他说：

“我是为了钱吗？钱算什么东西，多少事都是钱无能为力的。我是不想看到事后的那种场面，我知道会发生什么事。”

村主任说：

“就这一回，就这一回了，让她们去吧，这事都怪焦宝那个东西。她们没有到过外面，还以为外面是天堂呢，等她们将来看清了外面的一切，你让她们去她们也不会去了。你和我不就是最好的证明吗。”

汤丙鹿说：

“女人和男人不一样，女人不行，七十岁的女人也仍然处于一种被诱惑的状态中，是水就永远想流，哪怕是一潭死水。”

村主任说：

“看在我的分上，就让她们再流一回吧。”

汤丙鹿说：

“你们都不相信我的话，我也没有办法，她们愿意就去吧。”

村主任见汤丙鹿终于同意了，就微笑着告辞走了。汤丙鹿无言地注视着村主任的背影。村主任那时正行走在汤丙鹿的视线里，他们的中间是一道污黑的水沟。

水沟里浮着几十只鸭子。

哑巴过来了。哑巴打着简洁的手势告诉汤丙鹿说车已经全部装好了。

汤丙鹿回过头。

他看见二十几辆满载着中药的马车全都蒙着那种绿色的篷布，停在乡间晴朗的大道上。

二十二

早晨一开始，那个爆米花的老头就挑起他的一副破烂的挑子，一瘸一拐地行走在空寂无人的乡间大道上。

他青铜的假腿长满了绿锈。

大约一个时辰以后，他看见了那座废弃在水边的圆顶的磨坊。

眼前的磨坊如墓，又仿佛流传在水边的一个神话。磨坊的前面有四只青石雕成的石龟。爆米花的老头将肩上的挑子放下来，随手掏出一把金黄的玉米。

运用那些沉默的玉米粒，他仔细地测试了几种时间，验算了几种结果。

几只黄鹂鸟从明亮的稻田上面飞过。南方古老而悠久的风物标志使他倍感亲切，使他老年的心境变得恬淡而舒畅。他想起了一些意境深远的古诗，几幅瘦竹似的插图从远处的一座石拱桥上一一闪过。

他听到了他已逝生涯中的那些沉闷的令人欲哭无泪的爆米花的声响，仿佛他一个人站在一些久远的万籁俱寂的年代里咳嗽不止。很肥的猪从金黄的油菜地里拱落出来，一片芦苇，又一片芦苇，黑白分明的院墙上挂满了数不清的竹笠和葫芦瓢。爆米花的生涯，沉闷而寂寞的生涯，他生命的暗夜里曾经爆出了多少雪白的花朵他早已记不清了。遥望如烟的过去，他一生的全部内容都一片雪白，仿佛农夫独自站在自己的棉花中间。

“农业的故事常常牵涉农具。”

他独自喃喃说道。午时三刻，他目睹了马车覆灭的全部过程，他目睹了美丽纤弱的江南女子之血和吴发的状如竹筷的手指和阳具。那个时辰，与他运用玉米测算出来的结果完全一致，他复核出来的时间准确无误。他起身面向北方，朝那座废弃在水边的圆顶磨坊拜了三拜。然后，越过那些青石之兽，他毅然离去。

他听说早年间的那些营造宫殿和庙宇的木匠们都提着各自

的巨大的斧子，在苍茫的大地的边缘久久徘徊。一路上他看到和经过了无数个古老的铁匠铺和木工作坊，那些门口都摆满了众多的铁锅和椅子。

对于他要去的地方他曾经无数次地梦见过。一位端着菜叶喂鸭子的老太太告诉他，前面没有人烟，前面是一片白茫茫的盐碱地。

二十三

十三年前的那个春天，吴天读完了三义堂书社印刷的《水浒传》的前八十回。吴天装扮成一名剪径的绿林强盗，日夜出没在碧草连天、烟水苍茫的广阔乡间。

在一棵极大的绿杨树上面，他一粒粒地嗑着向日葵，他隐隐地听见那辆满载着女人的马车正由远而近，渐渐驶来。

他不知道那件事情是怎样开始的，当后来他发现女人们乌黑的长发与马车的轮子紧紧地纠缠在一起的时候，他才觉出事情有些毛病。这以后，他在一处爆过米花的旧迹上看到了吴发的状如竹筷的手指和阳具。

“爷爷！”

“爷爷！”

他趴在吴发的脸前喊了半天，吴发一句话也没有对他说。

“爷爷！”

“爷爷，你摸摸你的那些日常用的东西。”

吴发没有理他。

吴天望着吴发的脸，伸手在吴发的脸上扇了一个巴掌。那一瞬间，他感到吴发的脸很硬，像一块生铁。

那时，附近有轻轻的棋子的碰击声传来。吴天走过去，看到公主和哑巴在一个药渣堆积起的褐色丘陵上下棋。

面对驼色的棋子和平静如水的棋局，公主和哑巴谁也没有理会吴天。

吴天坐在几棵松节上，一边看他们下棋，一边一粒一粒地嗑着向日葵。他把金黄色的向日葵叶片撕下来，一片一片地扔在了那些褐色的药渣上，丢得四处都是。

二十四

下河湾一带曾经是各种农具的故乡。

我乘船到达下河湾的第二天傍晚，天上下起了小雨。在村主任的一位远方侄子的带领下，我见到了那张绿色的篷布。

事情已经过去好久了，现在这张绿色的篷布归当地的棉花收购站所有。收购站里的人用它来苫盖收购来的棉花，遮风挡雨。多年以前的那场血流已使它由碧绿变成了紫红色，它像一张坚固耐用的牛皮一样，风吹不破，雨淋不透，结实而沉默。

傍晚的河水从我的面前缓缓地流去，河对岸鲜艳的南方蔬菜和水果叮当作响。

谁也不知道吴发后来是如何出现在那辆满载着女人的马车里的，对于这件已经过去了的事情，大家众说纷纭。有人说吴发是事先将自己与药品藏在一起的，他身上的皮肤就是六味地黄丸的那种颜色。有人说吴发本来就是一个女人，多年来一直装扮成男人的形象。

我希望前一种说法是真实的、正确的。

二十五

十三年前的那个春天风景秀丽，草木疏朗。在与乡间有关的背景后面，两个下棋的人一面嘴里吃着山中的桃子，一面做长久的期待。一颗颗粉红色的桃核被吐出到故事的外面，错落有声地散落在河边。

在下河湾的日日夜夜，我站在一排排各种各样的农具和古代兵器的面前，脑子里残存着一些废弃多年的圆形车轮。

河对岸的蔬菜和水果上挂着成串的露珠，日夜行走在草木连天的想象之中。遥望早年间的社会，记忆中的仓库灰尘如烟，稻田明亮，绿色的篷布缓缓地垂落下来。

在沿河两岸的那些星星点点的村落里，庄客们在乡间的空地上或打谷场上舞枪弄棒，披星戴月。早年的下河湾，沿袭着那种恬淡悠远的生活制度。

某年某月，一群砍柴归来的孩子在经过民间郎中汤丙鹿先生的墓前时，被几根桃树的枝丫纷纷绊倒在地，那附近还有许多矮小的粉红色的桃树。

那时候，炊烟依稀，河两岸的人们都在烧火煮饭。

那年十二月初四的那天夜里，河边的一处房子里开了一扇门，那门上绘有鱼的图案和竹林的幽深的暗影。一个人从那房子里走出来，没有人知道他出来要干什么。他没穿衣服，脚上套着一双木板鞋，走起来“呱嗒、呱嗒”地响着。那天夜里他听到了一种读书声，朗朗上口的文字传达出一种淡远的碧绿的意韵，这种显现几乎持续了整整一夜。

十二月初七，读书声渐渐变得微弱无比，河边的打更声由远而近。

十一日清晨，河边飘起了浓郁的煮肉的气息。一些有亲戚关系和血缘相近的人们互相赠送那种绿色的荷叶包裹着的肉食。

在河边的那座旧磨坊前，等待渡船的人排起了蛇形般的长队。

那只上面晾满了衣服的旧木船是这天的黄昏时分出现在河面上的，其时，河面上十分安静。坐在河边，只能隐隐地听见从两岸的一些房舍里传出的轻轻的卜卦摇签的声音。

那天傍晚，我见到了一幅难忘的图画：

庄客们举着灯笼和火把，挥舞着形状各异的农具。他们的头顶上方是稀疏的云彩，脚下是遍布着茅草的赤红色土路，是三十里宁静而美丽的乡土。

二十六

日子一天天过去，田野里网络状的水渠重复着同一种画面。

中秋节到来的时候，村主任正每天带领大家赶制月饼。他们把柔软的面团捏成了月亮的形状，用以寄托一种怀念和想象。

在我居住在下河湾的那些日子里，民间郎中汤丙鹿死了，他的药铺也因此而散了。村主任一边用力揉着面，一边告诉我说：

“汤丙鹿临死的时候，一直叫着你的名字，他说他将永远怀念你。”

我看着排开在案板上的那些油汪汪的状如月亮的饼子，村子里的一些女人们正在旁边烧火，相互间说着话。那红黄的中秋的火焰使我记起了以前的一些事情。

我问村主任：

“他那时还说什么了吗?”

村主任用沾满面粉的手指搔了一下眼眶，说道：“好像没说，他别的什么也没说。看他的样子，他像是想早一点离去，你不知道，他当时的表情一点儿也不麻烦。”

“你可以问问她们，她们当初也在场。”村主任指着旁边的两个女人说道。

“他喝了一大碗绿茶，那时候他的脸已经全都烂了。”

村主任看了我一眼后说道。

村主任把手里的一块面平放在案板上，用刀和竹签在上面画出了许多复杂而凌乱的花纹。紧接着，村主任又指着那面团说：

“整个脸都烂了，就像这个样子。女人们都用新采回来的荷叶给他往脸上贴，但那时已经贴不住了，谁也止不住那种黄水，那黄水就从荷叶的四周往外溢。”

“我见的死人多了，但我从小到大还没见过那种死法。”村主任说，“我爷爷死在船上，脚被水泡得又白又大。我爹死的时候没什么，只是两只耳朵肿了，又红又肿，像是冬天里的两个冻得通红的脸蛋。”

村主任把一块面揉得死去活来。

他说：“到现在我也不知道那事情是怎么发生的，我不明白那是什么，他的脸上肯定在事先就布置下了什么，或埋伏了什么。”

我问村主任：

“那时你看见哑巴了吗?”

村主任一惊，一根手指插进了面团里，好半天才拔出来。

“哑巴？你说谁是哑巴?”

我说：

“就是药铺里的哑巴，每天在后院里捣药的那个年轻人。”

村主任十分茫然地说：

“你说是捣药？还有这种事？我是头一次听你说，你能给我形容一下那种捣药的声音吗？”

我说：

“就是那种咚咚咚的声音，只是听起来有些空，有些沉闷，声音中有一种距离。”

“我可以发誓我从来没有听到过你说的那种声音，还有那桂树。我是村主任，从小在这里长大，我知道这一带绝对没有一棵桂树，下河湾东南面那一带也同样没有。”

村主任望着我说道。

村主任开始回忆那个月初四到初五之间的一些事情，他独自喃喃地说着一些什么，他回忆时的眼神如一个迷路的盲人。

第一炉月饼烤出来的时候，村主任一点儿也不知道。女人们围在火炉旁边说着话。有的女人用手掰开烤好的月饼放进嘴里尝着。月饼被掰开以后，我看见一种白色的气流从那饼子里飘了出来。

河两岸充满了节日的气息。

村主任说：

“我老了，我的记性不行了。好多事情都乱了，我什么也想不起来。”

“晚上你来吧。晚上你来这吃饭，顺便看月。坐在这里看月亮里的东西看得十分清楚，还能看见那里面的草。”

村主任说着，拍打着沾满面粉的双手，用他那唯一的一只眼睛传达出一种意思，一种令人温暖令人安心的东西。

二十七

吴天骑在黑暗中的墙头上。

他解下腰带上的那一大串黄白的钥匙，提在手里摇得哗啦哗啦。

他轻轻地喊道：

“公主，我闻见你的药煳了。”

“公主，煎煳了的药就不能再吃了，人吃了就活不了啦。”

后来，他不知怎么就翻到了墙头的那面。他发现四周一个人也没有，眼前只有几块瓦，都是些很旧的瓦。

二十八

沿着三十里美丽的乡土，我从一些沿河的点着蜡烛的房舍旁走过。

夜晚里很大很圆的月亮照见了河边磨坊前的那几只石龟。

磨坊的两个侧面都是黑的。

村主任已经事先为我准备好了一把橙黄色的竹椅。鲜艳的南方水果和芬芳的月饼堆放在我们的面前和身旁。

村主任爱说五谷丰登这句话。

村主任说：

“吃吧，这是一个五谷丰登的年代。”

坐在这个地方，容易产生一种虚设的效果，就如同坐在了月亮的附近。

“看见那车轮了吗？那么圆，上面全是一道一道的花纹。”

村主任边说边用手指给我看。

“以前，这山上常有两个人在下棋。打鱼回来，站在船头就能看见那两个下棋的人，他们总在吃一种什么东西。”

村主任越过鲜艳的水果对我说。

我回忆起汤丙鹿先生早年间优美典雅的书画艺术。村主任说他对那些瘦削的舞蹈般的字体至今还一直记忆犹新，栩栩如生。村主任还说吴天曾经十分愿意跟随汤丙鹿先生学习写字。这以后，他们相互之间见面的次数越来越多了。吴天一直认为汤丙鹿先生写的字平滑如鱼，吴天在那些年老有一种类似木栅栏一样的感觉。某年春节之时，当汤丙鹿先生写完一幅唐人绝句之后，便问吴天说字写得好不好，吴天欣然答道，好，写得真好。汤丙鹿先生便问他好在什么地方，吴天说，写得真黑，那么黑。那年的春节之夜，河里飘满了无数大大小小的色彩艳丽的花灯。

鲜艳的水果正在渐渐消逝。

在月亮的附近，出现了一些式样古老的东西。许久以来，我们一直不知道那是什么。问村主任，村主任说是早年间的一些农具和兵器。

中秋之夜，那家淡黄色的纺纱厂里一片寂静。有关纺纱厂的仓库都建在排水沟的后面，夜晚，河水在月光下如同一条躺卧着的影子。那些柔软的被褥一样的东西又出现了，它们铺展在大河上面的天空里，很柔软地向远处一点点一点点地延续着。

“后来，不知是哪一年里，山里的花儿全开了，到处都红的红，绿的绿。你说那种捣药声是咚咚地响，我的耳朵不好使了，也许真的有过那种声音。”村主任说。

“有过。”我对村主任说，“声音咚咚地响，只是有些空，有些沉闷，还有一种距离。”

“距离？有一种距离？”

“距离。我知道了，那种距离，我明白你说的意思了。”

村主任的脸上有些凉意。

我告诉他说，有一回我热得不行，汤丙鹿看见了，就让我用手去摸一摸那棵桂树。他说摸过了，就不会再热了。

我听了汤丙鹿的话以后，就走到了他的那个深深的后院里。当时我看见哑巴正在那里一下一下地捣药。看见我来了，他抬起头冲我笑了一下，然后就低下头继续接着捣药。我感到奇怪的是，那天因为天气太热，我根本没有穿鞋，我是赤着两只脚走进那后院里的。哑巴那时虽然在低头捣药，但是他就知道我进来了。后来，我就按照汤丙鹿的嘱咐，把两只手放在树干上一下一下地摸。那棵树果然十分冰凉。不一会儿，我就不再发热了。

“我要说的是那棵树。你不知道也无法想象那棵树有多么光滑。两只手摸在树上，就如同摸在一个女人的一条大腿上一样。”我说。

“一条大腿？”村主任惊异地问道。

“很光滑的一条大腿，像鱼那样？冷冷的？”他问道。

“就是。”我说。

“你的描述使我想起了很久以前的一件事情。”村主任幽幽地望着我，缓缓说道，“那件事情，它已经变得那么远了。”

“你注意过没有，你说那个哑巴他像谁？”村主任突然问我道。

“像谁？”

“我注意了他好多年，我觉得他不像一个男人，他是个女人。”

“女人?”

“有一次我看见了他的腿，就是你说的那种很光滑的女人的腿。”

“你说哑巴是个女人?”

“我只是这么想。”

我想起了哑巴的那种很妩媚的笑容。那些日子里，他总是那样安安静静，一声不吭地坐在药铺后面的那个深深的庭院里捣着一批又一批的中草药。

村主任说：

“你还记得那条排水沟吗？它总是高高地横在我们的面前和中间，造成那么一种距离。”

我告诉村主任说我记得那条高高的排水沟。我还记得有那么一个爆米花的瘸腿老头在河边的磨坊里住了一夜。第二天他走的时候，天空阴暗，整个民间都在下雨。

村主任说：

“我听见了，那天的雨下得很齐。后来他在泥水里跌倒了。”

晚风里弥漫着浓浓的水果的香气，还有一种淡远的中草药的苦味。

“夜深了，我该回去了。一到深夜，我的腿就痛，老了。”村主任对我说着话，之后就从那鲜艳的水果旁边消失了。

二十九

那年春天，一个阴雨连绵的日子，我站在河边的那座石桥上，一些满载着石头和干草的木船从桥下驶过。

黎明之时，我乘一条木船离开那条河。上船以后，我看见船上的女人正在船前烧火淘米，她的腰间扎着乡间的那种蓝底白花的布围裙。有两个男人正在舱里下棋，其中的一位有可能是她的丈夫。

船慢慢地行在水中。

那时，天还没有亮，两岸的人民睡得正香。

原载于《花城》一九九二年第二期

绸缎似的村庄

你的容貌，你的身世，你的黝黑的邻居。

——题记

一

大约两年前的一天，我在书房里接待了一位二十多岁的年轻人，尽管他像大多数的青年一样具有一身咄咄逼人的气势，而我最终还是未能记住他的名字。是的，我老了，我现在时常感到记忆如同口袋里的钥匙，装着装着就不见了，很难说随手放在了哪里。

那个午后造访的年轻人来自气候寒冷的刘芝山区，如今是一家报社的记者，他带来了王陵的一些近况。十多年前，一种类似平地隆起的光线使一向贫穷而默默无闻的刘芝山区突然沐浴在某种深不可测的荣耀之中，一位作家从那里走向世界，那个人就是王陵。

我所认识的王陵是成名数年后的王陵，我们曾在一些会议上不期而遇。在我的那些不太可靠的记忆里，他的言谈如同结构严谨的论文。然而，王陵坚持说他不喜欢理论。我的眼前有时会浮现出他那挥动的大手，仿佛黄昏之后的蝙蝠。“生活是毛茸茸的。”他说，“毫无疑问，文学也要求茸毛……”他后来说的那些话我都忘记了。是的，他是从那种毛茸茸的生活中走出来的，身上沾着露水，头发里藏着麦秸，以后，荣耀开始在枯枝败叶中泛起。

我至今记得八十年代初期在首都召开的一次文学会议。那时候，来自全国各地的作家们衣着朴素，谦逊敦厚，随身携带着一些简单的洗漱用具，玉兰香皂，犀牛牌剃须刀，集饮水与漱口于一身的搪瓷缸子，一两本自己喜爱的书；那时候人们都没有什么法宝，写作在黑暗中摸索，在摸索中激动、兴奋、困惑；那时候，谈起女人，人们就自然不自然地脸红，爱情使大多数的人感到不自在，羞于启齿。

我就是在那次会议上认识王陵的。这个来自高寒地区的年轻作家，除了一套简朴的生活用品之外，还另有两件法宝随身携带——那是两个人，俄国的托尔斯泰和法国的雨果。从某种意义上来说，王陵不是一个人来参加会议，而是三人同行。会议进行到一半的时候，王陵出其不意地搬出托尔斯泰和雨果，镇压了与会的所有作家，包括会议的组织者。

一些人认为，王陵对与会的人进行了“血腥的镇压”，但大多数的人认为，对大家构成障碍的不是年轻的王陵，而是那两个拖不动摇不动的俄国人和法国人。

是的，我赞同后一种观点。因为，一年以后，王陵又带着两个人——哲学家叔本华和小说家卡夫卡——参加了在南方某省召开的一次会议。每次开会，王陵都带着新的同伴，不能不说是兵强马壮。祖训即经验，王陵牢记着这些，随时做一个有心人。在我的印象里，有上百位作家曾先后伴随着王陵参加过一次次不同的会议。1985年，在一个海滨城市，当会议快要结束的时候，王陵突然对人们说道：

“不会写女人的作家成不了好作家！”

又是一个惊人的提法，不啻是当头一棒！对于许多不善于揣摸女性心理的作家们来说，这无疑是一个绝望的信号。是的，这不能不令人沮丧，文学在一瞬间变成一种难以攀缘，无法穿越的绝壁。此路不通，得救无门。

然而，以后他又说，模仿是糟糕的，但又是必要的，庸俗的人总是将借鉴无情地推向某种庸俗的解释之上。

大约从那时候开始，王陵在寒冷的刘芝老家开始用心抒写一个民族的秘史，构建一个非凡的世界。他深信，那些具有本土风格的小门，神秘的庭院，带有民族色彩的回廊，最终都将通向世界。一个庄严的世界，需要一双双庄严的手去抚摸；一个滑稽的时代，最终还得靠滑稽的人们亲自去收拾、装殓。

……

午后，书房里的光线逐渐趋于模糊、昏暗。衰弱的视力甚至使我无法看清那位年轻记者的面目，我的眼前只有一个洋溢着青春气息的轮廓。他是王陵一手提携起来的。刘芝山区的许多农家子弟在王陵的关照下，如今都置身于新闻界、文化界，有的已很有名堂。当我问起王陵的近况时，那位年轻的记者抑制不住内心的激动，对我说道：

“可以说很好，一切都相当顺利，圆满。”

“一切？”

“是的。写小说，王陵堪称大师。搞阶级斗争，也是一位高手。”

许多曾经担任过要职的老干部、老作家，如今都已纷纷倒下了，在他们的文学生命和政治生命都接近尾声的时候，他们才意识到王陵的力量是强劲而无穷的。年轻的记者将这归结于一个人的智慧与命运，刘芝地区的百姓则认为一切都是天意，不是王陵非要这么干，是天让他这么干的，王陵并不愿意写那种传世的经典，但天意难违。

是的，我想实际的情形一定是这样的。我已很久没有他的消息了，高速公路使我们相互之间失去了音讯，见面的机会越来越少，仿佛彼此都已经从大地上消失了。

二

春天里的一个早晨，一些早起的人们看到年过七旬的王进财正在池塘那边走来走去。早上有风，王进财的身上套着一件皮坎肩，他走路的样子像是在踩着石头过河，步伐均匀而又显得非常迟疑。一步、两步、三步……黎明即起的王进财就那样不声不响地在池塘附近一带走着，远处和近处都有人在看着他。后来，人们很快就明白王进财不是在散步，而是用最古老最可靠的方法在仔细丈量土地，以求得一种明白无误的距离。照他那种走法，三步即为一丈。人们都看出王进财的意图来了，他在湿漉漉的草地上如一只早起的山羊，翘着胡子，面朝东方。

太阳升起来了，池塘里的水像是镀了金。

上午。一个穿着一身白西装的人出现在池塘的一侧，四十岁以上的人们都认得那是王进财的儿子王陵。

在那片露水闪耀的草地上，几个身材矮小的农人正在吃力地搬运石头，还有几个人肩上挎着筐子，手里提着绳索。王进财的儿子王陵注视着那些干活儿的人，他看到他们当中的一些人将东边的石头吃力地搬到西边，站在西边的几个人又同样吃力地将脚下的石头搬到东边。那些人陆陆续续地在王陵的视线里走来走去，王陵的眉头渐渐紧锁起来。他的身后有一把白色的椅子，他站在椅子的前面。那只白椅子是一个叫玉玺的人搬来的，此时，玉玺就站在椅子的后面。有一段时间了，自从王陵从省里回到刘芝山区以后，人们发现身材矮小的玉玺一直在王陵的身边跑前跑后，听候使唤。

“这样干好像不行。”王陵看着那些搬着石头来回走动的人，对身后的玉玺说道，“他们那是在干什么？锻炼身体？消磨时光？”

“不是的。这石头不是那石头。”玉玺说着，来到王陵的面前。玉玺告诉王陵，从东边搬到西边去的那些石头都是好石头，新石头；而从西边搬到东边去的那些不好的旧石头基本上都不能用了，都风化了，像长时间结成块的面粉，虽然有形，有模有样，但本质上早已酥了。玉玺说到这里，忽然想起一个准确而传神的词，还没有来得及说出口，他自己倒率先笑了起来。王陵没有笑，他看见玉玺在笑的时候露出了一些黑色的牙齿。

王陵的目光落进池塘里。不久以后，又延伸到草地上。

已是暮春时节了，但那些搬石头的人们依然都穿着黑棉袄，像雨前的蚂蚁一样忙碌而无声。王陵想起小的时候自己也一直穿着这样的一身黑棉衣，每当夏天来到，天气炎热的时候，他的母亲就会把里面的灰黑的棉花全部取出来，到冬天的时候再絮进去。一丝微微的寒意在池塘的四周流动着，王陵打了一个冷战。

“有我呢。”玉玺对王陵说，“有我在一旁监督，他们不至于窝工。”

“工匠们都找齐了吗？”

“是的，都齐了。八个石匠，四个木匠，都是咱们这一带的能工巧匠。”

“他们什么时候来？”

“马上就到，马上就要出现了。”

踏着沾满露水的青草，王陵向河边走去。瘦削而模糊的童年，已遥不可及，仿佛远在数千里之外，无论以什么样的速度和方式都无法到达。没有办法了，再也回不去了，如同一个居住多时的帐篷，在你离开以后，立即便被风卷走了，连遗址或废墟也不存在了。

王陵独自在河边走着。不远处忽然传来一阵十分难听的歌声，一个模糊不清的人落在那声音的后面。身边的这条河，曾无数次在他的笔下出现，过多的喧哗，无声的流淌，月光透明，树影婆娑，河水也需要控制。二十多年前，王陵曾听人说，有一位僧人，在没有木桥，没有舟楫的情况下，凭借一种外来的文字，轻而易举地渡到了河的对岸。那时候王陵正在这条河边做工，穿着黑棉袄，背着石头，平静的河水常常在梦中将他漂起，缓缓地浮出水面……道听途说……有一只手在他那里轻轻抚摸，如同一种低声的交谈，呢喃如初，和风细雨，亲密无间……

胭脂镇快要到了，王陵远远地看见了镇里的房屋和一段街道。没有什么事要到那里去办，于是，他停下来，顺着原路往回走。沿途的河水还算得上清澈，有些地方居然长着几丛芦茾。清澈的河水使王陵生出一种含蓄的自豪。

不久以后，他听到了石匠们凿击石头的声音。

三

在寒冷而贫穷的刘芝山区，许多在外面混得不错的人都要在自己的出生地建筑七孔甚至十孔崭新的石头窑洞，或者建造一座三进的庭院。那些经过精心修饰后的新居有时候并没有人居住，作为一种象征，一种标志，主要是给那些从小看着他长大的人和与他一起长大的同辈人看的。

富贵而不还乡，无异于锦衣夜行。

四

刘芝山区金黄的茅草和清澈的河水培育了王陵。在那些浑圆起伏的山岗上，忧伤而洁净的褶皱随处可见。有些时候，王陵觉得在老家蔚蓝的天空下建造一座庭院要比自己写作一部书重要得多。他的父亲王进财一次次催他回来，期盼早一天能够看到自己的屋宇在故土上耸立起来。并不是我要住，父亲说，我已经七十多了，用不了多久就得重新回到土里去，我是要让咱们的房子像棍子一样戳进他们的眼里去，让他们一想起来就疼痛不已，失眠、呕吐、心悸、头晕……王陵劝说父亲，不要将房屋想象成棍子，棍子的本性又细又短，扬眉吐气是一回事，而一座好的房子是另一回事，它应当像阳光一样引人注目，和煦、明媚、外松里紧，人人向往，但没有一个人能够抓得住。

是的，可以说就是那么回事，但父亲似乎有些不大明白。那些天，王陵几乎夜夜都梦见阳光，梦见出生地上稀疏的草木像饥毙的老人和孩子一样纷纷在他的视线里渴死、倒下。有些时候，在你不需要亮色的时候，阳光显得锋芒毕露，在你的脸上和身上留下许多深浅不一的痕迹，谁都不能例外。王陵躺在家里的土炕上，幼时的荒原般的出生地狭小得令他感到吃惊，而此前曾经一直以为从前的天地广阔无边，所有的奔跑与呼喊都统统无济于事。

晚上临睡前，父亲从外面抱回一捆柴填进灶膛里。王陵在与一位表弟说话的时候，看到了那欢乐而又不乏忧伤的火焰。不久以后，暖人的温度像电一样流遍了整个土炕。火苗还像他小的时候看到的那么大，但亮度差强人意。表弟坐在对面，用一种敬畏的目光望着王陵，他们谈到了很多的事情，但每一件都谈不上畅所欲言。暮春时节的夜晚仍然需要烧火，适当地加温。不久前，表弟的媳妇来过一次，她第一次见到王陵，她的神情是无限陌生的，但眼中流露出的一丝温情使王陵感到心里一热。王陵用职业性的目光打量着她的身段。他们夫妻是来邀请他的，请他去吃饭。

王陵取出一枚戒指送给她。

他们夫妻两个说什么都不要。少妇的脸先红了，胸前的衣服像水一样波动着。表弟说，请你吃一顿饭，就赚回一个戒指，真是一桩好买卖。皮肤粗糙的表弟很想幽默一下，眼前这一男一女两个人值得他这样去做。王陵对他说，你们可以请我吃五次饭，但我不可能送给你们五个戒指。

王陵说完后，忽然看见表弟媳妇健壮的身影投映在对面的墙上。

五

多么宁静呀！我的上帝，多美的家乡呀！送走他们以后，王陵迅速回到屋里。那个丰满而光洁的裸着的身影似乎仍然挂在墙上，如一幅令人耳目一新的画。他穿过垂着帘子的过道，来到一间存放杂物的房子前，往昔的气息深藏在里面。最好不要触动它们。他对自己说。没有什么大不了的。

滚热的火炕使他不能很快入睡。于是，他披着衣服来到外面。月光下，他看到了无数只烟囱。是的，各家屋顶上的那些漆黑的像树桩或水桶一样的影子就是烟囱。多么宁静呀！多么让人不能入睡呀！昨天上午，负责监工的玉玺告诉他说，那些石匠们在新起的墙边听到了流水的声音，水声将他们其中的两个人击倒在地基的一侧，脸上划开一些口子。

他们真能胡说呀！他在心里笑了一下，但表面上未动声色。也许有那么一点儿影，也许全是无稽之谈，一切全都是冲着酬金的数目来的。石匠们懂得什么呀？他们哪里能够分辨出水流的声音，他们只知道抚摸石头。是的，那“潺潺的流水”毫无疑问是玉玺的发明与描绘，石匠们的口里发不出那两个字的音。玉玺在刘芝山区也算是小有名气，几年前他写过一本描写匈奴的书，在王陵的关照下得以出版。书中的匈奴都骑着马，有的像屠夫，有的如同浪漫的诗人，内心活动非常复杂。

真是糟糕呀。王陵在月光下边走边想。家里的人都已入睡了，不远处传来一阵牲畜吃草的声音。与故土的多年隔绝，已使他分辨不出牛马的咀嚼之声。距离越来越大了，心硬，泪少，很难再被什么所打动，再也不是他们当中的某一个了。

文学的加工是多么的可怕呀！不切实际的夸张和描述又是多么的让人难堪呀！什么叫润色？那不过是不负责任的添油加醋罢了，只会使事情本身变得更糟。是的，那些石匠们听到的也许只是一种断断续续，若有若无的残漏之声，而玉玺却自作主张地将那种不可靠的——未必来自墙内——东西说成是潺潺的流水。

潺潺流水？岂有此理。

回到故乡一个多月以来，王陵终于发现自己是多么的不喜欢玉玺这个人呀，大包大揽而又鬼迷六眼，嘴里很少有什么实话。与这样的人在一起，太没有意思了，王陵甚至有些害怕见到他。然而，许多的事情又都离不开他，他自己为了报效也乐于跑前跑后。那么，就让他尽情地跑吧。

月光下的村庄疏松而宁静，到处都能闻到睡眠的气息。在梦里，在白日里，车声辚辚，成熟已久的黄杨木鲜艳欲滴。有一年夏天，王陵带着妻子回老家避暑，刘芝山区舒卷的树叶像杂色的旗幡一样反复招展，无声地飘动。一天夜里，他的妻子突然从睡梦中惊醒，她打着手电，让他看她的大腿。在梦中，初来乍到的她正在村口的池塘边散步，忽然感到大腿被远处伸来的一只风尘仆仆的长矛刺了一下；那些体格魁梧，沉默不语的士兵将生锈的长矛抽出来以后，她清晰地看到那明火执仗的枪尖上挂着自己的一缕肉。他们举着一只电流不太充足的手电，到处寻找劫后的余血。被褥上，她的内裤里，她的大腿内侧，甚至她的两只手，他们差不多都看遍了。夏日的夜晚，古老而缓慢的一起一落的呼吸声随处可闻。他们没有找到任何一丝血迹。第二天，太阳一出来，她的那些怪念头都不知跑到哪里去了。几个小时前刚刚逝去的那个夜晚耗去了他们的许多精力。上午，他们在舒缓闲适的行走中恢复精力，经过村口时，池塘那边传来一声嘹亮的悲啼，一只红翅膀的饿鸟栖落在一根手臂一样粗的树枝上。

在王陵的记忆里，许多从前的事物仍然一如既往：牛的沉闷的叫声，一具形状简单的犁，开满兰花的土崖，垂死的一动不动的担架，人烟稀少，简短而无力。揣摸、把握、记录、提供、渡过、拜访、进入、介绍、认识。最初的纪念来自于一次猝然的出现。群山背后，流星耀眼，某些黑暗的侧面或角落在亮色中泛出微微树木般的绿意。

他清晰地铭记着赤身沐浴的感觉。一个人在月光下不断地打着手势，心事重重的手势，闲适无聊的手势，夜色的衬托使展开后的手势形同一只鸟的剪影。

许多的东西都已不再是那么回事了。近两年来，他常常暗暗地问自己。那些简单的疑问，拗口的答案，老实说不能令人满意，它们毫无硬度，因而谈不上牢固，一切都如同水，如同季节的更替。在强劲的实际情形面前，大多数的人都开始放弃初衷，丧失信念，所有的堤坝都失去了抵挡的能力。没有办法了，守住守不住都不意味什么，只有躺下才不感到吃力。

每个人看上去都像是烦躁的寡妇。

有一张湿润而充满欲望的嘴多年来一直在王陵的记忆深处时启时合。

六

一位颐指气使的大木匠站在高高的房梁上，嘴里衔着烟，他的喷云吐雾的作风给王陵留下了不良的印象。

负责监工的玉玺告诉王陵，眼前这个高高在上的家伙叫金大掌，目前是方圆几十里以内所有木匠的头，基本上已经不怎么干活儿了，只说说话就行了，他有六个老婆，十七个孩子，八男九女。王陵听到这里，抬头重新打量了一下站在房梁上面的那个人。金木匠目光深陷，面孔红润，手臂上的金表金链闪烁着满足与荣耀。玉玺对王陵说，去年我给他写了一篇文章，《世纪末的神工鬼斧——今日鲁班金大掌》，他一下就给了我这个数——

玉玺伸出手指比画了一下，又立即敏捷地缩回去了。周围并没有人注意他的举止，出其不意显得有些多余。王陵也没看清那是多少。一个神秘的数目？一长串……灰烬？

晨光中的刘芝山区，露珠遍地，炊烟如柱。再过一些天，房子就完全落成了。新宅的飞檐借用了一种老式的经久不衰的舞姿，凌空翘起。许多的长辈和同辈人像一件件出土已久的陶俑一样稀疏而无声地散落在四周，他们的衣服和皮肤看上去衰败而遥远，散发着往昔岁月的气息。他们在眺望王家的新宅的时候，有的站在树下，伸出红白而僵硬的舌头；有的缩着脖子，蹲在镀金似的黄色板墙下；有的把手伸进裤裆里，脸上洋溢着某种古怪而神秘的笑容。

仿佛一场旷日持久的厮杀正在你的视野里有条不紊地进行着，按部就班、节节败退，交战的双方最终都以失败而告终。

“木匠们，把房梁抬高些！”

多数时候，大量地无节制地运用修辞，会使某一个人的身世变得光怪陆离，迷雾重重。类似的这种不负责任的行为曾使许多人为之颠倒，王陵自己也不能例外。现在，那样的一种具有草莽色彩的时期总算过去了，许多人的思想开始变得令人惊讶。旧事重提与目光延伸都谈不上新鲜。比如，有一个人蓄着一种茂密的树藤般的胡须，退回几年前，激动不已的写作者们无疑会做出夸张而不厌其详的描述，“犹如一部源远流长的民间史诗”。现在，这样的生瓜似的句式已经不多见了。人民在进步，语言在蜕变，许多不必要的饰物如同中年妇女腹部的赘肉，正在被剥离，干干净净，远离本体。茂密的长胡须多么肮脏，心慌意乱的人需要它装饰自己的面目。作为一种不洁之物，用餐饮水的时候，不得不将它用手撩起来，露出一张含有黏液的嘴……王陵见过那些胡须上挂着水珠或米粒的人，这样的闪现或回忆尽管短暂，但常常会导致他的某些构想发生断裂。

他在回忆中呕吐。

他听到了父亲的咳嗽声，不是病态的发作，而是源于激动和某种狂热，扬眉吐气、改天换地，三十年河东三十年河西。隔壁的房间里似乎不止父亲一个人，还有其他的声音不断地传来。父亲在干什么？有人似乎在叫他的儿时的小名，他笑得禁不住咳嗽起来。

昨天中午，王陵见到了一位远道而来的亲戚。那个人六十多岁了，有一张腐朽的脸。算起来，王陵竟长他两辈，他应该管王陵叫舅姥爷。这位表外甥没有明显的职业，目前以放高利贷为生，坐收渔利。听说舅姥爷从省里回来，在老家盖房子，于是就赶来了。他一口一个舅姥爷，叫得王陵坐卧不安。

“不必拘礼了，就叫我王陵好了。”王陵对高利贷者说。

“那哪能呢？您是长辈，我是晚辈，不管我的利润有多高，您还是我的舅姥爷。”

真是可怕呀！这样的血缘关系是怎样延续下来的？王陵做梦也没有想到自己的辈分竟有如此之高，他听惯了别人的子女称他叔叔或伯伯，却从来没有听过有人管自己叫舅姥爷。一种多么老迈而昏朽的身份。

“那么，你的儿女们都还好吧？”王陵强迫自己换上一种比较苍老的声音。

“过得去，都还过得去。”

“你媳妇——我的表外甥媳妇，她也好吗？竟从未见过。”

“是的，她不能说不好。早些年的时候，经常跟我闹。自从我手里有了一点儿钱，她就不再闹了。我对她说，想闹你就再闹吧，闹是没有什么好下场的，舅姥爷您说是不是？小人啊，他妈的，见利忘情的小女人。”

“不能怪她，所有的女人都是一样的。”

“是的，舅姥爷您说得对。女人嘛，就得时不时地哄着点儿，该硬就硬她一家伙，该软就软一下，这么晃一晃、拖一拖，一辈子也就很快过去了，怎么活不是个活呢？我对她尤其不认真。何苦呢？”

“你的生意怎么样？”

“不瞒舅姥爷，去年可是赔了。”

“怎么回事？遭到了打击？来自政府方面的打击？……限制？”

“不是的舅姥爷，是别的事。”

去年秋天，这位表外甥的一个儿子按期去附近的一个镇上收取他们放出的利息，不料在途中遇到车祸，人很快就死了。死者的遗孀打算再嫁，但做公公的有言在先，如要再嫁，将收回他们夫妻名下的所有财产，利润一分没有。儿媳妇出于自身利益的考虑，放弃了再嫁的打算。再婚意味着损失，意味着与红利为敌。

“你真是糊涂！”王陵说，“儿子已经死了，你还把一个寡居的儿媳留在家里干什么？难道就不怕别人说你什么？”

“舅姥爷，我没有别的意思，我是嫌她薄情寡义。舅姥爷您不知道，男人刚死了两个月，她就动了心思。我看不惯呀！唉。”

“她有权利要求激情。而你，没有权利把她扼杀在家里。”

“舅姥爷，我没扼杀她呀。她要是一分钱不要，我可以让她走人。”

“她要钱也是应该的，嫁到你们家那么多年，临走还能空手去吗？别人要笑话你的。你自己的良心能安宁吗？”

“舅姥爷，我的意思是……”

“听舅姥爷一句话，回去多给她些钱，让人家再嫁了吧。她还那么年轻。”

“她已经不年轻了，快三十了。”

“当然还年轻，三十岁还不年轻？城市里三十多岁的还把自己当孩子呢。”

“我不甘心哪舅姥爷。”

“有什么不甘心的？多出点儿钱，就当你再嫁一次姑娘。”

“她不是我的姑娘，她只是……”

“我知道她是你的儿媳，我是说你为什么不能把她看作是你的女儿？假设，如果，你的女儿现在就要出嫁了，你打算袖手旁观吗？”

“当然不能。那是要出血的。不可避免，躲都躲不了。”

“这就对了。”

“舅姥爷，您的工作是劳心的，可您看上去还是那么年轻。我不行了，尤其是精力，近两年来非常明显，一直下降，无论用什么样的方法和手段都不起作用。那种东西，它要从你的身上离开，你是挽留不住的。”

“你保养得不错，看上去还不太老。”舅姥爷对表外甥说。

“那是虚的。”

是的，远道而来的表外甥头发已经花白，风尘仆仆，元气锐减。在年轻的舅姥爷面前，他感到自惭形秽。闹多少钱又有什么用？很难说那是为哪一个人预备的，目标不明，毫无把握。牙齿松动、视线模糊。一切的迹象都像是处于一场华宴之后，孤灯寡影，杯盘狼藉。大部分的人都已经走光了，剩下少数的几个影子还在外面的黑暗中像鬼魂一样窥探、蠕动、窃窃私语。那是几个还没有拿到钱的人，一旦想要的东西到了手，他们也会立即像听到放学铃声的小学生一样迅速地离去，将他一个人抛下。

唉，去他妈的吧！

精力不济的表外甥睁开一双浑浊的眼睛，从内心深处发出一声回天无力的长叹。

七

障眼法属于一种小心翼翼的手势。在过去的那些年代里，那样的手势常被看作一种与生俱来的禀赋而与神秘和智慧联系在一起。在那种时候，有关的纰漏常被粗心而热情的人们所忽略，谬误得不到怀疑。在期待大于技术的短暂间隙里，一刹那的恍惚终于出现了，迷幻的情调开始登台亮相。

真相一直隐匿不出，是否由于真相从不曾存在？

在刘芝山区乃至整个世界，有无数的东西都似是而非。

晨雾散去之后，王陵看到河边的草地上丢弃着几只东倒西歪的水罐，那是一些过去岁月里的物品，色调灰暗，残缺不全，旧日的水从里面流出来，风声再灌进去。在蝼蛄不耐烦的叫声中，蚂蚁们排成长队，沿着罐子的边沿向远处迁徙。狭小的罐子容不下两个家族。王陵蹲下身，将躲在罐子里面的那只鸣叫不止的神气活现的蝼蛄捉出来，甩进水里。他想把那些因软弱而被迫背井离乡的蚂蚁们重新送回到罐子里面去，但他的手与它们的身体不成比例，悬殊的现实使他感到束手无策。他对那些蚂蚁们说，我救不了你们，我只能把那只可恶的蝼蛄替你们赶出去，回去的路要靠你们自己去走。

玉玺跟在王陵的后面。玉玺对王陵说："你是不是经常跟小动物在一起说话？"

"什么小动物？"王陵说。

"蚂蚁呀，核桃虫呀，小猫小狗呀。"

在刘芝山区的一部分肥沃的土壤里，生活着一种被人们称为"核桃虫"的东西，它如同吐丝前夕的蚕，白白胖胖，摇头晃脑。有核桃虫生活的地方，土壤必定肥沃。核桃虫时常将它的柔软的身体寄生在一些成熟的土豆之中，将拳头大的土豆从里面掏空，变成一个个干壳。白白胖胖的核桃虫是丰收与损失的象征。去年春天，王陵将自己手下的一个名叫倪俊的人提携到自己的身边，委以重任，专门负责发现省内的文学新人。是的，没有什么特别的原因，使用倪俊只是因为他对自己万般殷勤，百依百顺。有一天，一位要好的朋友不无揶揄地对王陵说："你看倪俊像不像一只核桃虫？"……倪俊白白胖胖，但没有摇头晃脑的不良习惯，只是时常自然不自然地做一种蠕动状。

王陵暗暗地问自己："倪俊是一只核桃虫吗？"然后又在心里大声地自己对自己说："不！倪俊不是一只核桃虫！"

这些天来，玉玺又如最初一样形影不离地跟在王陵的左右。房子眼看就要竣工了，玉玺对工匠们的监督也随着尾声的接近逐渐放松了。玉玺有一个构思，要讲给王陵听，如果王陵对此发生了兴趣，玉玺就决定让给王陵这样的大手笔去写；假若王陵不感兴趣，玉玺想让王陵给予鉴别，然后自己动手写。但几次都没有谈成，有几次说了一半，甚至刚刚开头，就被别的事情打断了。"以后再谈。"王陵总是对玉玺这样说。曾经有人这样半开玩笑地说，"玉玺是王陵的仓库，是另一个会行走的刘芝山区"……王陵每年都要回到刘芝山区居住一个时期，写作，避暑，劝说某些简单的头脑。

他们在河边行走的时候，王陵对身后的玉玺说："你那个构思不行。"

"哪一部分不行？前半部分？"

"哪一部分都不行，可以说糟透了。我不知道你是怎么回事，你怎么会往那些方面去想？"

绝望像暮春时节的光线一样涂满了玉玺的脸，他的目光早已离开王陵，落到身边的河里。是的，不行，无论怎么闹都不行。

王陵顺着河沿向前面走去。不一会儿，玉玺从后面赶了上来。玉玺自言自语，但没有发出声音，因而没有引起王陵的注意。河水清得能看到河床上面横陈着的那些圆滑的卵石和白色的沙子。

在山区的怀抱里，王陵竭力不使自己陷入对往事的回忆之中。怀念意味着倒退，标志着衰老，有着强烈的下坠感，上升无望，更谈不上飞翔。然而，有谁能不让自己回忆？这样的挣扎终将显出徒劳与无力。……王陵停下来，玉玺鼓足勇气走到他的面前，可怜巴巴地说道：

“难道连一点回旋的余地也没有吗？”

“有一点，不过在最后。”

这样的许诺使玉玺重新得到了安慰，比他最坏的想象要好得多。木匠们叮叮当当的斧声越过河边的小树林子，从那边飘了过来。天空里浮动着伞状的云彩和土丘似的云彩。有一片扇形的云，渐渐化作一群马，开始在原地奔驰。

玉玺像一个胆小的孩子一样躲到王陵的身后，他听到了一阵金属和瓷器的碎裂声。

八

表弟的家里有一只很大的花瓶，它的那种罕见的蓝颜色令人想入非非。

来时的路上，越过一道低矮的短墙，王陵看到在一座破败的院子里，一个男人正在打一个七八岁的孩子，哭泣的孩子抱着他的腿。那个人边打边说，你妈的，你妈的。

王陵发现自己不认识那个人，那张陌生而使人再不愿多看一眼的脸使王陵相信他是一个不走运的外来户。一个人背井离乡，拖儿带女，流落在他乡，最糟的事情莫过于夫妻反目，成天打骂自己的孩子。“住手！”隔着那道象征性的矮墙，王陵向那个破败的院子喊道。

那个人停下来，抬起头看着墙外的王陵。孩子也不哭了。

“你是谁？县里的干部？”那个人说。

“吓唬吓唬就行了，怎么打起来就没完了呢？”王陵说，“你是这孩子的继父吧？”

“胡说！你才是他的继……我是他亲爹。继父们从不当着别人的面收拾他的继子，他们总是习惯在背地里，在夜深人静的时候动手。”

可以说那是一种暗算，秘密，成熟，宁静而迅疾。王陵隔着矮墙，向那个人笑了一下。是块做继父的料，把什么都吃透了。土路那边，坐着几个一动不动的老人，有的半睁着眼睛，有的完全闭着眼睛，各怀心事，互不理睬，像一些年久发黑的石头。他们中间，也许有人足足荒唐了一生，也许有人一生都在为别人做继父，狼奔豕突，命中注定。交汇。接近。漏洞百出。臆想中的某些事物令人战栗。此间的风光多么旖旎，鲜艳的水果叮当作响，黄昏时回家的小路如舒卷的红绸；而那里已经下雪了，大雪封门，下午四点钟的炉火使壶中的水发出了一连串惊讶的叫声……溢美之词将你吵醒了。

溢美之词将你吵醒了。瓷碗沉静。庙宇发红。繁体的文字。玄色的布衣。夜晚里的喘息使一些信念土崩瓦解。

多么不可思议呀！在那些寂静而露珠尚未完全蒸发掉的山坡上，空想主义的理想总是一闪而逝，犹如夏夜的昆虫。少小离家的儿女们纷纷回来，又相继离去。青石傍着河水，褐黄色的泡沫像初生的牛犊一样在远处翻腾。多么明亮的村庄呀！一切垂直或倾斜的事物都在有意无意地营造自己的影子。远处的人影，牛影，近处的杏树，没有考证意义的塔，无人理睬的佛，移动和静止看上去仍是一回事。禁不起推敲也不能把他们怎么样。是的。

走在熟悉而大大微缩了的昔日街巷中，王陵闻到了生动的烟火气息和隔年的粮食的霉味。昔日人多势众的洪家大院，其面积与深度如今看上去竟小得令人难以置信，那一大家子人死的死，亡的亡，今天只剩下一个不喜欢穿衣服的终日一丝不挂的傻瓜，他们的衰落或许与其小棺材似的房屋不无关系？村庄里的紫花提前开了，从很远的地方有人的低微的说话声像虫子一样贴着地表皮爬过来，窸窸窣窣，到处都有那种细微琐碎的响动。二十几年前的一个光线明亮的中午，王陵蹲在一个开着紫花的土丘前将一大瓷碗饭吃光以后，从身边的一棵树上摘下自己的草帽，他的手停顿了一下，抬头朝树上看着。那时候他幻想着能从树上摘下一只鲜艳的水果，而不是那只能在脸上制造阴影的旧草帽。想念水果不是为了解渴，不是的。什么样的东西不能解渴，而非要一只水果？井里有阴凉的深水，河里流着被阳光照耀过的亮水，仿佛降温后的沸水。为什么脑子里一直转悠着一只鲜艳的水果？为什么？从夏天到秋天，那只鲜艳而可怕的水果一直挂在他的脑子里，像一个越长越大的恶性的瘤子。那些日子里，他几乎天天头痛，失眠，恶心，太阳穴上似乎裂开了缝隙。什么都保不住了。妈妈，我完了，我的脑子里有一只水果，它鲜艳得有些过分。我只是偶尔想象了一下它的模样——它的美丽的表情它的肉和它的水——我并没有得罪它。真是可怕呀！它不停地转来转去，像正月十五的灯笼，像你的婶娘。

是的，我的婶娘的孩子没了以后，她就那样在村里村外转来转去。

昨天夜里，我一直听见外面有女人的哭声，我不知道是你的婶娘。我一边点灯一边还在想，这是谁呀？什么事使她这样伤心？

那不是我的婶娘，她早在几年前就死了。活着的时候她也从没哭过。

那些形状整齐的河流都布置在山下，河边有一些人显得尤其心不在焉。没有人比我对这一带更熟悉的了。我曾经见过一个人，他的浑身上下仿佛披着一层草，几朵桃花在他的肩膀上和手指间盛开着。妈妈，真是不可思议呀！你看见了一定会惊讶地叫出声来，那些花瓣都已提前怒放了，那个开花的人满身绿意。门前的水和草都像是生了锈。绿锈。有一段时间，我变得浮想联翩，动不动就无缘无故地哭了，流泪了，伤感呀，忧郁呀，脆弱得像一个从未见过世面的小户人家的姑娘，像一个满眼落花流水的诗人。以前的一些事情仿佛全忘记了，一件也想不起来了，曾经觉得很有意思的东西和日子也随着一起被埋葬了。我从别人的门前走过，他们的弯曲的镰刀和草绳垂直地挂在那里，被月色和阳光徒然地洗了多日。

一个满怀信心的人突然间折颈而死，我在回家的路上听说了这样的一件事情。我的老毛病又犯了，想入非非，我感到四周的道路都在一瞬间消失了，荡然无存；绿色而阴性的草不声不响地从我的、从别人的臂弯里生长出来。

真是寂静呀！这么大的一片紫殷殷的土地上竟然会一点儿声音也没有，庄稼地里也没有人，黑色的瓦罐旁边也没有人。农民。寓言。时光。树桩。圆满的水。巨大的响动接收不到，小心翼翼的声音同样接收不到。时间和梦想把人们折磨苦了，看上去像草一样，男人不像男人，女人不像女人，到处都是丢弃的镰刀，像是天上掉下的弯月。

不要再提你的镰刀，赶快跟我离开这里，再不走你就风化成石像了。

我不走，我哪里也不去。我情不自禁地推开臆想中的一些窗户，我渐渐明白了一些粗浅的道理：并不是谁都能够道貌岸然。你生前所鄙视的，正是你一生所无法达到的。

你看那边，那些牛犊们闹腾得有多欢！金黄的草，葱绿的草。清水在白色的石头槽子里晃动，里面映着夜草似的云彩。

妈妈，你看它们像不像一些虎头虎脑的孩子？一些坐在朴素的农业岁月里听故事的孩子？

那些漆黑的屋檐越来越低矮了，门槛的高度已降至一两寸，重重的土墙如同过去年代里的书，笨重而粗粝，路上堆积着的黄尘很容易使人误以为是旱季里的夕阳。

刚在表弟的家里坐下，有一个人就把表弟叫走了。表弟满脸歉意地朝王陵笑了一下，临出门时又对自己的媳妇说：

“把那套新茶壶和新茶杯拿出来。”

天很晚了，表弟才回来。一路上表弟趺趺撞撞地走着，像一个两眼一抹黑的外乡人。有的地方还亮着灯，有的已完全漆黑了，河水的声音和牛吃草的声音传进他的耳中。粗通文墨的表弟走着走着，想起了自己的表哥王陵，表哥是当今社会的一位杰出的主流作家，这使他隐隐感到骄傲。表哥从二十五岁开始名声大噪，至今仍是一棵常青树。多么不容易呀！一切都是一个字一个字地写出来的。老天爷，那样的一碗饭是多么的难吃呀！表哥有一位朋友，也是一位作家，那个人很会描写女人的乳房，一本书不管是薄是厚，大部分的时候总是停留在那上面，各种各样的说法和代名词千奇百怪，但万变不离其宗，实质的指向只是一个。多么下流呀！表弟想。多么无耻啊！他写那些是什么意思？前六章让她们脱光，后两章又让人家穿上。翻来覆去，什么东西？

走进自己的院子里以后，透过蓝色的窗帘，表弟看到一个摇摇摆摆的影子。那个真实不过的影子正在朝他走来，他停下来，不无惊讶地注视着。快了，快过来了……他想。他下意识地伸开两条胳膊等待着，一阵轻微的喘息将他吓了一跳。那是他自己的声音。就在这时，他发现那影子已越来越远了。哎，等一等……他听见自己清晰而急促地喊了一声。这以后，表弟感到自己在院子里跑动起来，身上越来越热，什么地方似乎有汗出来了……不知又过了多久，他一抬头看到了灯光，他看到自己坐在家里的一只凳子上，头发湿淋淋地贴在额头上。

女人穿着一双红色的高跟皮鞋在炕上走着，走两步，停一下，走两步停一下。表弟用疲倦的目光看着那个走来走去的女人，他一抬手，碰响了面前的一套崭新的茶具，光滑的瓷器在夜晚的灯光下看上去像是银子。多么漂亮的东西呀！表弟想，看着不错，摸上去手感尤其舒服。日子过得真有意思呀！他忽然感到口渴得厉害，于是，小心翼翼地端起面前的一只杯子放到嘴边，轻轻地试探性地呷了一口，茶是凉的，于是，他放心地喝了一大口。是的，一个毛手毛脚、心慌意乱的人是不能使用这种珍贵的茶具的，那必然要出事，砰的一声碎了，砰的一声又碎了，什么都没了。

表弟很有把握地端着那只漂亮的茶杯，慢慢地喝着夜里的茶，他相信自己不会出事，不至于失手打碎茶杯，碰倒茶壶，因为他感到自己的心情平静而甜蜜，而他生来就不是那种毛手毛脚、心慌意乱的人。是的，美好还来不及呢，有什么可慌乱的？

表哥王陵吃过饭以后就走了。表弟坐在凳子上，手里端着一只茶杯，用一种持续不落的微笑看着自己的媳妇。女人正在试穿自己的新鞋，她扬着头，挺着胸，一副前去赶集的样子。多么漂亮而健壮的像母鹿一样的大腿啊！臀部上翘，一二三四。表弟听到自己发出一种低微而有力的感叹。他手里端着茶杯，不知不觉地离开那只凳子，来到炕上。那种持续不落的微笑还停留在他的脸上，他轻声向她招呼道：

“过来，往我这边走，让我看看你的……”

“少讨厌。”

女人说着，用力将头发向身后甩去，头发飘到了她的背上。真是可怕呀！表弟下意识地闭上了眼睛。表弟想，这个时候我要是正好站在她的背后，用手搂着她的腰，她的那些乱七八糟的头发一定会十拿九稳地甩进我的眼里，使我的眼睛发酸、流泪……是的，幸亏我正在喝茶，没有腾出时间专门去搂她的腰，否则……表弟这时候忽然感到自己的眼里流泪了，用手一抹，脸上果然湿漉漉的。

踩着高跟皮鞋的女人走着走着忽然停住了，她也注意到他的脸上有什么亮晶晶的东西在悄悄地闪烁，她说：

“你怎么了？喝茶喝哭了？”

“不是的，不是的。”表弟轻轻地摇着头，脸上的微笑仍然持续未落。

“因为我没让你看……”

“不是的。我高兴。我是个没出息的人，心里一高兴，就把握不住自己了。”

女人看了他一眼，发出一声叹息。她弯下腰，开始脱鞋。女人先脱下一只，拿在手里，接着又去脱另一只。

“怎么脱了？不穿了？”表弟端着茶杯，惊讶地看着自己的女人。多漂亮的一双鞋呀！天下到处是能工巧匠。一个什么才能什么资本都没有的人，能跻身在这个世界上，那是多么的不容易多么的有福呀！啊，太好了！一切都像这茶杯一样光溜得令人忘我。摸遍它的全身，连一个疤都没有，一个砂眼都没有。

女人将两只鞋重新放进盒子里，又用绳子捆好。表弟对她说：

“表哥是什么时候回去的？他吃饭了没有？光喝了一点茶？”

“我能让他空着肚子回去吗？”女人说。

“你给他吃什么了？”

“当然是他最喜欢吃的。”

表弟放心了。他从炕上下来，又去为自己的杯子里加水。我真渴呀！表弟在心里对自己说。我好像并没有吃什么，为什么一喝起水来竟没完没了，像上了瘾似的永远没够？多么糟糕呀！她一定把我看作是一个水鳖了。我看见了。我看见一些花纹，一些图案，一些蓝色的光泽。一个人要是被别人抛弃了，就得凄凉地匍匐着，发出鸡一样的寒冷的叫声。

不久以后，表弟和他的媳妇都来到炕上，准备睡觉。女人摊开两张被子以后，自己往其中一条里面钻了进去。表弟一个人坐了一阵，然后钻进了另一张被子里。

灯光已经熄灭了。多么温暖的火炕呀！坚实而沉稳，在这上面无论干什么样的事情，都不会有那种令人讨厌的吱吱扭扭的声音介入。没有干扰是多么的难得。炕上的温度使表弟感到自己的腰里出汗了，两条腿之间也湿漉漉的。太热了，太浪费烧的了。

表弟辗转反侧。他抬起一条腿，将被子拥作一团，然后夹在两条腿中间，这以后，他感到不热了。他在黑暗中闭了一会儿眼睛，接着又睁开了。不对头呀。他一个人自言自语地说道。不对头呀，啊?

不久以后，女人起来到外屋去方便。在那种沙沙沙的声音中，表弟给自己点了一支烟。女人重新躺下的时候，看到旁边有一个红的烟头。那个烟头像是死了，固定在一个地方一动不动。女人拉上被子盖住身体，闭上了眼睛。

表弟忽然推了女人一下，低声对她说道："表哥不常回来，你到底给他吃什么了？一碗面？一顿地皮菜馅的饺子?"

九

天气转暖的时候，一些心情沉闷的人们开始脱下身上的黑袄红袄，沿着线缝小心拆开，将里面的在身上捂了整整一冬一春的旧棉花取出来，晾在阳光下，等冬天到来时再重新絮进去。他们穿着夹衣度过夏天。他们的衣服不能多洗，每洗一次就要掉不少颜色，掉浓稠的黑颜色和红颜色，损失和消耗是显而易见的，肉眼就能看到。那褪去的颜色如他们身上掉下的肉，使他们感到无比心痛。

在刘芝山区，花天酒地是在一种极为秘密的状态下进行的。最殷实的富人，每天早上也仍然忘不了将喝粥的习惯延续下去。两碗稀饭一碗粥。大多数的人都相信天是有眼的，能够洞察地上发生的一切。一个我们不喜欢的人，无论从哪个方面来看，都是够可恶的，包括他的面目，他的身体上散发出来的气味和那像气味一样散发出来的笑容，不管他有意或无意。

早晨起来后，王陵刚走出旧日的院子，就听到不远处传来一阵砍树的声音。附近一带杏树成林。在距离他最近的一棵树上孤零零地悬挂着一把斧子，斧子上蒙着水。

远处，窑洞上的青苔和浮云映入他的眼中。

燕子在空中低飞着。四月的天气，山坡上却有一些令人不可思议的犁闲置在那里，明亮的铁铧一半插在土里，一半露在土外，远远望去，仿佛漫山遍野都插满了成熟的刀子。农具的形状，粮食的色调。祖先们的坟全在风中隆起，陷落。祭奠他们的是一些带有节日印记的食物，不是华而不实的鲜花。一束丁香有什么用呀？十枝玫瑰花又能代替什么？虚情假意似那些一碰就掉的露珠的形式，短暂地在花瓣上停留一小会儿，一阵风就吹散了，一场雨又会使它们很快变成一片狼藉的红泥。风尘仆仆的祖先日夜聆听着蛐蛐的叫声，个个饥肠辘辘，望眼欲穿，他们需要的是在熊熊的人间烟火和蒸腾不息的雾霭中徐徐出笼的食物，四个馒头六个馍，白酒少许。

是的，在民间，在寒冷而遥远的刘芝山区，饮食高于一切。饮食一贯高于一切。十几年前，王陵的祖父临去世前，对自己的儿孙们说，每年的清明和七月十五，你们到我的坟上看看我就行了，平时不要去，去了我也不在。那么，您需要点什么呢？王陵的父亲说，免得我们到时候乱送一气，还惹您不高兴。祖父说，每次有一碗红烧肉，一瓶白酒就行了，酒要一块三一斤的白酒，不要拿那种虚假的葡萄酒去骗我，拿去我也不喝，记住了吗？

火光映红了他们睡意蒙眬的脸。木匠们都从高高的房梁上撤下来了，只留下一个年轻的木匠还在上面料理善后的事情，做最后的收敛与补充。有人已经开始在下面的门窗上涂油漆了。在一扇象征性的假门上面，王陵看到一种图案，油漆的效果使那一切看上去如同一片青色的果实。这是谁的主意？王陵低声问自己。也许与玉玺的审美趣味不无关系。优美的姿势，缓慢而无所作为。担架，马车，草木似的人影，驻足于河边，转瞬即逝。河水一直很大。岸边的黑陶水罐被打碎了，里面的拥挤的青蛙像腐朽的铜钱一样暴露在人们的眼前。

从一些低缓而浑圆的土丘后面不时有低低交谈的声音传来，仿佛有一些一寸见方的人在你的脚下说话，商议着某种经天纬地的大事。王陵抬起一只脚，脚心有些发痒，很难说是不是他们的细微的胡须和袖珍的呼吸弄痒了他。那只脚往下落的时候，王陵犯了踌躇：真是可怕呀！运筹帷幄的人们到底站在哪里？只闻其声，不见其形，肉眼看不到他们，但一只无所适从而冒冒失失的脚完全有可能将他们踩住，从而使已被提到议事日程上的某个庞大的计划或久远的长卷迅速流产，湮灭，化为月经似的泡影。多么宁静呀！眼前的一切是多么宁静呀！一点可供借鉴或参照的信息也没有。

王陵屈起一条腿，像一个热衷于跳格子的小姑娘一样，蹦蹦跳跳地向远处跑去。

平心而论，他自认为没有踩着他们中间的任何一位。是的，轻抬脚，慢落步，这些做人的基本规则他再清楚不过。危险期过去了。他站在池塘的一侧。昨天夜里，三更天的时候，他正在灯下补写当天的日记，住在隔壁窑洞里的一个男人突然开始接连不断地咳嗽，声音划破了沉寂的夜晚，惊动了附近的一些鸡狗。

长篇大论。旗帜一样的长篇大论，有时候会被某种东西撕成无数凄凉的碎片。臆想中的微风，胡须，戒律森严的栅栏，优雅的相会，朱红色的平滑如鱼的文字。树丛明亮。大雪封门。幽闭的表情多么令人难堪呀！四面的群山绵延不断，如果你愿意，你完全可以把那看作是历史上某个时期的浪涛，由地平线的远处滚滚而来。如今，一切都凝结了，岿然不动。有人小声嘀咕：原来，时间也有消化不良的时候。

是的，灿烂无非是一种密度。

两年前，王陵在一个汽笛消失了的城市里认识了一个名叫陈宫的人。陈宫善于运用和驱使文字，不仅仅是因为他在一个语言文字工作委员会里领取着一份相应的年薪，他与文字的关系也是令人惊讶的。据说陈宫像一个邮票爱好者一样，每天都要小心翼翼地收藏起一个字，这么多年来，谁也不清楚他一共收藏了多少。陈宫精心培植那些文字，每日喂养它们，训练它们。有一次，另一个朋友在陈宫的客厅里与陈宫谈话时，陈宫的一些文字像他的顽皮淘气的小外甥一样，不时地从陈宫的手臂上跳到那位朋友的袖口上或某一枚纽扣上，然后又像喂熟的鸟一样回到陈宫的宽大的袖筒里。那时的迹象明摆着是在撒娇，就因为陈宫对它们宠爱有加，过分的庇护。是的，它们后来越来越放肆了，吊在陈宫的脖子上撒娇，弄脏他的雪白的衣服，踩着他的脸，纷纷钻进他的头发里，藏起来，让他找。陈宫真有耐心啊，一点儿也不生气，只是偶尔假嗔一下，完全是一派外祖父式的呵护。

哪有这样的事？王陵对那位朋友说。

其时，在场的一个英国人也被那种奇妙的情形惊呆了，蓝眼睛里暴露出的完全是不可思议的恐惧。是的，在英国，在欧洲，在世界上一切使用字母做文字的地方，永远不会有这样的事情发生。西方式的幽默很难让中国人发笑，一半是由于开心的标准不同，而隔膜的方块字，对他们来说已成为真实的难题。字母是简单易学的，谈不上多么复杂，它们所呈现的不是久远的历史与文化，而只是一种技术，一种规范的手写体或印刷体。因而，你们的文字没有什么，陈宫对那个英国人说，一个人只要认真攻读半年以上，便可以基本掌握。

不过，有一件事情让我们难忘。1928年，年轻的中国诗人徐志摩去英国道骞司德的乡下拜见英国大作家托马斯·哈代。为了接近这位大作家，徐志摩费了很大的劲，而对方只给了他二十分钟的时间。“啬刻的老头，茶也不请客人喝一杯!”二十分钟以后，他把客人领到花坛前采了两朵花送给客人，之后便扬了扬手，径自回去了。“再会。”他说，“来，梅雪……”梅雪是他的一只狗。

在那二十分钟里，哈代对徐志摩说：

“你们的文字是怎么一回事？难极了是不是？为什么你们不丢了它，改用英文或法文，不方便吗？”

哈代的话使徐志摩感到无比惊骇。天才的诗人劝我们丢掉上千年的文字。现在，我们手中的文字如一块块被剔去皮肉后的骨头。求新意味着分割，意味着生离死别。你随意地将一些腐朽或生动的文字一笔一画地拆卸开来，你会听到被肢解的文字所遭受的皮肉之苦和某种不堪回首的屈辱的呻吟。

因此，当陈宫拆散了一堆烂熟于心的文字以后，他看见一些人烟稀少的道路十分显眼地裸露在他的眼前。路边只有几只水罐，几个年纪很大的俑一样的人日夜守护在那里。他们似乎在等待传递消息的马蹄一路响来，而路的尽头却久久没有动静。

他们兢兢业业，他们叹息如云。

勤勉的身影保卫着当年的清水。

烟叶金黄。乳牛围着隆起的腹部。

黄昏的时候，王陵来到泛着油漆味的新房里。无边无际的潮气在油漆味中被淹没了。白的墙，绿的门，金色的屋顶亮堂堂……附近的孩子们一边跳绳，一边大声念着。

在院落的一角，几个木匠正在喝酒。他们每一个人的手中都握着一根一尺多长的铁丝，每一根铁丝上面都串着一个新鲜的羊腰子，放在火上烤着，滋滋地流着油。

酒气中，王陵看到了木匠们的脸。是的，他们中间不全是肾功能衰弱者，有一个木匠称得上体格过人，他的胳膊有普通人的大腿那么粗。太有力量了！王陵不禁在心里暗暗赞叹。无论干什么都绰绰有余，即使被杀掉后卖肉，按斤出售，也能获得一个好价钱。他想到了自己的那些同行，他们分散在全省全国各地，其中不乏一些外强中干的内心恐慌者。除了个别的混混，绝大多数的都属于货真价实的劳心者，呕心沥血，早生华发。早在一年前，他已在镜中看到了自己那渐渐发白的双鬓。

“老王，过来吃一个腰子吧。”

木匠们回过身来看着他，请他过去吃他们的羊腰子。他们离火很近，每个人的脸都红扑扑的。王陵走过去，坐在他们中间，有人立即将一个烤好后的羊腰子送到他的面前。王陵咬了一口，被腰子烫了一下嘴。又有人将一只酒瓶递过来，对王陵说，先喝口酒，再吃腰子就不烫了。木匠们有的席地而坐，有的身下垫着一块砖。这时，坐在王陵对面的一个木匠忽然从头上摘下自己的帽子，递给王陵，并对王陵说，“把这个垫在你的腿上，腰子上流下的油会脏了你的裤子。”

王陵没有垫，他把帽子还给了那个木匠。

木匠们说，“老王，我们不以为你真的会过来吃羊腰子，我们几个在打赌，大家都认为你不会吃。”

“为什么？”王陵说。

“上等人谁会吃羊腰子？”木匠们说，“啃骨头，吃羊腰子，明摆着是粗活儿，是我们这号人才干的事。上等人连骨头也不敢啃。”

有一个木匠说，“什么不敢啃？比啃骨头更胆大的事他们也敢干，人家那是不想啃，不愿把脸弄脏，沾一手油。谁像咱们？”

另一个木匠说，“那些人往嘴里放一点儿东西，马上就要用手边雪白的纸巾揩一下嘴角。真是难受呀！要是让我天天看着他们那么吃，用不了几天，我就会精神失常，彻底疯了。真的，老王，我受不了他们那种吃法，我要疯了。”

“我也受不了。”王陵说。

“你也受不了？不能吧？”木匠们吃惊地看着王陵。“你和他们不是一伙的吗？”

“我和他们不是一伙的。”

天知道什么人是上等的，什么人是下等的。这个世界上，谁和谁是一伙的？几个木匠看上去是一伙的，他们都想不到王陵会和他们一起吃羊腰子，只有一个人与他们看法不同，就是那个坐在王陵对面，欲将自己的帽子贡献出来给王陵做餐巾的木匠。那个长着一双小眼睛的人，他的解释是，对木匠们来说，羊腰子无疑是一种可口的美味，而对于王陵那样的人来说，它也不至于很难吃。重要的还在于，在这样的一个黄昏时分，作为一位宽宏大量而不计较鸡毛蒜皮的雇主，他的新居已然落成，被他雇来的木匠们正在小憩，围着火，喝着酒，握着发热的铁丝，吃着滋滋流油的羊腰子，这时候他走过来，与他们坐在一起，是非常自然的。

这样的判断与解释很能使王陵接受，他不由得多看了几眼那个小眼睛的人，假如……木匠们打赌，只有他一个人胜了。

“你们在赌什么?”王陵说。

“赌拉大锯。”木匠们说。

他们说话是算数的。在新的雇主那里，赌输了的人将要轮流拉大锯，锯开直径几十厘米甚至上百厘米的圆木，而获胜的人可以一直歇着，在一旁指点他们，或袖手旁观。这或许也算是人生在世的一种意义?是的，当然是。

“赌的蛮有意思呀。”王陵对木匠们说，“只可惜我没有圆木让你们锯了，我是看不到了。谢谢你们，羊腰子真不错。”

他的嘴角仿佛被欢乐的烟火熏黑了，就像小时候在场院里偷吃烤土豆时的情景。木匠们有些感动。事实上他们也更清楚自嘲是怎么一回事。融洽是一种多么不容易的现象呀！羊腰子，圆木——不管它的直径有多大需要几个人去合抱——夕照，一切都不容分说地散发着醉人的暖意。是的，是那么回事。他们是一伙的，另一些与他们完全不同的人是另一伙的。有一对貌合神离的夫妻，在某一问题上却有着惊人的一致性，因而看上去也像是一伙的。比如，他们习惯用咖啡，喜欢喝洋酒，渐渐地，与其说他们疏远了水，毋宁说水使他们感到非常不习惯；即使有时偶尔喝一点点，也绝不喝中国的水。

“那他们要喝哪里的水？”木匠们说，“不喝咱们自己的水，闹着要喝别人的水？”

是的，那就是他们。你很难说他们想要喝谁的水。

他们是谁？一对狗男女，两只可怜虫。

十

有一种自尊心很强的鸟，基本上不食人间烟火，仿佛来自天堂。当它不幸被捕获之后，不吃不喝，拒绝抚摸，闭着眼睛，只求一死。山区里的人们都知道那是一种气性很大的而且永远喂不熟的鸟，因此，大多数的人偶尔捉到那种视死如归的小飞禽之后，很快就又放掉了。强扭的瓜不甜。与其徒劳无益地强暴一只不屈不挠的小鸟，还不如花点儿时间和精力去攻克一个有可能被你占领的女人。后者说沦陷就沦陷，说崩溃就崩溃，一切都去得很快，来得也很快。刚说要有光，这就有了光，刚说要有水，一切就已全都湿透了。

而要想有效地对付前者，那倒很难。成年人不干的事，他们的子女们会主动地捡起来摆弄一番，研究一番，看看到底是怎么一回事，为什么大人不愿意干？是因为没有意义，还是由于难度过大？是的，只有懂点事又不懂事的孩子们才会与它针锋相对地较真，对峙，诱降，软硬兼施，经过一段时间的消耗之后，最终渐渐将它熬败，逼上死路。

很多年前的一个初夏，小学尚未毕业的王陵与另外三个小伙伴在放学回家的路上捉住了那样的一只自命清高的鸟。他们可不管它愿意不愿意，是否痛苦，他们轮流把它抓在手里，用力捂一会儿。那只小小的只有小孩手掌那么大的鸟，它的骨头是多么的硬啊，紧闭嘴巴，气得全身都在战栗。不过，几个孩子也被它折磨苦了，他们的最初的兴趣渐渐化作疲倦与不耐烦。太不识抬举了，一点儿面子都不给。王陵听到一个小伙伴愤愤地说道。他们用很细很结实的渔网线系着它的腿和翅膀，它的白白的小脸渐渐发胀，变成紫色。就在那时，一位五十岁左右的中年人来到他们的面前。中年人看了看那只闭着眼睛的鸟，对几个孩子说：

“孩子们，你们打算怎么发落它？”

“不知道。”孩子们老老实实地回答他。他们不知道该怎么办，他们对它无计可施，给它金黄的小米也不吃，喂它水也不喝，梳理梳理它的羽毛吧，它的羽毛竟因生气而变得很硬，像木头上的毛刺一样扎手。没有办法了，什么主意都想过了，它甚至连看都不看他们一眼。

“那么，我给你们出个主意吧。”中年人对几个孩子说道，“它飞着飞着，忽然飞不动了，或者受了伤，被你们捉住了，那是它的不幸。它的命握在你们手里。我是说，能不能不逼它，不羞辱它？或者把它放了，或者，要是你们的馋虫上来了，就把它烤着吃了。不过，这么一点点肉，你们几个人要是分着吃，每个人恐怕连塞牙缝都不够。”

“我们不放它，也不想吃它。”孩子们说，“我们只想让它开口，和我们玩。”

“你们难道没看出来吗？它没打算和你们玩，它闭着眼睛，那是在等死。”中年人说，“它要是一只鸽子，一只画眉，早就和你们混熟了。它不是那样的鸟。”

那个替鸟说情的中年人就是刚刚从军队转业到地方上的罗

家玉。此前，在漫长的战争岁月里，他一直在隐蔽战线上做着一种秘密而凶险的地下工作。后来，仗打完了，敌人不存在了，建设开始了，他的作用也随之日渐减少、消失。不到六十岁，罗家玉便告老还乡，回到了刘芝山区。他曾数次被捕。有一次，长大成人后的王陵在河边遇到了罗家玉，罗家玉牵着一只奶羊站在河边的青草地上，弯腰驼背，两眼无神，他的苍老而空洞的咳嗽声惊动了正在河边的小树林里看书的王陵。王陵向他提起了那只视死如归的鸟，罗家玉记性很好，一下子就想起来了。那时候，他觉得那些孩子们的手里抓着的不是一只鸟，而是他自己。老天爷！那只不屈不挠的鸟多像自己从前的那些战友啊！他们一个个飞着飞着忽然就飞不动了，从半空中坠落下来，迅速又被链子系住。紧咬牙关，深闭双目。所有的毛都被一根一根地拔光了，金黄的谷穗悬挂在眼前。清澈的水，镜子一样清澈而明亮的水，数不清的奇形怪状的事物都在其中浮现，有的擦边而过，有的坠落成血。革命是一种红色的时期，胜利是一种蓝色的时期，后者如一张模糊的脸，远在星宿的附近，远在几个世纪之前。一只船，一匹马，一副手套，烟锁重楼，雾中有人掩面哭泣。那些记载着烽火的土墙，如一副副暗黄色的骨牌，在时光的手中变得颓废而毫无生气，筹码与牌的数目随着日子的推移而变得残缺不全，越来越少了。黑底白斑，遗传的亲缘。田野中耕作的牛，在下雨的天气里会像马一样疾走如飞。

秋水泱泱……以五谷焚烧季节，仁人志士殉难的消息不断传来。

多数时候，那种有关的传递消息的方式如同一个人在梦游。

现在，年逾八十的罗家玉一个人坐在自己的院子里。

王陵从外面走进来。罗家玉穿着一件过去年代里的灰色的凡尔丁西裤，不过，裤子被他穿反了，前后倒置。

西装与领带已不知去向，他也懒得去回忆它们。他惊异于自己的寿命，多少人都被他先后熬倒了，一个个的都先他而去了。战友、上级、敌人、老伴、女儿，他们都在他的前面走了，如今只剩下他一个人了，像那只不把被捕与死亡当回事的鸟。

越到晚年，他越感到糊涂，感到迷惑不解。许多的事物都不止一个答案，人生犹如下棋，有无数种不同的走法，很难说哪一种最佳，哪一种最糟。曾经以为一件事情只有一种答案，以为活着只是死路一条，事实上满不是那么回事。人生在世，真他娘的有趣呀，比打扑克、下象棋有意思多了。

残阳如血，夕照透明，在那里，罗家玉的声音被割破了。一天又一天，多么宁静呀！有多少须眉红颜以骷髅的形式隐现在背后，英雄也就是那么回事，叛徒或妓女也就是那么回事。是的，世上有一些树，完全是出自于人为的虚构。许多落在树上的歌喉婉转的鸟，在它们不发声不唱歌不飞翔的时候，你看它们像不像女人们手中的剪纸？

想象中的原野风声鹤唳。一些脸，一些静止而苍白的上面贴满树叶的脸从那些荒僻的记忆中被不知不觉地浮现出来，嬉皮笑脸，威严无比。米黄色的光线穿越部分旧时的风物，使一些事情得以挽留。走马观花，那些漏掉了的东西如同遇土而遁的金，永远消失了。整齐的墙，零星的垣，四季常青的草，微微拂动的井，窸窣有声的夜。步履蹒跚，如期而归。人到晚年，眼里的黄土都不容分说地变成了泥。

如今，靠他自己的力量，他已经走不到河边去了。他常常一个人——自以为无形地——从屋里走到院里，坐在一些置于向阳处的农具或草垛边，背景是他的居住了几十年的家，扩大一点说，是整个狭长的刘芝山区。

四月过去以后，天气已接近炎热，但在刘芝山区，仍有众多的人依然沉浸在冬天的记忆里，仔细而麻木地回味着消失了的一切。

罗家玉仰卧在五月的阳光里。近来他常常望见他周身的血管缓缓地将里面残存的血流逝得干干净净，只剩下一副鱼骨般的身架和躯壳。是的，寂静的时刻终于来到了，这样的寂静发生在身体内部，与他以前曾经居住过的某一处寂静的寓所完全不同，那时的寂静是暂时的，甚至可以说是一种假象，充满了凶险与不安，而现在，终于可以把它看作永久性的了，再没有什么可怕的了，再也用不着牵挂什么人，为谁而操心担忧了。一切都与他无关了。

某些因混乱而造成的心病他差不多快忘光了。多数时候，为了好听，人们会把背叛说成延续，甚至继承。继承什么呀？一桩真实的死亡事件，在发生的当天被称为死亡，一周以后就再不那么叫了；两年以后，死亡一词会被演变成一个新的词叫“洞穴”；二十二年以后的人们会将洞穴一词解释为“一只手套”，“一束光”，“后院里的打字机”，“我的伯父刘文焕，手里织着毛衣，左脚踏着风琴，右脚踏着缝纫机”。“依山而居”是一句多么简洁的话，可是在往后延续的过程中被写成“一条阴暗的狭长地带里的石器制造者”；“土质朱黄”被说成是“无限绵延的黄色低谷里的迷雾制造者”……是的，说这种话的人才是真正的迷雾制造者，迷雾毕竟也算一种难度。

王陵站在罗家玉的面前。罗家玉的头颅在夕阳中被染成一种狮子的颜色，看上去巨大无比。

自尊心是个什么东西？那是怎样的一回事？退回几十年前，他会响亮地脱口而出。而现在，他一愣就是好半天，平心而论，他已回答不出来了，像一个成绩糟透了的学生，白痴，什么都不懂，在所有的问题面前都哑口无言，还要装出一副回忆的样子，两眼发直，若有所思地望着头顶上面的天花板，做漫长而无尽头的思考。而时间是不等人的，尤其不允许他站着入睡，翻着毫无内容的白眼进入梦乡。

……

是的，时光是一只喂不熟的鸟，即使你给它涂上一层动物的颜色和家禽的颜色，贴上具有感伤意味的黄昏的标签，也还是不能将它据为己有。是的，不能，所有的手段都是枉费心机，瞎忙一场。你去所有的空床和蜷伏着睡眠者的床上去看看，谁的记忆里不是布满了窟窿？走风漏气，满脸倦意。

就在不久前，八十五岁的罗家玉忽然心血来潮，在几个邻居的孩子的帮助下捉到了一只鸟。很难说是不是那种不食人间烟火的鸟。罗家玉将鸟拴在窗户下，接着又拿来谷穗和水。我要看看你的信念……他的腋下夹着一些金黄的草。与谷穗同样金黄的草，如同他出生时的阳光。不久以后，那粗大而弯曲的谷穗像某种呼啸的器官一样洞穿了所有的信念，他看到那只鸟终于低下了可耻的头……无数的鸟雀飞临附近，风声喧哗，鼓舞着草木。一个人变节原来竟这样容易！妈妈！母亲！有一汪古老的月亮的清辉无声无息地环绕在我们的附近。在距离我们的出生地不远处的一条河边，我曾见到过无数头狮子。那一带并无茂密的森林，那么多的狮子都聚集在那里，难归山林，望眼欲穿，他们相互之间的倾轧是可以得到宽恕的。那么多的狮子，生存是一个问题，都要活着，更是一道难题。岁月如烟，时间之剑挥舞在无限的空间里。狮子们的血肉之躯一天天风干，最终将一身金色的皮毛化作石头，将狮子的形象留在了河的两岸。

是的，母亲，我说的是那些做工精细的石头狮子，多少年来它们一直蹲伏在河的两岸。母亲，你知道当初制造它们的那些工匠大师如今都住在哪里？他们如今都居住在大地的边缘，远离现实，遥不可及。是的，他们活动在远方，长久的想象或眺望，是感知他们的唯一途径。

经常有一个人在一片又一片的桃林中默默不语，徐徐而行，那不是一名早年间被遗忘在这里的制造石头狮子的工匠大师，而是一位曾经隐姓埋名的情报员，战争时期，他像一枚锋利雪亮的钉子，被钉在一些重要的位置上；建设开始以后，他生锈了，带着满身的红锈被抛回最初的出生地。

抛回起点，并不意味着要他重新回炉，然后再出发一次。

是的，母亲，我看见那个人了，他满腹心事地从一些描金的房子里走出来，举手投足都像是多少年以前的事。烙印比风范更为实在，更加具体，清晰可触，风范是一种多么虚渺的东西。妈妈，我不喜欢风范。我听说正午的阳光犹如贞洁无瑕的舌头，用心专一，含情脉脉，她的照耀使河两岸的一切风物泪眼盈盈，河水曲折地流回，蜿蜒而去。郁郁葱葱，转瞬即逝……街上涨满了水，一条青色的月光之河夸张地扭动全身。羽毛漆黑的鸟在圆形的山顶上叫着，小动物们温馨的气息很浓郁，犹如婴儿的乳香。

什么东西郁郁葱葱？什么东西转瞬即逝？谁的脸在古老

而漆黑的水罐里像鱼一样游来游去，两道眉毛寂寞无比地斜挂着？

雪白的山羊和黄色的公鸡在街上跑着，罗家玉仰坐在面粉似的夕照里。去年秋天，他养的那只奶羊寿终正寝，终于死去了，从此，他熄灭了喝羊奶的念头。

“喝什么不行，非得喝羊奶？”罗家玉对王陵说道。

王陵说：“其实牛奶也不错。外国人都……”

罗家玉又对王陵说：“你爹真不是个东西。回去告诉他，就说是我说的。”

“他怎么了？”王陵吓了一跳。

“有一次我正在院里挤羊奶，他从我的门前路过，又是咳嗽又是吐痰，你回去问问他，他那是在干什么？小小年纪，不知好歹。他要是不亲自上门来给我赔礼道歉，我跟他没完。”

“您别跟他一般见识，他也老了，七十多了，一身毛病。”

“我不让他，我一挤羊奶，他们不是咳嗽，就是打喷嚏，好像我是在挤他们的奶，我没有挤他们的奶。”

“是的，这我知道。您挤的是您自个儿的羊奶，何况他们哪里有什么奶。”

“我挤的是我自己的奶，他们咳嗽什么？我不让他们咳嗽。”

这恐怕很难。王陵想道。现在，村里比较沉寂。午后，王陵沿着一条斜坡渐渐往高处走的时候，耳边忽然听到有人在轻轻地唤他的乳名，声音温情而暗哑，仿佛来自一间低矮的小屋之内。走到高处以后，王陵想到了一张脸，一束乌黑的头发，会是她吗？王陵的身体摇晃了一下。有多少年没有见过了？七年？十年？朗朗的读书声从高处飘来。

不久以后，那朗朗的读书声在低年级的合唱中渐渐消失了。

天空宛如印花的染布。平日里，没有人到罗家玉的院子里来。一对节日的道具——两个木制的武士互相依靠着站在漏风的窝棚下，它们四肢健全，一切都相当完整，只是缺少大脑和心灵，缺少体温和呼吸。罗家玉的脸上偶尔会显露出焦虑与不安，变得忧心忡忡。是的，人太少了，寒冷的冬季即将到来，战争将会更加残酷，寡不敌众将是我们失败的主要原因，更何况这是一支没有记忆，失去知觉的队伍。一条不息的河无声无息，河的两岸废弃着一些神话和桨，船夫在河面上支支直立。摊开你的手掌，白骨累累，掌心平滑，纹路纷纷四去。

罗家玉常在自己的某种错觉中感到自己独自一人正在徐徐而行，远离组织，远离家园，路上的雪白的花朵如一只只精美迷人的空茶杯。沿路都是有情有义的茶杯，预示着殷切与款待，你的情绪不会因黯然失色的花丛而受到影响。梦游的足迹载着梦游的脸，那是什么呵？——远处的山顶上竖起一种橙光，像一只手。

毫无疑问，单纯地依靠个人的力量，罗家玉已再不可能从自己的院里走到河边去了，然而，在他的头脑中，他仍然雄心勃勃地谋划着要独自去周游辽阔的国土，站在近处打量一下那些城市和乡村。他曾经为她们当中的某一个保守过秘密，缄默不语，而今，哪里都用不着秘密了，保守标志着落后，意味着倒退，有些急躁的地方甚至想放都放不开了，不得不改名换姓。

罗家玉有一只生锈的铁盒子，里面放着他的部分零用钱和几个莫名其妙的地址，另外还有一叠用渔网线勒着的粮票。从他的神态上看去，他认为自己的准备够得上充分。

“我将在白露前后动身。”罗家玉对王陵说，“赶在霜降以前渡过长江。”

“雨伞就不带了吧？”王陵问道。

江南的桃花汛被他错过了。他在季节的更替中沐浴，换上夹衣，刚踏上那片温湿的土地，就看到了岸边的柳丝与翠堤。蒙蒙细雨，落红点点，白石桥——被青苔挂满了——在他的记忆里弯曲得像他的背。有人在他的背下洗衣。

有一个问题如鲠在喉，使王陵感到不得不说。于是，王陵对罗家玉说道：

“罗大爷，粮票就不用带了。粮票已经作废了，不能再流通了。”

“什么？你说什么？”

“我说，粮票，已经，作废了。”

罗家玉狐疑地看着王陵。眼前这个一脸焦虑的年轻人在说什么？什么东西作废了？我？我们？过去的一切？

“胡说！”罗家玉大声地对王陵说道。

十一

那一夜，在那间勉强能够住人的房子里，王陵时睡时醒，强劲的油漆味和无边无际的潮气先是一直使他辗转反侧，一旦合上眼睛以后，又在潮气的包围中沉睡不醒，梦魇联翩。

他梦见几个鬼头鬼脑的记者，他们像壁虎一样贴着他的裤管往他的身上爬，他想尽了办法，他们还是像蒺藜一样黏附在他的裤子上和领口上，他的手因愤怒地拍打而流血了。一个官僚抚摸着自己的牙齿和肚子，微微地笑着：听说你既善于写作史诗性的作品，又善弄权术？没有的事大人，我对政治不感兴趣……那边，一群边远省份的官员们正在借酒浇愁。是的，迟了，我们动手慢了，一切看上去都为时已晚，想放都放不开了。是的，那情形就像一个人曾经为了防止裤子脱落而在腰里打了一个甚至几个死结，等到真正需要脱下裤子的时候，那些死结却无论如何都解不开了，这样的事情从来没有过，现在让我们遇上了，谁不急呀？满头大汗，毒火攻心，双脚在地上乱跳。没有办法了，事到如今，需要割爱，需要牺牲一些东西，做出一些让步或妥协。事实上也只剩下两个办法可以一试：

第一，锯腿。

第二，烧掉那裤子。（不破不立）

……仿佛是置身于一个灯火辉煌的大厅之内，无数体面的人们在眼前站着，走着，握手，交谈，笑容可掬。妓女们的笑声回响在身边。具有双重身份或多重身份的妓女，众多的头衔使她们的身份发生了位移，宾主倒置。又在耸人听闻，又在浮夸！我们的身边真有那么多的明娼暗妓吗？不至于吧？打击面太大了吧？她们都是好女人，杰出的妇女。让我们庆贺一下吧！我把你那逃跑了的丈夫给你找回来，你用什么酬谢我呢？是的，如果他胆敢再逃，我们将勒令他写一本书，请他到剧场里去听戏，让他连续十四个小时坐在那里观看电影。是的，当然不放心他一个人去厕所，万一他再溜了呢？老毛病又要犯，你简直不可阻挡，防不胜防。

……生活是多么让人激动呀！我又有点儿坐卧不安了。你看山下那黑色的墓碑像岛屿一样浮动着，涌来涌去。我的名字，你的名字，我们的著名的带血的名字从一些热烘烘的嘴里被说出来，像不像一些全身裸露的还没有来得及长毛的鸟？像不像一枚枚被吐出唇外的杏核？

他梦见自己皈依宗教，心中充满了荣耀。

他梦见自己为捍卫理想而呐喊，与绝大多数的在他看来是愚民的人大动干戈，大打出手。他的头上缠着白色的绷带，像昭和年间的东洋武士，手里冒着汗，眼里喷着火。有一天夜里，他忽然从一个噩梦中惊醒。理想到底是个什么东西？多么难以确定呀！这个不祥的疑问使他出了一身冷汗。他觉得他仿佛是不现实的。不少人已被打上死亡的烙印。

他梦见自己如预期的那样已成为一个十足的彻头彻尾的人物，一会儿年轻，一会儿年老。他怀着现实的甜蜜，在自己的身边纠集起一伙人，有男有女。他们在一间乌烟瘴气的房子里开会，各抒己见，然后汇聚成一场戏。是的，我们要想法结成一张网。注意，小心，别让那些家伙，那些正人君子们给弄破了。

他梦见自己在睡觉的过程中因辗转反侧而将一只不走运的壁虎压死在他的身体下面。床单上面也是乌七八糟的，那是什么？人民的苦难？他们的血和泪？是的，我们不做他们的代言人，谁做他们的代言人？靠那些没有良心的势利小人吗？我信不过他们，人民也不指望他们，他们只知道厚颜无耻地伸着手捞钱。只有我不喜欢钱。钱是什么？臭婊子！带蛆虫的大粪！就在昨天，我在搅鸡蛋的时候，又接受了一项算得上光荣的任务，一个充满荣耀的命题。我在烧开水的时候，猛然听到金鸡在鸣叫，那是催我上路的信号。他妈的鸡蛋的价格这么贵，还让不让人民活了？我自己无所谓，我考虑的是人民的痛苦，我为他们而焦虑。卖鸡蛋的小贩振振有词地对我说，我算不算人民？我的自行车后面驮着一大坨重量，走街串巷，难道我是剥削别人的人？剥削者谁会干卖鸡蛋的勾当？

他梦见自己变成了一个女人，矜持，庄重，笑不露齿，含蓄地吃饭，像鸡一样一粒米一粒米地往嘴里啄。天哪！这是我吗？我记得我本是一个狼吞虎咽的饕餮之徒，那么，谁来告诉我，是什么使我变得如此优雅而高贵，懂得分寸，善于节制？那究竟是什么？

他梦见自己的修养日积月累，如皮下的脂肪，但有时候仍然不可避免地扮演性急的公鸡的角色。还不到时候，还根本不到家。他喃喃地对自己说道。有时候他扪心自问：我也算人民中的一分子吗？回答是肯定的。相互拥抱的人民使他感动。让我也来试试好吗？被他拥抱在怀里的女人发出幸福的吃吃的笑声，她一会儿变成知识，一会儿恢复为脂肪。你难道没有意识到这是在糟蹋你自己的身体吗？什么？去他妈的身体！我愿意！是的，我愿意。为什么不？

……一切都在重复，唯有诞生是仅有的一幕。那永不再回来的，是他出生时的那个早晨，阳光安详，春水泱泱，鸟飞来了，一些金黄的隔年的麦穗无声地浮动在他的头顶上方。

是的，这下就全完了。他妈的，那乱糟糟的一切总算结束了。我不能陪你了，他对一个要好的朋友说，上山得你自己去——我送你一根手杖你可以拄着它，权当那就是我——到街上吃小吃也得你一个人去；我有一个庞大而复杂的令人头疼的计划：我要和所有的女人离婚。是的，和所有的女人离婚。我准备就这样一直闹下去，一直到生命结束的那一天。生命，活着，就那么回事，不值得沾沾自喜，更用不着自暴自弃，我们不过是盲人摸象罢了，用毕生的时间抚摸一条腿甚至一颗门牙，长久的抚摸会使一些人成为某一科目的权威。有何经验可谈，有何资历可谈？不过是手上用力，摩挲得勤一点罢了。我摸着了你的欢乐所在，你的笑容像水。我摸着了你的乳房，我知道你是母亲的象征。

那是谁？站在那里干什么？

荣归故里已非昔日的虚构。一生中的许多个夜晚，差不多都有一弯金黄的月亮悬浮在他的头顶上方，形成一道扩散着暖意的拱门。过去的一些事情像头发一样渐渐稀疏了，他的手也渐渐凉下来。他蹲在河边，坐在轻风吹拂的高台上，将想象中的手臂上的那些斑点一样的文字一笔一画地洗进水里，甩进土中。那些被剥落掉的东西事实上更像被遗弃的玉米或黄豆。

有时，他也随意走走，故土上好像到处都埋着以前的一些人，每走一步都能踩着一个灵魂。他看到城墙在蜿蜒的过程中流于虚无，渐渐消失。黄土如泥。灰白的鸽子已不是昔日那些视死如归，不食人间烟火的清高的小飞禽。

有一种人，其自信的程度令人惊讶：他的一丝笑容，一个手势，会使附近的山川与河流愈来愈遥远。

以前的那些年，他曾迷恋于用流畅而自由的语言，讲述一个凸凹不平，粗糙无比的故事。兴致勃勃，疲惫不堪，难以抹去的阴影。

现在，他经常梦见一些玫瑰色的句子，他的一些经验和情感有时也集中到那上面。多么宁静呀！多么荒谬呀！那些玫瑰色的，绯红的，蛇一样的东西沿着他的手指，走向他深深的袖筒内部。他正襟危坐，不苟言笑，像一只准备承担孵蛋义务的母鸡。贡献吧！有钱出钱，有力出力，热情澎湃的人只有体温，那么，借您一点儿体温——把我们的蛋孵出来——好吗？

为了祖国！人民将铭记您。铭记何尝不是一种财富，就像有人以你的名义，在你不知不觉的时候为你在银行里存入一笔款子，供你将来背时前去提取。

从芜杂而模糊的往事中他辨别出母亲的嘱咐：下雨前一定要将那些孵蛋的母鸡从窝里捉出来，否则它们会孵出三角眼的怪物来……

三角眼的怪物像可疑的小老头一样面对面地看着他，偶尔冲他莞尔一笑……那是破落户的气息，无数台破风琴在那里呜咽不止。

那一夜，他梦见人世上最后一个文字也已消失，他脸上的肌肤开始率先衰老。黎明时，曙光在远方初现，他梦见了自己的一位表姐，在他二十岁以前，她一直是他眼里最美丽的女人。

反复地凸现吧，童年的时光！——让过去的一切复活，相继走动起来，并散发出那时的香气。

十二

两个身材矮小的人，携带着一些简单的行装，一阵清风，卷着一小股黄尘，紧紧地追逐在他们的身后。他们穿着陈旧的布衣，边走边低声交谈着，四周的景色没有引起他们的注意。他们所谈的仿佛是一件多年以前的往事，但在当时尚属秘闻。在他们的交谈之中，那时的曙光微微初现，鸡鸣之声嘹亮而熟悉，遍布村庄与原野。旧日的庄稼栩栩如生，历历在目。走呵。回忆在远远地散发着昔日的暗香与幽晕。多么美好呀！无论是赤日炎炎的夏天，或是郁郁葱葱的草木，全都值得想起，挂在心上，像远处的河流，只能望见她的形状，听不到她的哗哗的水声。

两个身材矮小的人忽然都轻轻地笑了。一个没有笑出声来，另一个的笑声是低哑的，一种过时的老式的笑容出现在他们寂寞而朴素的脸上。满眼鹅黄柳绿。远处有一些褐红和锈绿的东西，梁上的光线很强烈，他们没看清那是些什么。他们脸上的那种憨厚无华的笑容又持续了一会儿后，终于消失了。看不出有什么令人沮丧的事，也没有表现得兴致勃勃。

他们脚上的青麻的布鞋都破了，有一些小孔和绽开的缝隙，但并不影响他们的谈话和行走，他们放低声音，轻轻地朝着落日的方向，向黄昏深处徐徐滑去。

黄昏时的树仿佛婴儿的肉色的手臂。

在夕阳的背面，一位白发老翁向一个牧羊的孩子打听一个——在他看来并非乌有的——地名。牧羊的孩子举起手向身后指点着。白发老翁顺着孩子手指的方向望去，如今，庄稼在那里日夜林立，鸟在上面飞着。

知道那白翎的鸟叫个啥吗？叫银弟。老翁对牧羊的孩子说。银弟喜欢吃黍子，还会像人一样一本正经地嗑葵花籽。

老翁的身上有一种气味，隔着他的衣衫散发了出来。牧羊的孩子站得离他很近，很容易就闻到了。孩子还小，不大明白那是一种什么气息。老翁手搭凉棚，向那庄稼密集的地方眺望着。老翁看上去像过去年代里的那种古板而耿直的私塾先生，喜欢向别人尤其是年龄小的孩子们提出一些问题，然后再自问自答。有时候连他自己也不明白这样做究竟图了个什么？

牧羊的孩子吸了一下鼻子。他不懂得老翁身上的那种奇怪的气味，即使明白一点点，也断然说不上来那叫什么。

渐渐地，老翁的视线里出现了一些鲜红的辣椒——仿佛有人趁机挂了出来——铜锣的声音沙哑地响着，马蹄的声音在水里响着，漫天黄尘……

老翁显得有些激动，他不管不顾地对那个牧羊的孩子说，活着是一个谜，死去也是一个谜，但后者显然是一个小谜。

牧羊的孩子对老翁说，你在这里慢慢看吧，我瞭见我的羊都跑进沟里去了，我要去找它们。

牧羊的孩子说完以后，就向远处跑了。老翁没有意识到那个孩子已不在自己的跟前了，他仍在独自喃喃地说着，像发高烧说胡话一样。母亲！妈妈！多么纯净呀！多么宁静呀！天原来还是那样蓝！

十三

对表姐的造访使王陵想到了人世间所有的失败。还不如不来呢，如果一直保持不见她的面，那么她还将是二十几年前的那个美丽的女人，而现在……他怀着一种无限沮丧的心情踏上了回家的路。

一路上，经常有一些坚硬的果实从沿途的树上落下来。

鸟远远地离着他，在他的视线内不断闪现，不断失去。

多么奇怪呀！表姐怎么会变成那样一副样子？除了她那雪白的肌肤，她在任何方面都已经是一个地地道道的乡下妇人了，就连她的笑容也都完全入乡随俗了。真是不可思议呀！

她们院子里的杏花开了。王陵和表姐一人一只凳子坐在门前，表姐夫站在树下。一阵风吹来，树上的杏花纷纷扬扬地飘落到表姐夫的头发上和胳膊上，使他感到自己顷刻间变得华丽而富有，他得意扬扬地看着他们。

小人呀，他妈的。王陵冷冷地看着树下的表姐夫。就是眼前的这个肮脏的小人，这个可恶的王八蛋，再加上那无数卑微而庸常的琐事，使从前的那个如花似玉、聪慧灵秀的姑娘沦落成现在这样一个令人沮丧的中年妇女。多么没有意思呀，许多东西连差强人意都谈不上了。

王陵与表姐之间的距离很近，他能十分清晰地看见她的乳房。她已不再把那当回事了，没有一件事情是重要的。从她那副无限松弛的神态里，王陵费心打捞到的只是一些泡沫似的东西。怪异如妖。有一道短促而雪白的光在王陵的记忆深处战栗地闪了一下。

树荫在地上移动，四周的花瓣慢慢地堆集起来。

早饭临近结束的时候，表姐对表姐夫说：

“我出去一下，你把碗洗了。”

表姐夫还没有吃完，他一边咀嚼一边哼哼哈哈地应着。不久以后，他放下碗，用一种诚恳的口吻对自己的女人说道：

“还是留着你回来洗吧。你知道，我不善于洗碗。啊？”

表姐勃然大怒，厉声骂道：

“宋小城啊，好一个不要脸的狗杂种！我就善于洗碗吗？谁天生就是洗碗的？前天刚完了，今天你就又来气我了。”

“怕洗碗就别做女人呀。”表姐夫笑着说道，“像我一样做个男人。”

“你还能算个男人？你怎么不到那棵树下去碰死？”

“我活得好好的，碰死干什么？告诉你，我要活一百岁，不，一百一，一百一十五。”

“请不要再吵了。”王陵对他们说道，“我善于洗碗。”

“哎，瞧你说的，哪能让你干呢？”表姐夫说，“多少年你才来一次？啊？你是稀客，你是贵客。”

“我不贵。”王陵说。

“唉，你还没看出来吗？我是在和你姐开玩笑呢。”表姐夫说，“两口子嘛，哪能不开开玩笑呢？那能闷死。过日子没有乐趣不行。我能洗碗，只不过是洗得不大干净罢了。”

表姐夫的头上分布着一些月牙形的疤痕，左脸颊上有一道圆柱形的疤痕，这些形状各异的疤痕都是粉红色的，微微透明，如羊的牙床。王陵看看自己的表姐，他对她这么多年来一直与这样的一个人同床共枕而感到惊讶。上帝呀！那漫漫的长夜是怎样熬过来的？斗转星移，日升月落，挺是挺过来了，可那又意味着什么呢？最后的胜利？不，它们毫不沾边，可以说没有一点儿关系，也许说消耗倒比较贴近。

王陵到来的时候，表姐和表姐夫正在议论一件事情，一个显得忧心忡忡，彷徨不定，另一个则一脸的无所谓。在他们居住的这个镇子上，有一个六十多岁的老光棍，经常来向表姐献殷勤，送点东西啦，说些什么话了，有时见周围没人，还要动手动脚。

“你就不能不让他来吗？无论谁来了，你都笑脸相迎。”表姐对表姐夫说，“迟早弄出点儿什么事来，你就迟了。”

“能有什么事？能弄出什么来？”表姐夫说，“他来就让他来吧，我能不让他来吗？他和咱们家还沾着亲呢。没事。”

“前几天我正在家里洗头，”表姐说，“窗外忽然有个黑影，我一看就知道是他。你知道他在干什么？他隔着玻璃从窗外往家里看呢。看见只有我一个人在，他就进来了。”

“你看你，人家从窗户外看一下就怎么了？”表姐夫说，“你能不让他看吗？”

“我跟你说了，你不在意。”表姐说，“以后真的弄出什么事来，那可怨不得我，和我一点儿关系也没有。”

“你看你，又来了。能有什么事？能弄出什么来？你放心好了，没事，什么也弄不出来。”

晚上，趁表姐夫出去的时候，王陵对表姐说，他好像不怎么珍惜你，他不爱你？表姐说，爱什么呀！你以为我爱他吗？我只是不想让自己的孩子成为一个有妈没爹的孩子。王陵在灯下看着表姐，对方竟是那样陌生。后来，他们的话题说到了幸福上，表姐说，什么幸福呀不幸福呀，我无所谓，幸福能怎么样，不幸福又能怎么样？我们都是坐车的人，到了站下车就是了，路上的那些事哪里还来得及计较。

“我也是坐车的。”王陵说。

表姐看了他一眼，忽然发现他鬓边的一些头发已经白了。在她看来，长期生活在城市里的人不应该未老先衰。

他们的身体挨得很近。她的气息将王陵带回到二三十年以前的那些时光里。王陵忽然想起她说的那个六十多岁的老光棍，那是一个多么让人生疑的人，如一只乡间的猛禽一样蹲伏在暗处。于是，王陵对表姐说：

“那个老头，你得提防着他点儿。”

“其实，他也没什么不好。”表姐说，“无非是年纪大了一点。”

王陵吃惊地望着表姐，惊异也不能代表他对她所产生的那种陌生。时光无时无刻不在毁坏着一切，又重塑着一切。他的心里感到一阵疼痛，疼痛来自位置与重心的改变。

“他很会体贴人。”

“你不讨厌他，是吗？”

“我不知道。”

有人在街上碰运气。运气不是你想什么马上就能来个什么，那是另一种事物。他们的临街的墙上贴着一张写满了字的纸，一个人站在那里端详了半天，然后夹着草帽走了。

站在这里，能望见远处的一些土围子，土围子里有房子，还冒着烟。我该走了，王陵对自己说。再待下去也没什么意思了。表姐听说了他在老家盖房子的事，竟显得有些莫名的冲动。她的一双手已经相当粗糙了，她抓着王陵的手时，使王陵感到很不舒服。几天前，村里的人们请他去吃饭，专门邀去几个心灵手巧的女人，为他炮制过去年代里的一种乡间小吃。几个女人忙乎了整整一个上午，临到吃的时候，王陵才发现已不是过去的那个味了，良好的心愿和精心的制作也丝毫不起什么作用。一开始，他把那种努力营造下的不对味，那种令人颇感悲哀的词不达意，归咎于母亲的去世，不是出自母亲之手。后来他猛然想到，纵使母亲仍然健在，一切都出自她之手，未必就能原汁原味地重现当年。是的，这看上去毫无疑问。

时过境迁，什么都不能阻挡。比如现在，表姐还是当年的那个表姐，表弟也还是当年的那个表弟——只是鬓边的青丝换成了如今的白发——可是，她的手，她的整个人，所有的一切……

王陵忽然想起了那个向表姐频频献殷勤的六十多岁的老头，王陵没有见过他，可自从听说那件事以后，他的脑子里不时会浮现出一个标准的老光棍的形象：精力旺盛，额头放光，知晓分寸，善于揣摸，豁达乐观，精于保养，能够抓住时机，利用时机，能够洞悉一切有利和不利的情形。是的，那就是他，一个不愿独自眠宿的男人，穿着干净的衣服，口袋里装着钱，嘴里含着甜言蜜语，不断地对他感兴趣的女人进行小心而大胆的，礼貌而致命的挑逗与骚扰。那种时候，他牙齿雪白，面孔因高涨的情欲而变得红润有光，老年的生殖器像一张弯曲充血的硬弓，在内裤的摩擦下冲向兴奋的巅峰……是的，情欲驱使着他，在那风平浪静的日子里，不断地变着花样儿，诱惑，逼近，最终占有。

之所以如鱼得水，是因为无险可言。

铤而走险是那些可怜的蠢人们迫不得已的一种途径，多数时候表示死路一条。

十四

四周的景色里长着一些黄色的树。

多么干燥的小麦！探头探脑的农民们在午后一段安静的时光里渐渐流于虚无。临街的大门有的关着，有的发出吱吱呀呀的响声。有挑水的人挑着两只棕黄的木桶走过来了，桶壁上刻着一些奔跑的动物的图案。踏着井边的绿色的青苔，挑水的人挑满了水后转身往回走，棕色木桶上的动物们也跟着那人往家里跑。

一位害眼病的老人坐在村口。

午后，王陵一边坐在父亲的院子里喝茶，一边回忆着远在他乡的表姐。尽管已没有多少值得重温的东西，他还是沉浸在那种令人心碎的情景中而不能自拔。

父亲醒了，远远地看着他。

隔壁的院里传来两个人的说话声。透过院子中间的那道花栏墙，王陵吃惊地看到其中一个人竟是武王。武王，昔日的刘芝山区的民兵营长，后来忽然神经错乱，去年冬天刚刚从县里的精神病院回来，据说恢复得很好，脑子清醒了，以前的一些事情又重新有了印象，许多发病时根本不认识的东西也重新认识了。

王陵端着茶杯来到花栏墙前。那边，武王正在对另一个人说：

"……严重的问题是要教育农民，尤其要教育像周福海这样的苦大仇深的农民。目前的形势很严峻，我们要充分把大家发动起来，统统发动起来。就这么定了，啊？我先走了，晚上我还有一个会。"

那边的街门一响，武王已经出去了。临出门前，武王抬起一条胳膊，看了一下手表，伸出舌尖舔了一下干裂的嘴唇。

王陵摇着头回到屋里。父亲正在端详几张草图。他们的新房的大门两边要分别蹲伏两只石狮子，这是王进财的主意。没有石狮子镇守的门户算什么门户。三天前，石匠们已送来了狮子的尺寸和规格，王进财在选料定尺寸的过程中犯了踌躇一直拿不定主意。

王陵对父亲说："武王的病治好了吗？"

"你看见他了？"父亲说，"好了。那个神经病医院真是不得了啊，名不虚传，武王那样的人都能治好，我算服了他们了。"

“我看他根本没好。”王陵说。

“是治好了。”父亲肯定地说道，“以前那些年，他动不动就要在人前脱下裤子，现在已经不脱了。”

王陵喝着茶，父亲忽然说：

“一米高的狮子有点儿低吧？”

“那就做成一米二的。”王陵说。

“还有底座呢。”父亲说，“光底座就得二尺多，加上底座就不止一米二了。”

那个精神病医院里可谓人才济济，干什么的都有。父亲对王陵说。有两个陕西来的精神病人，一个自称是秦始皇，另一个一会儿说自己是李自成，一会儿又说他就是司马迁，两个人每天在一起摔跤，闹起来闹得不可开交，冷淡的时候互不理睬，互相记仇。一个蓄着长发的精神病人以欧大侠或孙大圣自居，每天在病房里舞拳弄棒，跳起来摸医院的房顶，病房里的灯时常被他的“黑云掌”—— 一只涂满碳素的手——所击碎，他的父母至今仍居住在遥远的昆仑山上（昆仑山上住满了一代又一代的大师和形形色色的武林高手）。他们在医院里不断地开展批评与自我批评，忏悔，检举，互相揭发，互相勉励。他们对医护人员说，医院是你们的，也是我们的，但归根结底还是你们的！一切权力归农会！君子坦荡荡，小人长戚戚。是的，我们一定要这样做。为什么不？为什么不再来一杯？云台兄，我千里迢迢看你来了，小扣柴扉久不开，这是怎么回事？爹爹呀妈妈呀！老贼，看刀！

在医院的走廊里，在花坛前，他们唱着缠绵悱恻而又铿锵有力的歌：

碧云天，黄花地，
长亭外，古道边，
王朝马汉武则天！

从山东来的一个精神病人，原先是一位小学教员，性格耿直，重情义，言谈富有文采，每天要求翻看自己的病历，他坚持认为医生在病历上把他的名字写错了，时常找院长反映情况，要求澄清事实，逼着医生改过来，他说他的真名应该叫蒲松龄，字留仙。他终于如愿以偿了，在他的病床上挂着一个小木牌，上面写着：16床蒲松龄。在所有的病人当中，他是最安静的一个，每天除了读书，便长久地思考。他说，“我的心，沉湎于夜晚的语言。”

借问酒家何处有？吴刚捧出桂花酒。

有一天傍晚时分，暮色还没有完全降临，王陵在村外的阡陌上行走的时候，忽然遇到了武王。在经过一阵短暂的打量与思索之后，武王终于认出了王陵。王陵有些意外，他感到心里的某些东西正在松动。

柔软的柳条有规律地在他们的周围摆动着，村中部分发黑的墙上映射着夕阳淡黄色的余烬。就在不久前，王陵一个人正在阡陌上行走的时候，附近突然响起一个声音。“……土改工作马上就要开始了，你还像个二流子一样在那里闲逛什么？你没长眼睛吗？刚长出的麦苗都让你踩倒了。”

那严厉的呵斥使王陵吓了一跳，他马上低头去看自己的脚下，当确信自己并未踩着一棵麦苗的时候，他松了一口气。远处有几个弯腰干活儿的人，远得连他们的眉目都分辨不清。王陵看看四周，他确信那批评来自东边的一片树丛之后。他站在原地，望着那里，但等了一阵，并没有人从那后面走出来。

“也许那不是在说我？”王陵想道。于是，他沿着一条蜿蜒向北的墒垄向村子里走去。他正在接近自己的村庄，村子里的部分房屋离他越来越近了，有一瞬间，他甚至感到自己已看见了那些窗户后面活动着的人影。一切都是熟悉的，毫无疑问，那些窗户里面当然有人在活动，而且不止一个人在活动，围绕着自己的命，一举一动，一颦一笑，很难说有什么意义，很难说那又不是休戚相关，处心积虑。

顺着流水的声音，王陵来到村口。有一个人蹲在水渠边，若有所思地注视着附近一带的灌溉系统。水渠边的这个人正是武王。经过一阵短暂的打量与思索之后，武王终于认出了王陵，他的脸上浮现出一片朴素无华的笑容。

在这样温暖的天气里，站在村口，能闻到粮食和花木的气息。他们有多少年没有见过了？王陵这样觉得，对于相互之间毫无瓜葛的人来说，即使一百年不见面，也丝毫不足为奇，谈不上什么时间的长短，如同两件没有可比性的事物，中间不存在任何一种东西。你活在世上，全部也仅仅是那么几十年的时光，不可能也没必要与谁都见面。武王，天这么晚了，你一个人蹲在水渠边干什么呢？你的病情看上去恢复得不错。是的，我已不再读书，这些年以写书为生，既有明显的职业，又有隐性的方向。

灌渠里的水从他们的身边流过。说起自己的病情，武王显得有些羞于启齿。渐渐地，武王的脸上升起一种女人式的红晕，羞赧、抱愧，他颇为难为情地用致歉的口吻对王陵说道：

“所有的人都死了，差不多都死了，只有我还不红不白地活着。”

什么意思？他感到孤独了？王陵微微吃了一惊。一个人在自己的村庄里感到了刻骨铭心的孤独？那种无边无际的东西像傍晚时分的蝙蝠一样从四面八方袭来，源源不断。妈妈！母亲！现在的情形有趣极了，不管是否在行，我总听见人们在兴致勃勃地谈论音乐，那是因为他们都长着一双高贵的耳朵，而我没有，我只有两只苍白愚钝的小摆设，声音对于我来说无异于对牛弹琴。是的，妈妈，我有足够的时间，但我不想弄懂一切。

想到自己即将要撰写的那篇颂辞，王陵多少感到有些难于言表，不过，一想到这样的写作将会带来某种显著的变化，一切便都可以暂时忽略不计。是的，为什么要拒绝那一切？良好的生活待遇与优美的居住环境只能有助于他写出真正的那种梦寐以求的作品。可是，以目前这样一副卑污的心灵能够创造出不朽的传世之作吗？世俗的荣华为什么总是与良知和真诚过不去，格格不入？幸福以背叛为代价，背叛了什么呢？……不必多想它了，想象从来就是痛苦的土壤，你有无限的想象，便意味着你的痛苦良田万顷。是的，一切的烦恼与不快全都建立在其上，你不去想他，一切便都相对不再存在，不再算数。他将尽最大的程度努力去写好，将那个人的嘴脸勾勒成英姿，将其腐烂恶臭的后半生用功绩与荣耀小心地缝合起来，即使赋予他一种宗教或者哲学上的色彩或意义又何尝不可。他没有信念，可以为他塑造一种能说得过去的信念，他没有心肠，可以为其从外部移植。

我是一个怎样的人呀！颠倒黑白，指鹿为马。回家的路上，他看看周围没人，用那只良知尚存的左手，在心里狠狠地抽了自己几个耳光。是的，多么无耻呀！他一路责备着自己。多么不可思议呀！二十多年前的一个憨厚率真的农家子弟，如今看上去已面目全非了，胃口扩张，大得不得了，既想伟大，又想富有，人间的一切什么都想拥有，情感深处有时还又惦念着哺育他成长的那个寒冷而荒凉的农业山区，惦念着故土上的那些人们……真是不好意思呀！真是难以协调，举步维艰呀！人活到这个时候，一切都够得上棘手了。他妈的，这一切到底是怎么一回事？是什么造成的？不这样就不行吗？好像不行，好像也行。

转念他又想道，我这是在干什么呀？为什么要无情地鞭笞自己？是的，我先别忙着折磨自己，这个世界上不是还存在着许多在各方面比我更过分的人吗？我算什么？我这样辗转反侧，与一个尿湿了小花被褥而又不会表达的婴儿有什么两样？

他带着一种被宽恕的心情回到家里。

暮色中，父亲站在门口。父亲告诉他，午后的时候有一个陌生的女人来找他。王陵说，她叫什么？父亲摇摇头，说，她先到县里去了，她让你无论如何在家里等她，不要走开。

“她是这样说的？”王陵问父亲。

“对，她就是这么说的。”父亲说。

他不知道是谁。

“她看上去有点儿来头。”父亲说，“人也很体面。”

他说，不管她。

父亲叹了一口气。

话虽那样说，但整个晚上王陵还是一直待在家里。他想，会是谁呢？循着他的足迹与身影，千里迢迢，一路寻来。一位传记文学作家？一位女记者，女批评家？女经纪人？……马薇薇？谢晓丹？童贞？安妮？李芊？凯瑟琳？

父亲坐在桌子后面，用一种十分忧虑的目光看着他。过了一会儿，他终于憋不住对他说道：

“不管你高兴不高兴，愿不愿意听，我都得说你两句。和他们来往，你要注意分寸，你要是不掌握分寸……她们要想毁掉一个人，那是很容易的，可以说那是她们的拿手好戏。”

“您放心，她们毁不了我。”王陵对父亲说，“我又不是风中的马车，说毁坏就毁坏了。箭射到我的身上，也不过是一道浅显的白印儿。”

“你又发狂了？”父亲的声音里陡然掺进了激动与不安。“我还以为你四十多岁的人不会再发狂了，你真让我不放心，让我死不瞑目。你不能这样狂，这又不是在梦中，任你驰骋，任你想翻多大的筋斗就翻多大的筋斗；这是处世，人生在世，一切都是实打实的，真刀真枪地干。吕布狂不狂？比你狂多了，什么下场？”

“您别生气，我说的那不过是笑话。”王陵对父亲说，“您放心吧，没有人要毁掉您的儿子。再说，我也不值得人家去毁，我有什么？您也看见了，每个人都很忙，谁有那闲工夫？”

……

晚饭在一种沉闷的气氛中结束了。父亲披了一件衣服，到他们的新房里看了一会儿，回来后便早早地在自己的屋里躺下了。

王陵坐在院里的葡萄架下乘凉。

不久以后，院里传来一阵由远而近的脚步声，王陵起身去看时，一个人影已来到他的面前。王陵仔细一看，来人竟是武王。

“还没睡吗？”武王对王陵说，“我来是想告诉你一个秘密。”

“噢？说吧，什么？”

“你能保证不告诉别人吗？”武王说。

“我想我能，我不告诉任何人。”王陵说，“什么秘密？”

“你知道吗？”武王看看四周，然后压低声音对王陵说道：

“水利是农业的命脉。”

……微暗的月色里，武王仰起一张神秘的脸。王陵听见自己的脑子里发出一阵鼓风机一样的嗡嗡的叫声，脸前飘来一阵血腥的气息。他怀疑自己连日来焦虑上火，流鼻血了，他伸出一只手在鼻子前抹了一下。

“俯耳过来。”王陵对身边的武王说，“我也告诉你一个秘密。”

武王听到话音，将颤抖着的身体贴了过来。他低声对王陵说：“也不能告诉别人，对不对？我不会说出来的。”

“是的，绝对不能走漏了。”王陵说，“武王，你知道老秦家的豆腐为什么那么好吃吗？为什么别人家的豆腐坊一家一家的都倒闭了，只剩下他们家的还一直开着，你知道为什么吗？”

“不知道。你说。”武王急促地喘了起来。

“因为他们用的是扁豆。”

“怎么可能呢？”月光下，武王向后面退去，他吃惊地望着王陵。“你说得不对，他们用的是黑豆。我从六岁就开始看他们磨豆腐，石磨成天轰隆隆地响着，那又稠又浓的白沫子不停地从磨眼里往外流……”

原载于《花城》一九九七年第二期

葵　花

——对于山区粮食、蔬菜，以及部分河流和农具的松散回忆

一

那一年风调雨顺，地里的庄稼密集如云。山区里到处都橙黄碧绿，青翠欲滴。

那一年丰收在望。

春天里的一个傍晚时分，几个农民蜷曲着身子从一排泥草搭起的牛栏里面零碎地走了出来，衣袖上和裤子上都挂了许多杂乱无章的牛毛和草叶。他们仿佛在那里面伤了元气，摇摇晃晃地向暮色中走去。

一些废弃的旧车轮堆放在山区公路的两旁，丛生的荒草就从车轮的四周和中间冒了出来，尖尖地立在风中。

山坡上居住着一些大雁和麻雀。

夏天一到，山区里就全变了样儿了，到处都五颜六色的，地里的庄稼长得似乎比哪一年都好。这一年的景象令人赏心悦目，明眼的人一看便知这是一个五谷丰登、六畜兴旺的吉祥之

年，丰收之年。

于是，到了四五月份的时候，便不断地有更偏远山区里的人来提亲，订日子，将那里的闺女们纷纷都嫁过来。

隔一个月或四十天，山区里就大红大绿地渲染一回。有时候在一个好日子里便会同时有好几家娶亲的，笙管唢呐之声仿佛天上的声音，娶亲的马车或毛驴披红挂彩地载着红袄红裤的女人越过古老的长城，从一些荒无人烟的山梁上叮叮当当地走来，金黄的铜铃声一路不断。徒步行走在马车或毛驴左右的是几个娘家人，他们都穿着崭新的黑袄黑裤，年轻一些的还端端正正地头戴一顶有棱有角的黄军帽或蓝制帽，脸上的表情都神圣无比。披红挂绿的马车上，载着娘家陪嫁过来的红木箱子、梳妆盒和几个花布的包袱。

老赵的女人被娶回来以后，天色已过了午后。那时候山梁上绿草如茵，野花摇曳，山梁上的碎石和沙土沙拉沙拉地磨蚀着一些崭新的麻底的布鞋。

在老赵的女人稀疏的记忆里，那时候还常有清水似的炊烟从沿途的一些山沟里悄悄地竖起，形状如同一根根孤零零的水泥电杆。那时候山区里还没有电，她是在很多年以后望见山区里栽起的电杆后，才猛然回忆起当年的那些炊烟的。

回忆昔日年景里的那些远逝的炊烟，她就感到人生易老，岁月无情。那炊烟下面的十几户人家的村落结构松散，风声鹤唳。

老赵的女人来自一个名叫十二营的地方，她娘家的几个哥哥此刻就稀稀落落地走在马车的左右，他们平日里卖草卖马常走这条路，因而就对于沿途的景色早已视而不见，熟视无睹。

在女人松软的印象里，那时还有几只黑色的鸦落在一些零星的树上，呆呆地守望着。看见有人过来，也不飞，就像没看见一样。这地方的鸟也和别的地方的不一样，老赵的女人心里想道。

娶亲的队伍进入山区里以后，山区里的人们或站在各自的家门口，或拥在一起，都在等着看，看远道而来的新娘，看那娶亲时的一系列场面。

那时候老赵正忙着给众人发烟、散糖，忙得满头大汗。看热闹的人很多，说话的声音嗡嗡的，沸沸扬扬的，分不清谁是谁。

老赵的女人从马车上下来以后，一抬头，便发现村中央停着的一台拖拉机前站着一个阴沉沉的人，那人正面无表情地看着刚娶来的新娘。女人脸红了一下，便被众人搀扶着向家里走去。

不久以后，老赵的女人便认识了那个人。

那人就是冯。

冯那时候是山区里的党支部书记。

河东的那些土地都十分潮湿，山区里的玉米和胡萝卜都种植在河东的地里。一到夏天，社员们便挖开渠，将河里的水引进了玉米地里，日夜哗啦哗啦地浇。有一年，那地里还破天荒地种了一回水稻。种水稻的主意是公社的一位副主任想出来的，副主任将这个决定告诉了党支部书记冯以后，冯就在那年的春天派人去买回了稻种，还买了大量的塑料薄膜。水稻后来是终于种在地里了，塑料薄膜也用上了，但由于方法不对头，秋天的时候连一粒稻子也没有收获，从此以后就不再打水稻的主意了，那些塑料布后来都拿到饲养场和大队办公室糊了窗户。

河东住着七八户人家，不知出于什么原因，凡住在河东的人家人丁都不大兴旺，每户人家里都缺几个主要的人，不是孤寡便是老弱病残，甚至全家相继去世。

河东的空房屋很多。

附近山上的一些石头，都是与天空一样的蓝颜色、青颜色。

几个白发苍苍的老人坐在河东的一些低矮年久的土墙下晒太阳。他们一边手里慢慢地捻着毛线，一边打盹，谁也懒得和谁说话。有时，他们当中的某一个人就用手不住地摩挲自己的黑瘦而苍老的腿，立即便有面粉般的皮屑由腿上荡起来，纷纷扬扬地在地下落下一层。

那时候，山区的天空里基本上什么也没有，只是西边有几朵云彩构成了一些牲畜和河流的形状。早先流逝在天空里的一些颜色也早已退浅，消逝得干干净净。

二

阳光灿烂，山区里的大喇叭嘹亮地响着。党支部书记冯和村里的其他几位干部经常在喇叭里说话，召集开会，通知事情，分粮分油分肉，通知看电影。有时候，冯就吩咐某一个上过中学的年轻人在喇叭里念一段报纸。正经的话都说完了以后，喇叭里就开始唱，唱二人台，道情。

在东山上犁地的人那时都看见冯了。冯倒背着一双紫红色的大手，斜披着一件衣服，在河东的一片玉米地的四周转来转去。冯的那种神情使人觉得要在他的视线之内发生一件什么事情，一种让人为之侧目的现象。

河边的一架老式的水车缓缓地转动着。一个开水车的女人敞着怀，蓬着头，正在昏昏欲睡。河水顺着明亮的渠道流进了附近的玉米地里。几个一丝不挂的孩子在水渠里说话、奔跑。

山区的景象一如既往。

很多人都以为冯是一个很厉害的人，很凶的人，其实，冯是一个十分温和的人，这种性情在很大的程度上主要来源于一些书。冯是一个很喜欢看书的人，他尤其喜欢那些描写农村生活的长篇小说。冯一没事的时候便要找一本书看，吃饭时一手端着碗，一手拿着一本书，看得比吃得香，有味。

那一年，冯利用开会以外的一些零星时间，读完了古典小说《水浒传》的上、中两册，余下的一本下册却无论如何再也寻不到了。那书是冯向山区小学里的一位老师凯借来的。凯说他只有上、中两册，就是没有下册，下册可能是遗失了，或是让什么人借去了一直没有还回来。冯就让凯回忆那个借书人是谁。凯仔细想了好久，却怎么也想不起来是谁，凯是觉得似乎从来没有人向他借过书。冯面对这情况，便只好叹气，觉得遗憾至极，不能完全彻底地过瘾。这事成了冯的一桩心事，使他心绪不安，常常失眠。以后的一些日子里，冯见人便开口，问有没有《水浒传》的下册，被问的人都说没有，有的甚至连听也从未听说过世上居然还有这样的一部书。后来，冯在一个赤日炎炎的盛夏的中午遇见了一位搞宣传画的县文化馆的干部。那干部告诉冯说，《水浒传》的下册可读也可不读，因为下册中所写的故事已呈现出一种异常凄凉败落的景象，人物七零八落，纷纷四散，或溺水而死，或遁入空门，或血溅城楼，读后令人十分伤心。另外，下册里描写的江南风光也破败不堪，几乎每一页都不尽如人意，每一页里的树叶和江水都散发着浓郁的血腥之气。与此同时，下册里艰深晦涩的古典诗词和繁体字将大量涌现，一如溃退如潮的宋代兵将。粗通文墨的人很难顺利地读完全书，且读得极不舒服。

冯听了，觉得下册里的故事更加神秘，就越发的心驰神往。

山区里遍地是煤。

你扛上一把铁镐，甚至拎一柄饭勺，随便走到某一个地方，刨不了多久之后，那黑黑的煤便首先看见你了。接着，你再往深里去挖，一个煤窑就形成了。许多的煤矿甚至一些很著名的大型国营煤矿就都是这样起家的。

你第一个发现了煤，但你肯定当不了矿长。

二道河北岸的那座大型的国营煤矿就是冯的爷爷当年一铲子挖出来的。

煤矿建成以后，冯的爷爷成了太平间里的看尸人、守夜者。

这事情很简单，道理也很朴素。

那些由更远的山区一带过来的拉煤的马车都投宿在山区的车马大店里。车马大店在二道河的南岸，北岸就是煤矿。

每年的冬天里，成群结队的马车满载着一车车金黄整齐的干草便从黛青色的北地向山区驰来了。除了干草，他们还从当地带来了色彩鲜艳的羊腿、胡麻油、粉面以及大量的葵花籽。来山区里兜售，或以物易物。卖掉一车干草，装好一车炭之后，时间就已进入腊月了。成群结队的马车满载着巨大的炭离开了山区，遥望着北部的波涛般起伏的重重群山，向老家炊烟袅袅的村落走去。

山区里的羊群漫山遍野，酷似那书中的平凡而不引人注目的标点符号。

那一年，党支部书记冯带领广大的社员们在山区的土地上栽种了无数的向日葵。

房前屋后，坡上沟里，到处都能望见一簇簇、一片片的向日葵。

山区里的广大劳动人民满怀着一腔翠绿的情感，在“二人台”哀婉的乐曲声中，在无头无尾、两头茫茫皆不见的农业岁月里挥汗如雨，翻身下炕，拖着一些粗糙如树的身体出门去眺望那遍野的葵花。那时候他们回忆起了一生中使用过的各种不同的农具。一些农具的名称和形状都已模糊不清了，遥不可及了。另一些则如同挺拔直立的向日葵枝干一样一直宁静而辉煌无比地悬挂在他们记忆里的墙头上，那上面至今还依稀隐现着手的痕迹。

他们斗志昂扬、激情满怀地穿越大片大片的向日葵地，他们感到幸福的东西是一种难以言明的十分空洞的东西。

环顾四周的向日葵热情洋溢的笑脸，他们听到了天的声音。

无数新鲜而饱满的葵花籽撒满在山区里，记忆中的黎明寒星点点，树影稀疏。

那年冬天，那些投宿在车马店通铺大炕上的车倌们，面对着从遥远的北部随身带来的羊腿和葵花籽感到一筹莫展，万念俱灰。那些早先初来时还色彩鲜艳的羊腿现在都已变得暗红了，颜色如铁锈，斑斑驳驳。车马大店内的通铺大火炕炽热而滚烫，炕上铺着坚实厚重的古代青砖，店内悬挂的羊皮和马车缰绳的气息有如滚滚的蒸气和浊浪，无限浓郁。

卖不掉那些随身带来的羊腿和葵花籽，就换不回妻儿老小过年时的新衣服以及水果糖和茶叶，换不回一家人的笑脸和欢声。山区的冬夜漆黑而寒冷，又无限漫长难挨。只有数量不多的一些星星稀稀落落地撒在一些光秃秃的山头上，夜深人静之后，他们听到无数条暗红色的羊腿和葵花籽在皮口袋内相互拥挤着，号叫着，并伴有咬牙切齿的声音。

他们的那些马车都整整齐齐规规矩矩地停放在大店辽阔的院子中央，四周的院墙下是一排排漆黑而空旷的马棚。一些深夜饮马的人拎着水桶，提着一盏昏黄的马灯从店内开门出来，向马棚里走去。马匹在草棚里缓缓地咀嚼着草料，打着喷嚏，滴着尿。

西北风从平滑如水的马背上呼啸而过。

一些过去的脸在风中时隐时现。

三

冯从公社开会回来以后，天已经完全黑了。冯用一条紫红色的宽皮带勒紧了身上的皮袄。皮带是公社的武装部长送给他的。北风呼啸着，如剃头刀一样将他的脸刮得生疼。

一到了冬天，二道河里的水就没有了，河床里只有风和石头。冯走着，回想着公社里开会时的情景，不经意脚下踩响了河床里的一些乱石。乱石在冯的脚下在黑暗中叽叽咕咕地响着，仿佛人的笑声，就是那种阴暗的不怀好意的笑声。冯被吓了一跳。后来，他看看四周无人，便紧走几步，并哼起了一种战战兢兢的山区小调。

过了二道河以后，冯就来到山区的车马大店的后面了。旁边有一条水渠，水渠旁栽着十几棵米黄色的杨树。因为是冬天，水渠里也干涸着没有一滴水。冯听见风在水渠里刮得很厉害，一些落叶响在其中。干燥的落叶响起来，像是在一页一页地翻书。

与此同时，冯还听见从大店里飘出一种极其粗糙的男人的哭泣声。哭声喑哑而浑浊，令人想到哭泣者本身的形象粗糙无比，丑陋无比，污浊不堪的袖筒里和鞋子里灌满了沙哑的风尘和阴冷霉湿的污水。

冯后来走进灯光昏暗、热气弥漫的车马店里后，车倌们并没有发现他。在这里，都是一些外乡人，没有人知道他是这里的支部书记，更没有人知道就是进来的这个人带领广大的社员们在山区里的每一个角落里都种满了金光灿烂的向日葵，从而彻底断了所有外来车倌的一部分财源，碎了他们的一些白日梦。冯站在一个灶火边，神态如同一个麦草编扎成的草人。冯看见店内的通铺大火炕上坐满了灰不溜秋的车倌们，有的睡觉，有的堆在一起说话，大部分的人正在吃饭。

冯在店内睁着眼睛四处张望。找了许久，也没有发现那个粗糙的哭泣的声音来自哪里，便多少有些疑惑。面对众多的千篇一律的面孔和身影，他无法知道谁是那个沙哑的哭泣者。他看见车倌们吃得热火朝天，满头大汗，一个个东倒西歪。冯眼睁睁地望着吃饭的场面，悄悄地往肚里咽了几口唾沫。店内到处都堆放着装满了葵花籽的麻袋，冯用手捏了捏一些麻袋后，便返身走出了大店。

都还在那儿堆着哩，都还在狗日们的手里窝着哩，看那样子是一斤一两也没有卖出去，看那样子狗日的们是不好脱手了，无论如何也脱不了手了，世界上有许多的事情都经常让人脱不了手。起初咋样，后来还咋样，看样子他们还得原封不动地再拉回去。

夜色稠密，像缓缓流动的油漆。空气中充满了石头和草的气息，还有树和土的冷味。离开二道河以后，那种沙哑粗糙的哭泣声已经完全消逝不见了。

冯在黑暗中深一脚浅一脚地走着，天上没有月亮，四周刮着冷风。他望见河东的山坳里亮着一处灯火，便知道那只狐狸又出来诱惑那里的年轻人了。

他从来没有看见过那只狐狸的半点儿踪影，但他听很多的人都说起过，那只狐狸常常化作一个美丽的女人与那里的年轻人在一起。冯起初不信，但民兵排长杨死后，他才有些相信了。民兵排长杨与他的老爹都住在河东的一座破败的院落里，杨三十多岁了还没有娶到女人。后来的一些日子里，有人就常在暮色降临后或天近拂晓时看见有一个年轻美丽的女人悄悄地从杨住的那座破败的院落里走出来，一转眼后便闪烁不见了。后来，杨就不能劳动了，不能带领民兵们在夜间巡逻了。杨病了，病得面黄肌瘦，五官脱相，有气无力。冯曾经问过杨。杨就告诉冯说，每天夜里睡下之后，便感到有女的钻进他的身边与他同睡。女的皮肤滑如凝脂，气息清香。那情景犹如做梦，到了白天，杨就两眼深陷地拖着空虚衰败的身躯与一些年老的人坐在土墙下一起晒太阳，看风景，打盹。再后来，杨几乎连太阳也不出来晒了，不能出来了，出不来了。有人常在半夜里望见他家的窑洞上升起一缕炊烟。

大约过了七八个月以后，杨就死了。

那天清晨，人们看见杨的二大爷和杨的爹两个人共同抬着一口白茬的棺材向山里走去。因为杨的家里没有一个女人和孩子，所以便一直没有哭声，也没有什么寻常的丧葬仪式。冯记得装殓杨的是一口杨木的棺材，木头不好，又薄又轻，还没有上油漆。杨躺在那口棺材里被他的爹和他的二大爷抬着到了山里。冯后来每次回忆起那情景时便感到心内如焚。冯记得杨比他小几岁，死的那年是三十一岁。

四

冯回到家里后，他的女人还没有睡，正在灯下做针线活儿。几个孩子都不在家，邻村的王家屯今晚放电影，孩子们都看电影去了，连最小的那个也跟着一起去了。

冯进门脱去衣服以后，才感到他的背上全是汗，手掌里也是。

女人看见冯回来了，就告诉他说家里的盐快要吃完了，醋也不多了，地窖里存放着的土豆和萝卜全冻了，不知怎么就进去了寒气。女人一件一件地向他叙说着，冯听了就直皱眉头，不断地向女人翻白眼，冯感到日子过得很心烦。冯在地下转了几个圈，一直没有和女人说话，女人只顾继续叨唠。

女人又告诉冯说，学校里放学后不久，凯就来了，凯给他拿来一本没有封皮的书，就放在柜子上。

冯向那柜子上瞟了一眼，柜子上摆列着一些坛坛罐罐，瓶子钵子。凯拿来的那本书很厚，书的四周都卷起了毛边。

女人笑着告诉冯说，凯今天穿了一件皱皱巴巴的新衣服，像是在箱子里压了有几百年。凯刚剃了头，头发像一只倒扣起来的木碗一样，谁见了都想笑。女人在向冯说这些的时候，一直都在吃吃地笑个不停。

冯就有些烦恼。

冯说，你们女人舌头就是长，谁的事情都要管，不管好像就不过瘾。凯是教书的，人家是教师，旧社会叫先生，有文化的人总得有一些头发在头上才好，剃个光头像什么，还如何教书？只有农民才剃光头。

冯说完话之后，便问女人有没有饭，女人就告诉他说饭在锅里。于是，冯就揭开锅盖从锅里端出一碗饭坐在一个小凳子上开始吃。女人看见了，便立即下地从一口大缸里捞出一大碗酸菜端到冯的面前，冯就很满意地冲女人笑了一下。冯吃酸菜是很有名的，山区里的人都知道，每顿饭都要吃一大碗酸菜。

女人又重新回到炕上拿起了针线。女人一边穿针引线，一边问道：

“公社里没留你们吃饭？”

“留了。”冯一边低头吃饭，一边说。

“那你咋还回来又吃？怕家里穷不了？”

“那儿的饭我不想吃。”冯说。

看着冯大口大口地吞吃着碗里的酸菜，女人就又说：

“人家好多人都笑话你吃酸菜，人家都说女人们才爱吃酸菜，怀了孩子的女人才爱吃。”

冯说：“我不管，我就是喜欢吃。我娶你这么多年了，你哪一回觉得我是女人？”

冯吃过饭以后，一边坐在凳子上吸烟，一边望着女人。

生了四五个孩子以后，女人就越发变得松松垮垮的了，走起路来老给人一种散了架的感觉。女人的腰变粗了，腿也开始罗圈了，肚子上的皮肉又松又稀，一嘟噜一嘟噜的。女人在做闺女的那时候还稍微有些姿色。女人从小没妈，只有一个爹。女人的爹是种西瓜的，每年的夏秋两季都在瓜棚里吃、住。那时候，冯还是一个二十出头的青皮后生，有事没事总爱往那西瓜地里跑，到了地里后又总朝那瓜棚里望。望来望去，就把女的给望出来了。女人嫁过来以后，一口气给他生了五个孩子。五个孩子一个个地先后从她的身体里走出来后，女人的生命就倾斜了，就散了架了。凯曾经对他说，她不能再生了，再生就越散了，成为一篇散文了。

五

凯那时候住在一面缓坡上。

那坡上有一些人家，房屋的构造都不十分规则，高的高矮的矮，一律都破破烂烂。在那些破旧的房屋中，有两间便是学校。

凯就住在学校里，里屋是他吃饭睡觉的地方，外间是学生上课的地方。

里间是一铺炕，炕上放着一张小方桌，桌上有一盏油灯和一本书。凯总喜欢把桌子擦得很亮，地也扫得干干净净。凯的行李放在炕上的一个墙角里，上面老蒙着一张报纸。凯还在墙上贴了一张世界地图，一些画片和几张剧照，夜里一躺下就全能看到。

地下有一筐发绿的土豆和几棵葱。每天都有两个学生给凯抬水来，凯就一个人做饭、洗衣服。

我认识凯的时候，凯已经有三十五岁了还没有结婚，谁也不知道他曾经是否有过女人，谁也不知道凯是什么地方的人，但很多人都知道在凯的家乡每年都开满了桂花和玉兰花，还有修竹和鱼塘。凯平日里最爱哼唱的一首歌就是《八月桂花遍地开》。

学生也是大的大小的小，有七八岁的，也有十七八岁的。有一个名叫陈召娣的女学生已经十九了还上小学四年级，凯每次站在黑板前望着她时，她的脸就红了，头垂得很低。一节课下来，凯也不知道她听进去了没有。问她，她也不说，只是笑。

逢年过节的时候，村里的人们便来请凯去家里吃一顿饭。凯有时候不去，一个人躺在他那间屋里望着屋顶发呆。过一会儿之后，就有学生给他送饭来了。什么饭都送，饺子、油糕，凡是山区里人认为好吃的东西就都给他送。凯最爱吃的就是用羊下水做出来的杂碎汤，汤里有羊肠子、羊肚子、羊血，还有土豆和粉条，上面浮着一层红艳艳的辣椒。这样的汤，凯一次能喝四至六碗。每年冬天小雪一过，山区里的人便开始纷纷杀羊了，这时候，凯就有喝不完的羊杂汤，谁家里杀了羊都往这送。有时候，一个晚上便有四五家人同时端着满满当当的一盆子送来。凯当然喝不了这么多，即是将裤带全部放开也还是不行。于是，凯就用一只饭盒将剩下的汤冻到外面。想喝的时候，端回来放在锅里热一下就行了。

冬天在慢慢地过去，大雪过后，山区里的人就又开始纷纷杀猪了，人的吆喝声和猪的尖叫声每天都不断。

社员们这样对他，凯也就教书特别卖力，教得不遗余力。

学校下面的坡上有一些光滑洁净的石头，每天都有许多山区的女人们坐在那里做针线，奶孩子，聊天。

尽管凯教书尽心尽力，但那时候凯对于国家印发的教材的内容很不感兴趣，所以，一般情况下，凯总是按照自己的一套想法去教学生，每次讲完后，便让学生们自己去悟，去吃透，去理解。这以后，凯便端上一杯水，走出教室，与坐在山坡上的那些女人们聊天，一直要聊到日上中天或夕阳西下后才告结束。

在那些女人当中，有一个就是老赵的女人。那是一个身材高大，皮肤白皙，眉眼俊秀的女人，凯知道山区里的人们平日都管她叫大洋马。那时候，老赵已当工人去了。

夜里，没事的时候，凯便躺在炕上，眼睁睁地望着墙上的那张世界地图和画片久久地出神，很晚才睡去。

凯对于死去的民兵排长杨从内心里十分羡慕。杨能在自己的有生之年与一个皮肤光洁、气息清香的女人共度一些良宵，真是死而无憾。纵使那个女人是假的，但那意义远非如此。

杨是幸福的。

凯常常这样想。

那天夜里，凯一个人在读小说《向日葵的故事》，这本书他已读过无数次了，书中关于夜晚的故事和饮酒的两个场面一直使他耿耿于怀，难以忘却。他没事时便翻看那些内容。他把那几页书都折叠了起来，平时只要拿起书随便一翻，便很快地找到了。

在小说里有关喝酒的一段内容的诱惑和感召之下，凯便萌生了喝酒的念头。这个念头有些苍白，但却是火辣辣的，十分强烈。于是，凯拿起一支铅笔在墙上写了一行字：

与尔同销万古愁

之后，他又在这行字的四周接连不断地写道：

岑夫子，丹丘生
将进酒，杯莫停

与君歌一曲
请君为我侧耳听
钟鼓馔玉不足贵
但愿长醉不复醒

这以后，凯就走到墙边，从他放衣服的一个木箱子里翻出一瓶酒。他把那个酒瓶子拿在手里仔细地端详着。他说，我要一个人喝，喝完酒以后我就去找老赵的女人，我记得她的大门一直都敞开着，她曾经几次让我进去，我总是没时间，现在我要进去了，我低着头一弯腰就进去了。他们都说我不行，我其实能行，我这回就要给他们个好看，让他们好好瞧瞧到底是谁进去了，到底谁不行，我还要在她的身上留下一些美丽的句子和标点符号。

那天晚上，他一个人在小屋里喝光了那一瓶酒，酩酊大醉。在一片苍茫无度的恍惚之中，他看见那女人睡得很香，双目微闭，乌黑的头发散乱在枕上枕下。

一些金色的眉毛孤独无比地弯曲在天上。

六

很多年以后的一个夏天的黄昏，凯把那部小说借给了冯。冯那时候正在家里生病。冯看见凯给他送来一本书，冯的脸上就隐隐地泛起了一些忽明忽暗的光，凯感到那种颜色的光很有灵性，于是，凯就对冯说，你看看吧，一来解闷，二来这本书很有意思。你是村里的负责人，这是一部描写农村生活的长篇小说，这书看了对你有好处。

冯听完凯的话以后便接过书随手翻阅了一下。后来，冯就放下书，语重心长地望着凯，冯对凯说：

“你很辛苦。你是个好人，社员们对你都挺满意，我准备把村里养的那几头猪卖了，给你加些工资。”

凯说：“看你说的，你千万不要那样，我不是为了钱才借书给你，那样做只是一个小人的行径。钱多就多花，钱少就少花，没钱就不花，我不计较这些。我只是觉得这地方能真正读懂一本书的人并不多，遇到你我很高兴，你可别杀猪谢知音。那些猪都还小，你千万不要打它们的主意。我这人一生里最怕生灵涂炭，我一听见杀猪，我就十分难受，我就很想哭，想放声大哭一场。”

“我觉得那不是在杀猪。”凯说。

“我觉得那是在杀我。”凯说。

那个夏日的黄昏，凯告别了冯以后从冯的家里出来，转身便走进了一种十分虚幻十分宁静的农业背景之中。

有两个学生需要家访。

一个学生的家住在河东，他过了河以后就穿行在那一片破旧的房屋之间，不久以后，他就望见杨生前住过的那个坐落在河东山坡上的院子了。他的目光在那里停留了很久，他在那种时候几乎忘记了一切的内容。

那是三间土坯围成的窑洞，院墙也由土坯围成，院落里十分肃杀。其中的两间窑洞早已坍塌了，院墙也塌了好几处。院子内外长满了灰色的树木和青草，还有一些年深日久的木头。那木头上生了众多的虫子，早先的一批虫子已经悄悄地死去了，新生的另一批虫子就在那些死去了的作为先驱者的第一批虫子干褐色的尸体间爬来爬去，寻找可以吃的东西和可以看的东西。他记得很清楚，在杨去世两年后的某一天夜里，杨的父亲也死了。杨的二大爷便用一领席子将杨的父亲卷起来，扛进山里入了土。这事山区里的人都不知道，直到后来的一年，有上面的人来召集开会、查户口的时候，才发现杨的父亲早就不见了，问及去了哪里，杨的二大爷才说很早就死了，这会儿尸体恐怕也早已腐化成土了。那时候，杨的二大爷已不在那院里住了。杨的父亲死去以后，他便搬到山下的打谷场上的一间土房里住了。一个人住在那里，夏天看瓜、护青，秋天看场，守护收割回来的庄稼。

凯久久地眺望那没人的院落时，就望见视线里升起了一缕青烟。他远远地听见那院落里有人正在咳嗽，还有锅碗相互磕碰的声响。

杨回来了。凯想道。

后来，他就望见暮色里有一个穿红衣服的女人从那院落里走了出来。他看见那女人手里端着一个淡黄色的葫芦瓢，就觉得女人是要到河边去淘米。果然，那穿红衣服的女人蹲在山下的河边淘完米以后就又回去了，他望见那件红衣服在院中的草丛里闪了一下后便不见了。

杨饿了，他想吃饭。凯想道。

吃过饭以后，他们就该睡觉了，或者重新上路。那女人的红衣服就挂在墙上的一颗钉子上，钉子上有铁锈。他想道。

他久久地眺望着那个院落，他是期待着那个女人再一次出来，他一点儿也不明白她是谁，他就这样满怀信心地等待着。他觉得她至少还要出来一次，出来倒水或是关门。他这样想的时候，便很激动，他的全身在不住地抖动着，哆嗦着。他始终都没有看见那个女人的脸，她始终都背朝着他，似乎是有意躲避他，怕他看见。这样一来，他就感到那个女人一定十分漂亮，至少也可以与老赵的女人相媲美。

杨是幸福的。他独自喃喃地说道。

杨，幸福无比的杨！这件事真他妈的让人羡慕，都说你可怜，我却觉得没有人比你更幸福。妈妈，我完了，我觉得我彻底不行了，今夜我无法入睡了，我将失眠，直至天亮。他在暮色中说道。

不久之后，那青烟便从他的视线里消失了。

天黑了，先前蹲在河边洗手的人都不在了，都回家去了，随之而去的还有他们手中的农具。整个农业及其所有附属的东西都一齐沉入了无边无际的黑暗之中。

河水里流淌着一些蔬菜的叶子和农具的影子。人们模糊的身影摇晃着。

山区一片苍茫。

七

回忆那个夏日的黄昏，山区里赤日炎炎，一些暮归的牲畜都久久地停留在河边，河边清浅涟漪，漫过一部分蹄印。

那天黄昏，冯望着凯的身影消失在一些房屋和草木之间后，冯就躲在炕上开始一心一意地读书。冯一边默默地读着书，一边小声哼哼着。冯这样哼哼呀呀是为了向别人证明自己确实有病，他现在什么事情也不能干，只能躺在家里读一会儿书。

回忆凯远去的身影，冯就感到心中涌起一片惋惜之情和一种无可奈何的东西。

等我病好以后，我要悄悄地卖猪，这事绝不能让凯听到半点儿风声。他想。

凯是辛苦无比的，一个人带着四个年级的学生，的确不易。他又想道。

翻开那部小说，他感到书中秋天的气息十分浓郁，庄稼地里的潮闷之气迎面扑来。书中似乎还留有凯身上的某种气息和痕迹。冯看到了一种线条凌乱而复杂无比的人的指纹和手相。这种象征着坎坷和灾难的水文图般的暗示物在他的心里留下了难以磨灭的深重印象。他觉得世上的许多东西都似是而非，都一直说不清楚。

那书中阶级斗争的形势非常严峻，非常复杂，其中还夹杂着含糊不清的派性斗争和宗族势力之间的世仇宿怨。书中人民的生活非常清苦，但仍有少数的人花天酒地，挥金如土。冯对于许多尖锐性的问题不太感兴趣，就一页一页地跳着往下看。他的目光越过了一些里面居住着地主、富农的古老房屋，又经过了一些合作化时期的水渠和石坝，石坝上写着一条标语：组织起来。

穿过一道山岗和一片洼地，他望见书中的一个名叫刘根根的农民正在往地里送肥。他看见刘根根赶着一头土改后分得的毛驴，戴着一顶单耳的帽子，欢欣鼓舞地向村外的田野里走去，边走边对那头毛驴说着话。

那时候天上下起了雨，书中一片泥泞。

很多年来，冯的目光一直都是大步流星的，有如他平日里的工作精神，这种作风在全公社里都十分有名。现在，他又一次大步流星地走到一个高高的土坡上，站在那里向书中的四处眺望。他看见书中有一个很整洁很僻静的院落，院子里有一个身材高大、皮肤白皙的穿花衣服的女人，后院里有两个老人正在秘密地窥视着她，那是她的公公和婆婆。那个女人手里拿着一块猪油，正在认真而仔细地往大门上的一些关节的地方上涂抹。冯从书中知道这女人的男人常不在家，一直在外面当工人，这女人便有了相好的男人。每夜有男人来时，大门便吱吱呀呀地响个不停，总要惊动后院里的两个老人。墙头上都插着碎玻璃，根本无法翻进去。后来，有人说了一个办法，女人就照那办法把猪油往大门上涂。涂了猪油的大门在开启和关闭时都沉静如水，无声无息。女人一连试着开了几次，又关了几次，大门依然悄无声息，一片平静。女人显然很满意，冯看见女人由衷地笑了，书中描写那女人“很灿烂地笑了”。这以后，女人就迈着轻盈的步子回到了屋里。不一会儿之后，女人就将一只草帽挂到了窗户的外面。那草帽上系着一根红绸子，还有一根绿绸子。冯知道，这是一种标记和暗号。冯对于这类情形十分熟悉，了如指掌。他在二十多岁的时候便常玩这样的把戏。所以，冯此时就随手捡了一块残缺不全的破瓦向那僻静整洁的院子里投去。瓦片在院里破碎后，屋里的女人果然便云鬓蓬松、面色鲜艳地应声出来了。

读到这里，冯就急忙合上了手中的书，他知道不能再往下读了。否则，一系列的麻烦事便会接踵而来，让人难以摆脱。这时候，冯早已消失在女人的房后了，他无心恋战，他感到这些日子以来他一直腰酸腿疼，身体空虚无力，还时不时地牙疼，弄得他每天都吸吸溜溜的，他感到自己的精神有些苍白。某一天清晨，当他从家里出来后，被风一吹，他顿时感到头重脚轻，差一点儿在空中飘起来。他抬头去望天空，感到天上至少悬挂着一百多个太阳。

那个夏日的傍晚，一辆马车从山区的公路上经过，沿途落满了灰褐色的麻雀。

山区里的向日葵漫山遍野，仿佛千军万马在宿营、行军。

八

老赵曾经断断续续地告诉过冯很多事情。老赵主要是想让冯知道他自己是一个十分讲义气的人。老赵告诉冯说，有一年夏天他去舅舅家走亲戚，在路上时看见一个平日里很厉害的作恶多端的人被人杀了，还被开了膛，剖了腹。那人的五脏六腑与一些猪下水混杂着堆在一起，分不清谁是谁的。

那年，老赵临走的时候，与冯在山区南面的玉米地边并排着走了许久。作为党支部书记，冯对即将就要从山区的户口簿里离去的老赵说了许多鼓励性的话，老赵就十分感激，老赵情真意切地抓着冯的手说，其他的都不用再说了，我知道你是个好人，我知道你不会干出那种事情来。逢年过节我从矿上回来以后就一定去看你，你就来我家喝酒。我虽然户口和工作都离开山区了，但我仍然生是山区的人，死是山区的鬼，我的家还在山区，我的爹娘、妻儿老小都还在，都没动。冯听了老赵的这番话以后，就感到胃里很热。那天，冯与老赵并排着走过了许多片玉米地。老赵望着山区里五颜六色的庄稼对冯说，今年怕是又要丰收了。冯就说，我已经闻到秋天里的那种气味了。

老赵后来从怀里摸出一个用子弹壳做的很好看的烟嘴送给了冯，冯多年来对此一直感慨万千。老赵说，这烟嘴你留着用吧。

这以后，老赵就走了。

冯看见老赵戴了一顶淡黄色的草帽，背着一卷简单的行李，老赵的那件白衬衫像一面旗帜一样曾经在冯的记忆里飘扬了很多年。

老赵到山区东南方向一带的国营煤矿上当工人去了。他只是对家里的女人有些放心不下。老赵是觉得自己把一朵花儿留在家里了，那朵花儿很美丽很芬芳，说不定什么时候就会让谁摘了去，或污了。老赵临走的前一天傍晚，与自己的父母曾经说了好长时间的话，大都是关于那朵花儿的一些内容。

老赵离开山区的那一天，天上正下着一场蒙蒙细雨，老赵的父母就不让老赵去了，要他等一两天，等天气晴朗了以后再走。老赵的爹说这样的天气出门怕不吉利，老赵的妈便瞪了他爹一眼。后来，老赵把行李捆好以后就要动身走了。老赵对自己的父母说：

“你们不用吵了，今天是报到的日期，我得去，我不去不行。你们只要记住我说过的那些话就行了。”

老赵的父母便都点点头说都记住了，让他只管放心就是了。老赵辞了父母，又安抚了一番自己的女人后便上路了。

那天，冯望见老赵的那件白衬衫像一面旗帜一样在山区里飘扬了很久。之后，便从山区里消逝不见了。

这件事远在十年前的一个下午。那个下午的阳光很稠，一团一团的，仿佛人体里的某种东西，远近的庄稼都弯曲着腰，都不同程度地吐着各自的穗子。

那时候的情景一直像一幅一寸大小的旧照片一样翻转在冯的记忆里，冯有时候觉得如同某一个人的一张遗像，回想起来便生出一种阴森冰冷的凶险故事。冯记得，老赵走的那天，一群羊正在河边喝水。有人从山上砍回了色彩纷呈的荆条，小山丘似的驮在背上，慢慢地往村里走，编筐子，编筛子。

冯现在就站在当年的那片玉米地边，但他此时面对着的已不是昔日密不透风的玉米林，而是近几年才新盖起来的一排排房屋。山区里已有好多年不种玉米了，只在一些较为偏僻的地方，各家各户都很少的种一些，供牛马和其他的牲畜食用。

早年的庄稼地都没有了，面对山区里雨后春笋般涌现出来的座座新房，冯有无限的说不出的感慨。一些人操起了旧日的手艺，木匠、皮匠、陶瓷、冶炼、扎花圈、看风水、酿醋、磨坊，还有一些人有的外出谋生，有的包揽了煤窑或砖场，很快就提前富起来了。

夏天的打谷场寂静而平坦，四周长满了青草，一些形体笨重的石头碌碡横在一边。打谷场如今也被附近的几户人家分别割据了。早些年，全村的粮食都堆在那里，喇叭里一喊叫，社员们便都各自携带着口袋前来分粮。会计和保管一边记账，一边过秤，那场面十分热闹而令人难忘。孩子们在场上跑来跑去，兴奋不已。每逢那时候，他就坐在一堆粮食前吸着烟，与分粮的人们说着话。他喜欢那种生活，那种场面，他离不开那种淳厚而朴素的乡村气氛。

世道变了，人也就随着都变了。使他无限惊讶的是，人变化起来是那样的快，仿佛一夜之间的工夫，几乎所有的人都变了，腰杆都硬邦邦的了，都挺起来了，说话都理直气壮的，仿佛世上再没有什么令他们可怕的东西了，谁也甭想再管谁，谁也再管不了谁了。鱼有鱼路，虾有虾路，每个人都一门心思地琢磨着与自己有关的事情，除此之外，对其他的任何事情都不管不问，不冷不热，全不放在心上。

对于那些往事的回忆，使他的心变得支离破碎，斑斑驳驳。面对眼前的这些众多的新房，他听到很多年以前的那些玉米林被风吹着，唰啦唰啦地摇晃在他的记忆里，投下了一些难以愈合的距离的阴影。站在明媚的阳光下，他听到十几年前的玉米地里传出了轻轻走动的声音，还有小声交谈的声音。

老赵家的院子就在那打谷场的附近。院子的三面都用褐黄色的土坯墙围着。前面是两间石头的房子，住着老赵一家。后面是两孔土坯的窑洞，住着老赵的父母，都在同一个院里。老赵的爹在院墙上插满了无数耀人眼目的碎玻璃，每一块碎玻璃都是尖的那头朝上，全部插满以后，远望近看都觉得是那院墙上长了锋利而密集的牙齿。老赵的爹望着那长满牙齿的墙头时感到十分满意。在此之前的一些日子里，在他一片一片地往墙头上插玻璃的时候，他一直都在含而不露地咬着自己的牙齿。每插好一片后，他脸上的肉就动一下。

冯站在河滩上向山区的打谷场上眺望的时候，看见老赵家的院门正虚掩着，院子里似乎放着一辆自行车。从外面看，只能看见自行车的后胎和那个尾灯，冯看见那自行车的后胎上拖泥带水的。

在不远处的一个低缓的红色山岗上，有人正在低头割草。倒伏后的茅草刷刷地遮住了割草人的头部和肩膀，但冯还是一眼就认出割草的人就是老赵的爹。老赵的爹近几年专门养羊，养了一大群山羊和绵羊，每年下来也能到手不少钱。冯对老赵的爹既熟悉又害怕，小时候，每逢过年的时候，冯的父亲便总捏着他的脖子让老赵的爹给冯剃头。有钱没钱，剃头过年。老赵的爹头剃得好，他的这种手艺在山区里独一无二。那时候，每逢过年的前三两天，几乎所有的大人和孩子都让他剃头，他总是忙得满头大汗，剃完一个剃一个。就是这样忙，也还是不行，到了大年三十晚上，仍然还有人被父母或老婆提拎着，找他剃头。

现在，老赵的爹手里挥舞着一把雪亮而锋利的镰刀，正像一条年迈的鱼一样向冯这边的山岗前慢慢游来，那雪亮的镰刀就像一条弯月。冯立即便感到自己的头皮很紧，脖子里很冷。他转过身，视线里挤满了葵花热情洋溢的面孔。

九

中秋节的那一天，老赵回来了。

老赵骑着一辆五十年代产的国防牌自行车，他的白衬衫迎风飘扬。那时候，在山岗上割草的和放牛的人都远远地望见老赵了。老赵的自行车上驮着几个大包小包，有一个包里伸出几枝翠绿色的东西，人们都知道那是老赵从煤矿上买回来的蔬菜和水果。过节了，在外边工作的人便都纷纷满载着节日的礼物往各自的家里赶。在山区的公路上，除去老赵和他的自行车外，还有一些骑自行车的人也像老赵那样驮着大包小包，飞快地蹬着车子，马不停蹄地往家里赶。

老赵的女人那天一点儿也没有估计到老赵会那么早就回来，所以，一直到老赵出现在屋里后，她才起来。在此之前，老赵的女人一直睡在被子里，但并没有睡，只是懒懒地躺着，不愿起来。她在回味昨夜的故事，包括每一个细节。她感到身上既舒畅无比，又十分懒散，倦慵。

老赵推着自行车一边与迎面遇到的人打着招呼，一边就到家了。他把自行车靠着土坯的院墙放好后，便提着大包小包进了屋里。老赵的女人在里屋听到门响后有人进来了，女人就说了一句话。老赵听到女人的那句话后，便立即愣了一下，他听出女人的那话并不是说给他的。于是，他便走进里屋，对女人说道：

“是我。我回来了。”

女人听到老赵的话以后，便立即翻身从炕上坐了起来，有些愣怔地望着地下的男人。老赵看见女人的脸上多了一些急躁和不安，少了一些妩媚和灵秀。他看到女人现在的这种情形后，忽然之间便想起了那个叫作“措手不及”的成语，他在这一瞬间便对这个词语有了一种刻骨铭心的印象。

“是不是干活儿累了？要小心身子。”老赵笑着对女人说道。

“啊，没有，我就是身上有些疼。”女人披散着头发说道。

“我不知道你要回来。”她说。

女人说话之间便开始找衣服穿，她现在一丝未挂。老赵看见她的衣服都被蹬到炕的一个角落里去了。女人探着身子一件一件地在那里将衣服找出来，他就站在地下点燃一支烟后看女人一件一件地穿衣服。从女人的脸上、身上以及衣服上他都极其仔细地看了一遍。他发现，他留在家中的这朵花儿也渐渐地有些老了，眼角处添了一些皱纹，身上有几个地方的皮肉已经明显地松弛了，但依然十分动人。

女人穿好衣服后对老赵说，你还没有吃饭吧，我这就给你做饭。吃面条吧，烙几张饼吧，要不就炒菜你喝酒吧。老赵吸着烟对女人说，刚骑了几十里山路的车子，这会儿还不想吃，等中午一起吃吧。

“我在煤矿上跟一个厨师学会了几样菜的做法，中午我做饭。”老赵说。

女人听了老赵的话以后，很感激地望了老赵一眼，那中间包含着一种幸福和舒心，一种深深的年长日久的东西。这以后，女人便开始收拾家，洗脸、梳头。

老赵说，我去后面看看就回来。说完话以后，老赵就开门出去了。在经过女人的身边时，他就在女人的腰上抚摸了一下。女人那时候正弯着腰洗脸，丰满的腰就动了一下。

老赵所说的后面，就是后院的那两间土窑，就是他的父母住的地方。

阳光洒满了这个整洁僻静的小院。

很长时间以后，老赵才从他父母的那两间窑洞里走出来，回到家里。女人经过一番仔细的梳洗打扮之后，显得十分漂亮，动人。老赵看着鲜花般的女人时，心里便隐隐地有些灼痛。女人看见老赵回来了，就笑着对他说：

“还是爹妈亲，一看见你爹妈就有说不完的话，你心里就没有我。”

老赵就说：“看你说的，我哪能没有你，哪能把你忘了，忘了谁也忘不了你。他们老了，他们老担心我在矿上会有危险，他们反复地问我矿上是不是经常出事，我说不常出事，那是一个现代化的矿井，人人都懂得安全意味着什么。你知道，我要是不给他们说清楚，他们就会不放心，就会一遍又一遍地问。我说清楚了，他们就不问了。世上有好多的事情永远都说不清楚，我现在说清楚了，他们就放心了。”

“看你，我不过是跟你说句笑话，你就当真了，说起来就一套一套的。”女人说。

“我是怕我说不清楚，才说了这么多，我知道你是在说笑话。”老赵说。

“矿上给你们放假了？”女人问。

“放了。原来说放两天，后来发现八月十五和国庆节两个日子正好挨上了，就放三天。大后天我就得走。”老赵说。

女人有情有义地望着老赵说：

“你老不回来，好不容易回来一趟，你多住几天嘛，你不知道我在家里有多冷清，也没个去处，没个说话的地方。”

老赵说：“谁不想在家里多住些日子，可是不行，矿上有规定，我要是误了规定的日期，回去以后就要挨批评，还要扣发工资和奖金。矿上今年要在全国的系统里争第一，谁拖了后腿就得吃不了兜着走。”

女人聚精会神地听老赵说话，老赵说话的语调很轻，很慢，很平淡。这以后，老赵与女人又说了一会儿矿上的事，矿上的女人又流行穿什么衣服了，蔬菜的价格又涨了，职工俱乐部里每天跳舞跳到夜里十二点以后才关门了，经常有外国人去矿上参观，工会主席的儿子刚从美国留学归来，在矿上当翻译，许多漂亮和不漂亮的女孩子都像蜜蜂一样成天围着他转，在他的身边飞来飞去。说话之后，老赵便开始做饭，老赵对女人说，咱们做饭吧。

在此之间，女人仰起粉白鲜艳的一张脸要老赵亲她一下，老赵就低下头亲了她一下。女人还不肯放松，要老赵再亲她一下，于是，老赵便又亲了她一下。

女人很满足地笑了。

那天中午，老赵一口气做了许多的菜，连那个整洁僻静的院子里都飘满了香气。老赵又打开提包，从里面拿出许多山区里根本见不到的食品，包括一些式样新颖的月饼和点心，还有水果，专为女人买的葡萄酒和一大堆饮料。女人在一旁给老赵做帮手。老赵扎着一个花围裙，喊一声“油”，女人便将油递上去，喊一声“盐”，女人又将盐拿过来。老赵在做饭的过程中，女人的脸一直都十分晴朗，十分鲜艳，妩媚动人。

做好饭以后，老赵从腰里解下花围裙以后就出去了。老赵出了门，出了小院，就一直向冯的家里走去。

中秋佳节，山区里节日的气氛很浓郁。水果的香味和肉的香味从各家各户的院子里飘出来，弥漫在山区里。

西瓜都切成花篮的样式，准备晚上供月。

十

老赵走到冯原来的那两间房屋前时，却见那房屋早已推倒了，成了一片废墟。正在疑惑之时，就见旁边的一个院子里一个女人正站在门口剥葱，老赵就问。那女人告诉他说，冯早就不在这里住了，盖了新房，搬到村南去住了。老赵听罢转身便走。

几十年前的那片玉米地里，现在都盖起了新房，旧日的痕迹一点儿也找不到了。这里新房很多，都是清一色的砖瓦房，每一座院子里都至少有四五间房，院墙也是砖的，还都造了高高的门楼，门楼和院子里的台阶都用大理石色和彩色的釉面砖镶制而成。冯的房子就在这里，五间青砖青瓦的房子。

老赵走进院里以后，冯正坐在台阶上看报。土地分到各家各户以后，大队原先的办公室也没有了，村里的报纸就都送到了冯的家里。邮递员一个月或四十天才来一次，送来积压了许久的报纸、信件和电报，村里的人谁也想不起要看报，只是有一些女人们常来串门，走时，冯的女人便将一些报纸分送给她们，拿回去苫东西，晾面，裱糊屋顶。

冯看见老赵后十分惊讶，十分客气，冯的脸上那时一瞬间升起了一种很急躁很不安的神色。冯扔下手里的报纸，掏出烟递给老赵后说，我听人说你从矿上回来了，我早就想过去看你，就是一直穷忙。

老赵说，这房子真气派，又宽敞又明亮，看着就好住。在矿上，只有矿长一级的干部才能住这样宽的房。

冯说，儿子们都大了，想不盖也不行了，马上就都要结婚了。

老赵说，到我家去吧，我说过我一从矿上回来，就请你去家里喝酒。

老赵用手扯着冯的胳膊说：

"你得去，你不去不行。"

于是，老赵与冯便并肩从冯的门楼里出来，两个人穿过村中的新房旧屋，沿着山区南面的旧河滩走了一会儿。昔日大片的密不透风的玉米林如今早已荡然消逝，踪迹皆无了。老赵的视线里有一些灰褐色的矮树丛，树丛里晃动着瘦小的南方来的养蜂人的身影和他们的一排排木制的蜂箱。冯的视线里全是一些高矮凸凹的风烛残年的旧土墙，土墙的尽头飘扬着一只淡黄色的草帽和一条碎花的女人的短裤。

一些大牲畜站在河边安详地喝水。

在远处，在冯的视线的尽头，有一件雪白的衬衫像一面旗帜一样在飘扬不息。山上有一把雪亮而锋利的镰刀，状如弯月。

老赵问冯这些日子以来在干什么，冯就说正在挨家挨户地做工作，让人们购买化肥。老赵说，现在当干部不好当，不如从前了。冯说，无非就是一个空架子，一件摆设，说什么话都不管用了，谁听你的。你手中一无权二无钱，人家从你这里得不到好处，当然就不会听你的。从十几年前到现在，村里一次会也没开过。不是不开，是开不起来，在喇叭里喊半天，喊破了嗓子，也没有一个人来，都好像没听见，最终还得亲自上门，挨家挨户地去问。

冯说得很诚恳，老赵便有些激动。这以后，老赵便与冯说了许多语重心长的话。老赵在说话的过程中，恍惚中看见了一些颜色暗红的谷子。老赵听说山区谷仓里的一些陈年的麦子都烂了，生芽的生芽，发霉的发霉，谷仓里的耗子很多。学校里的凯曾经带领学生们灭了好多次鼠，都仍然无济于事，凯便有些泄气。凯不止一次地对冯说起过这事，凯说我不如它们。冯知道凯指的就是谷仓里的那些老鼠。

老赵曾经告诉过冯很多的关于灭鼠的办法。这中间，老赵曾着重地向冯谈了耗子药和捕鼠夹子这两种东西。老赵较为详细地说了耗子药的成分、配方和功能，以及捕鼠夹子的构造与用法。此外，老赵还告诉冯说，现在市面上流行的，新出来的一种捕鼠夹子可以通上电使用，那种东西叫“电猫”。老赵说，耗子就得用耗子药或者捕鼠夹子把它弄死。你要是不弄死它，它说不定就要弄死你，它就要永远来，要踏破你的门槛，吃光你所有的谷子，让所有的麦子都白白地烂掉，咬坏你最心爱的东西，不弄死它简直就不行。

老赵说得天衣无缝，无懈可击，冯听后便连连点头。冯感到老赵的一席话十分生动而又贴切自然，简单而朴素，但其中又包含着许多复杂的人生道理，老赵的这些话都是从日常生活中提炼出来的。冯走在老赵的后面时，就隐隐地感到老赵的脑后长着一只雪亮而锋利的眼睛，那只眼睛一直都在凝视着他。

后来，两个人并肩穿过寂静的打谷场以后，就看见老赵的女人正站在门口眺望着他们。女人高挑而成熟的身体立在那里，仿佛山区里的一棵满面春风的向日葵。

十一

老赵在家里住了三天。

三天内，老赵干了很多的事情。给女人洗了一大堆衣服，又给他的孩子们分别都剃了头。老赵临从矿上回来之时，给女人买了几件很时兴的衣服，女人这两天就一直穿着。有一天的一个夕阳西下的时候，老赵看见夕阳流泻在他家的院子里、墙头上。老赵那时候忽然发现墙头上的那些碎玻璃上有模糊的斑斑驳驳的血迹。之后，他又直奔院门，一双手在那门上摸上摸下，手上油渍斑斑。

面对院墙上面的那些残存着的血迹和大门上的油污，老赵久久没有说话，他感到自己哑口无言，什么话都说不出来，也的确就没有什么可说。后来，他就把自己的那件白衬衫洗干净了，晾在了院子里的一根铁丝上。他仔细地将衣服抚熨了许久，但结果仍有些地方没办法平展，仍然一如既往。面对那衣服，他就不再用心了，他感到类似的事情很多，都远非是一个人的愿望所能够扭转和改变的。

临走的前一天夜里，女人将孩子们都打发睡去了以后，便躺在了老赵的身边。两个人紧紧地搂着，女人在他的怀里哭一阵，笑一阵，两个人几乎一夜都没睡。天快亮的时候，他们都有些累了，困了，才稍稍迷糊了一会儿。女人的头枕着老赵的胳膊，她乌黑的头发散乱着，堆在老赵的胸前，飘扬在他的心中。

第二天天亮，吃过早饭以后，老赵就要走了。女人一边抹泪，一边帮他收拾东西。女人的眼圈青乌着，左脸有些肿，她把老赵平日里穿的一些衣服都叠得平平展展地放进老赵的挎包里。老赵看了一会儿女人的背影之后，便转身进里屋从一个柜子里翻出了一大块白色的塑料布。他把那塑料布折叠小了放进挎包里后，女人看见了。女人很诧异地问老赵带塑料布做什么用，他就说在路上时为了防雨。老赵这时看见女人脸上的颜色有些缤纷，有些万紫千红的意思，老赵就有些激动，有些浮躁不安。女人穿着一件鲜艳的红毛衣，身体的轮廓很清晰。老赵在女人的身边不住地来回走来走去，像一头磨道里的驴。

女人对老赵说，看你，也不怕人笑话，塑料布有多难看，你带上一把伞吧。

老赵很感激地望了女人一眼后说，伞是无论如何都不能带的，伞要是带到矿上，周围的其他人就都免不了要用，一来二去，弄坏了就谁也都说不清了。老赵说完这话以后，转身回过头去，无意间看见女人正把十几个煮熟后的鸡蛋塞进了他的挎包里，一起被塞进去的还有他带回来的一些水果。

“坏了就坏了，无非是一把伞，又不是多值钱的东西，只要你和周围的人都处好了，就比什么都好。”女人说。

走的时候，女人一直把他送了很远。他推着自行车，女人跟在后边，俩人慢慢地穿过了空旷无人的打谷场，沿着一道低缓的山坡向下走去。他注意到女人在他的后面边走边抹泪，他就说，我是去工作，去挣钱，这是一件很体面的事情。又不是去坐牢，去发配充军。报纸上和广播里常把我们这种人叫作工人阶级，说我们干的事情很光荣，很有意义。

“我知道。”女人小声地说。

“南方有一个写诗的人说我们每天不是在挖煤。”他说。

“他说我们每天都在挖掘太阳。”他说。

“这话好听，难怪叫诗。可太阳是挖出来的吗？我就不信太阳是挖出来的。”女人说。

“说的是，我们矿上的人也都不信。矿长说写文章的人都神神道道的，都多少有些酸。有一首歌里还说我们是太阳之子，就是说我们都是太阳的孩子，一会儿说太阳是我们挖出来的，一会儿又说我们都是太阳的孩子，不知到底谁对，辈分都说不清了。”他说。

女人那时对他说了许多性质和意义都十分温软十分妩媚的话，女人在说那些话的时候已经不再哭了，但仍在不时地用手抹泪。他对女人说，你别哭了，外面有风，小心把眼睛和脸哭坏了，哭坏了就不好了。

女人听了他的话以后就不哭了，就笑了。

女人拽着他的衣襟说：

“一没事你就回来。”

他说：“一没事我就回来。”

“等下个月，我一发了工资就立即回来。矿上的商店里正在卖一种很好看的毛衣，那里的女人们都穿着那种绿颜色的毛衣，下个月我就给你买回来。”他说。

“我不要，毛衣都挺贵。”女人说。

“我也老了，那种衣服也穿不出去了。”女人说道。

他说，你才有多老，我见过一个七十多岁的老太太穿着一件鲜红的毛衣，还涂着白粉和口红，人家丝毫不觉得有什么，你怕什么。这事你就不要管了，我知道该怎么办。我知道你喜欢绿颜色的东西和红颜色的东西。

“你去矿上后，记着去问问房子，要是有，我就跟你去。”

她说。

“行，我去了以后就问，争取能弄上。”

“你回去吧，家里没锁门。”他对女人说，女人就站住，不再往前送了。

他推着自行车穿过山区里的一些小路，从一片土豆地和萝卜地旁经过。再过几天，这些土豆和萝卜就都从这里刨出来存放到各家的地窖里了。以前，每逢这几天，全村的人便都在地里刨土豆，又说又笑，那场面多么热烈，又历历在目。他想到昔日的那些密集的玉米林都已荡然无存、再也找不到丝毫的痕迹后，他的心便有些黯然失色，十分难受。一个砍柴回来的农民迎面遇上他后，与他说了一句话。后来，他边走边看到坐在河东的土墙下晒太阳的老人们已经寥寥无几了，许多早先曾经在那里晒太阳打瞌睡的人都已去世了，山区里再也没有他们蜷曲而粗糙的影子了。

那时候，山区里阳光明媚，草木丰盈，遍野的葵花欣欣向荣，光芒四射。山区里大部分的景象仍然一如既往。那时候，他就感到在农业的故事里包含着许多无法言明的内容。

走了很远，回头去望，见女人还在高高的打谷场上向他眺望。

十二

从山区南面苍茫无边的旧河川里再向南走，有一片灰褐色的矮树林子，这中间要经过一条河和一片苜蓿地。老赵小的时候，常去那片灰褐色的矮树丛里砍柴，挖野菜，捉蚂蚱。那时候，山区里的农民也常在那一带劳动，放牧。后来，有一年夏天的一个黄昏，一个年轻的女人在那片灰褐色的矮树丛里上吊死了，以后就再没有人去那里了。事情过去了很久，那个年轻的女人也早已死去很多年了，但山区里还是很少有人去那里。

现在，老赵就推着车子来到了这片灰褐色的矮树丛边。还没有进入林子里，他就仿佛听到了自己童年时代的一些声音，看到了一幅昔日的情景。

那时候的天是那么蓝，以后的很多年似乎再也没有像那样蓝过。那时候他总是光着一双脚，在赤日炎炎的山区夏日里跑来跑去。那时候他们砍完柴以后就去河里游水，就骑着牛穿越一些童年的山岗，河水清澈见底，山岗绿草如茵，起伏绵延。那时候他们总是把一些玉米棒子或萝卜藏进草筐里，上面用一些野菜或猪草掩盖着，然后便公然地大模大样地从村主任和下乡干部的眼皮子底下悠然走过。那时候他们割完草以后，就去逮蚂蚱、扑蝴蝶，爬上老高老高的树掏鸟蛋、捅马蜂窝，一遍又一遍地捅，直到成群结队的密集如云的马蜂飞舞在山区里时为止。那时候他们总是架起火烤麻雀、烧土豆。那时候的夕阳有如胭脂。那时候他们总是在暮色完全笼罩了山区以后，才大声地说着话，骑着牛回家，土头土脑地吃饭。夜里，躺在炕上，听着外面的风在一片一片地将一些树剥光，剥得一丝不挂。

那时候的山区像一张安详古朴的农业图画，画面中的庄稼十分稀疏，蔬菜寥寥无几。只有一些牲畜和农具徘徊着，出没在农业的四周。

河流从农业的中间缓缓流过。

他怀着一种麻木而不安的心情走进那片灰褐色的矮树林里后，就把自行车放倒在地上。这个办法是他爹告诉他的，他听过后便记住了，就照办了。在矿上的时候，他听领导的话，回了家，他就听父母的话，听女人的话，听孩子的话，可是他的话却谁也不听，没有人听。

林子里显得萧瑟而荒败，完全没有了昔日的那种郁郁葱葱，那种安详与温情。许多的树枝上都落满了厚厚的灰尘，整座灰褐色的矮树林子就像是一堆破旧而腐朽的记忆，一座劫后余生的花园的废墟，消失了昔日的豪华与风雅。

他从挎包里掏出那块塑料布以后，便展开了铺到地上。这以后，他就坐在那塑料布上面低头吸烟，消磨时光。

他并没有回煤矿上去，虽然假期已到，虽然他很想回去工作，但他的父母不让他回去。两个老人声泪俱下地对他说：

“你要是今天真的回了矿上，我们就都不活了，都死给你看。”

哭着，说着，父母便拿出了早已准备好的两根上吊用的绳索让他看。他看到父母及那些东西后，便对父母说：

“我不回矿上去了，我真的不回矿上去了。你们不让我回去我就不回去了。我是你们的儿子，我不能不听你们的话。”

“我听你们的。”他说。

于是，父亲就告诉他说，山区南面的那片矮树林里经常没人去，你先去那里等上一天，天黑了以后再回来。天一黑，他就来了，正好能堵上他。你妈把干粮和水都给你准备好了。

“你放心地去吧，你不要怕。”父亲说。

他这时就看见他母亲不知早已在什么时候就烙好了许多张饼，烙饼里还放了鸡蛋和葱花。此外，还有一只装满了水的草绿色的军用水壶。

“你们不用给我带干粮，我不想吃，我什么东西都不想吃。”他说。

“水也不喝。”他说。

父母要他听话，但却不听他的话，他们都十分坚决地要他把干粮和水都带上。那时候他有些心烦，就对父母说：

“你们要是非让我带干粮和水，我就不去了，我这就回矿上去。”

他说罢便做出一副要走的样子，父母见了便都有些慌，就都不再提干粮和水的事了。父母两个人之间彼此交换了一个眼色。之后，他就看见母亲从一个箱子里取出一块很大的白色的塑料布给了他。母亲让他在南面的那片灰褐色的矮树林里铺上，免得受了潮气，日后落下一个什么毛病就划不来了。

他叹了一口气，没有说话。

母亲对他说，你还有心思去矿上工作，你一点儿也不知道你的后院已经起火了。

他还是没有说什么，只说了一句“我知道”，便不再说了。

母亲又说，天一黑，那个千刀万剐的畜生就来了，有时候半夜走，有时候天亮了才走。

他父亲这时告诉他说：

“你妈经常整夜整夜地不睡，搬上一个小凳子就坐在院里看着守着，听着动静，就这样还是不行，一点用也没有。倒是你妈受了凉，每天腰酸腿疼，一躺下就哼哼个没完。”

“我睡不着，我能睡着吗？我一看见那种事情就睡不着，眼睁睁地看着儿子当了乌龟，我死不瞑目。”母亲说。

“你这回回来要好好治一治她，让她再也不能见男人。”母亲说。

他听着母亲的话，便不住地皱眉头。他说，“妈，看你说的，你这话多难听，哪像一个老人说的话。”

“妈，有好多事情你都不知道。”他说。

母亲便气鼓鼓地说，“我什么都知道，世上的所有事情归根到底无非就是这样的一些事。”他听了，便又叹口气说，“妈，你就再别说了，你不知道我有多心烦，有些事情使我一天也活不下去了，使我一想起来就想死，我其实一点儿也不愿多活了，可还有一些事情又让我不能死，不管活得多难受，我都得像个人一样地活着，我得为那些事情活下去，比如你们两个，还有我的孩子，还有别的一些事情。你一点儿也不知道这种日子多让人难受。现在想起来，我好像从来就没有痛快过一天。”

父母听完他的话以后，就看见他鬓角上的头发不知在什么时候已经发灰变白了，两人便都有些心酸。父亲说：

“唉，谁都是这样，谁不是这样过来的。”

母亲就说，“都是让那骚货害的，她会遭报应的，她不得好死。”

那天夜里，父亲割草回来后就把那把镰刀挂到了院墙上的一颗钉子上。镰刀雪亮而锋利，弯曲着，浮现在院墙上。

那天夜里，老赵的一个孩子很晚才回来，孩子从院墙下走过后，告诉老赵的女人说：

“天上只有一根眉毛。”

十三

乡里召集各村的村主任去开会，冯到达乡政府以后，发现他是来的最早的一位，其他的人还都没有到。一位副乡长见了冯以后，便很亲热地拉着他进了办公室。有一个女的正坐在里面的沙发上打毛衣，听到有人进来后，只抬了一下眼皮，便又低下头打毛衣去了。

“我来得早了。”冯说。

办公室的墙上有一些锦旗和奖状，还有一张插满了无数面小红旗的农副业和乡镇企业的指标图。

“也不早了，好多的人现在都正在路上。”副乡长说。

“开什么会？”冯问道。

“计划生育。地膜覆盖。还有孤寡老人、残疾人福利事业。”副乡长说。

冯听罢，叹了一口气，便不再说话了。

后来，会议就在一片唏嘘声中结束了，人们又三三两两地往各自的村里走。

冯心不在焉地走在回家的路上。会议进行的中间，有人传达了一个消息，说东乡村的支书和村主任两家九口人都在一夜之间被同一个人杀了，一起被杀死的还有他们两家各自喂养的两条狗。这个消息使所有在场开会的村主任们都立刻坐卧不安，面色如土。西岭村的村主任在开会的过程中，当着众人的面便情不自禁地尿湿了裤子，他被送到乡里的卫生院后，有人说他的胃已经下垂，苦胆可能也吓破了。杀人的那个凶手已经跑了，公安部门正撒下天罗地网四处搜捕。“法网恢恢，疏而不漏，会抓到的。”乡长一边擦汗，一边对大家说。

冯一路上都在回想着那个令人惶惶不可终日的消息。形势一片大好，形势十分严峻。

那时候，冯就一直隐隐地觉得有一个人正一直无形地走在他的后面，用一只雪亮而锋利的眼睛紧盯着他。

土地和牲畜都分到各家各户以后的那些日子里，冯每天都像是在做梦，恍恍惚惚的。后来，梦醒之后，他一个人溜到大队的办公室里偷偷地哭了很久，他觉得仿佛在一夜之间，他就两手空空，再什么也没有了。就连他现在栖身的这间大队的办公室也顷刻间不存在了，有人出高价租下了它，准备开办翻砂厂，再过两天，冯就得把他携带了十几年的钥匙交出去了，翻砂厂就要成立了。

村里的人都纷纷各找门路，寻求赚钱的办法。女人每日都叨叨他，孩子们也都说他什么本事没有。他既不会种地，也不会做工，那些天，他总是一个人在山区里到处转悠。昔日的一切都顷刻间不存在了，他虽然还是村里的一把手，但已没有任何的意义了，村人见了他也爱理不理的，谁也不再把他放在眼里了。就连原来最不起眼的马二旦也变了，和从前不一样了。马二旦这个小人买了一台机器，用一辆小平车推着，走村串户。用电爆玉米花和膨化酥。那日，他看见一群小孩围着马二旦和他的机器，马二旦正给孩子们一个接一个地爆玉米花。他走过去以后，就站在孩子们的身后看那台人模狗样的机器。马二旦那狗日的肯定也看见他了，就是一下头也没抬。

家里的人也都在挤对他，说他无能，他一吃过饭以后便离开了家，一个人到外面去走。可是哪里又才是他的去处呢？

日子过去了很久，终于，后来他横下了一条心，承包了一个砖厂，他聘请了两位南方人做烧砖的师傅，那两个南方人一个是浙江的，一个是广东的，都鬼头鬼脑的，长得都很猥琐。但他不怕，只要能烧出砖来，能将砖卖出去，他什么都不怕。当干部这么多年，他见过的人多了。砖厂开办半年后，竟然很有些起色，出了十几窑砖。卖了一些钱。后来，有一天乡长来了。乡长对他说，不能光顾一个人富，一人富不算富，只有大家共同富裕起来才是真正的富，一花独秀不是春，百花满园才是春。乡长要他带领大家走共同致富的道路，特别是那些孤寡残疾人和一些暂时难以富起来的贫困户。这时候就更应该想到他们。这以后，他就吸收了山区里的七家贫困户进入他的砖厂。老的老，小的小，但众人都信心十足，干劲冲天。一个人的能力有大小，但精神是最重要的。几个风烛残年的老人和几个带孩子的寡妇每天都以厂为家，干到很晚才回家。他渐渐地有了一些欣慰，也真够难为他们的了。就在他带领大家苦干硬干将砖厂越办越兴旺时，竟然祸从天降。当烧了半个月的一窑砖快要出炉时，有一天夜里，那两个南方人正在砖场里喝酒，猛听得砖窑内发出一声巨大的闷响，两个南方人知情不妙，便携了各自的东西，星夜逃走，乘上南下的一列火车后便逃之夭夭了，第二天，砖场里成了一片废墟，整整一窑砖全部成了碎片。他像被人从背后捅了一刀似的，好半天没有一点儿反应。那几个老人和寡妇则坐在那片废墟上哭得呼天喊地，绝望至极。他恨透了那两个又奸又滑的南方人，他们坑的并不是他一个人，而是他背后的一群人，一群在任何一种社会制度里都被称之为弱者的人。

事情过去以后，砖场还在不冷不热地办着，冒着烟，每天也还有红色的砖和青色的砖从窑里出来，有的运走了，有的还堆在那里。那几个老人和妇女的脸上又渐渐地有了一些血色和笑容。

那天夜里，他尝试了许多种方式方法，最终仍然一如既往地俯身下来的时候，老赵的女人闻到了一种十分浓郁的生葵花籽的味道。

老赵的爹那时候也闻到葵花的气息了。老赵的爹那时候正拿着那把雪亮而锋利的镰刀准备出去。开门之后，一股巨大的浓烈的葵花的气息如同一种带有剧毒的农药一样迎面向他扑来，老赵的爹顿时觉得摇摇晃晃的，手中的镰刀也砰地落地。

大地消失了。

十四

老赵在那片灰褐色的矮树林里睡了一觉，他那时候并不想睡，但是不知不觉后来就睡着了。醒来之后，他看到太阳已快要落山了，一天就要过去了。

西边残阳如血。

他身子下面的那块白色的塑料布这时已经揉得皱皱巴巴的了。许多黑黄两种颜色的蚂蚁正在上面走来走去。那上面还有一些树叶和几种其他颜色其他形状的东西，他没有一一细看，他觉得人生在世，有些东西其实根本用不着你细看，再细看也没用。

山区里这时候一片红黄，所有的葵花在夕阳下都低垂着头，都弯曲着各自的身躯。一些式样破旧的马车像几只乌黑的布鞋一样，缓慢地行走在山区的公路上，两边的草和花朵都蒙着土，都是一派灰褐色。

一只羽毛金黄的红嘴鸟飞进了这座破败的林子里，在废墟般的景色里飞了一阵后，便又很快地飞走了，灰褐色的林子里又重新寂静了下来。也许，林子里永远都是寂静无声的，他没有听到过任何一种响动。灰褐色的矮树林子里布置了许多密集如云的蜘蛛网，当初布置这些网的蜘蛛的先驱者早已死去了，但网还依然原封不动地遗留在林子里。圆形的网规格合理，线条明晰，有如昔日的车轮和罗盘。他望见一只红翅膀的蚂蚱被尘封在网中，蚂蚱早已风干，如一张卷曲的树叶。

仿佛距此很久以前的一个晴朗如洗的季节里，他看见了山区的胸脯，以及那身躯上的一些美丽斑驳的花纹。那种景色一直时高时低地起伏着，无限地绵延下去。

他首先望见山上有许多的疤痕。

后来，他又比较清晰地望见了那些山，那些山都不芬芳，他看见了治疗男女不育，夜梦遗精，毛发再生等各种疑难病症的江湖郎中。看见车马店里兜售陈年葵花籽的身穿羊皮袄的内蒙古人，他们漆黑如铁的大手纷纷伸来。以后的一个月里，他逐渐清晰地闻到了山区里马粪的气息，看见了显隐在土豆汤和米汤里面的无数山区农民的沉默的表情和面孔；看见了紫红色的荞麦、飞跑着的小四轮拖拉机，从河边低洼地里拔出来的拖泥带水的大葱和枝头上绿颜色的青杏；看见了躺在草垛旁的像母牛一般健壮丰满的山区妇女沐浴在阳光下的种种姿态；看见一些污浊不堪的盲人宣传队手持着盖有红色公章的介绍信，用拐杖嘚嘚地敲击着地面，呼吸着阳光的味道；看见山区赤日炎炎的夏日的午后，头枕着牛尾巴睡觉的放牧人，戴着草帽挑着担子的锔锅匠和爆玉米花的老人，提着彩色条纹走私包的身材瘦小的南方人，弹棉花的、钉鞋的、养蜂的，还有烫着爆炸头的温州人；看见了一些先前的噩梦，山区里毛色杂乱的狗在那里溜来溜去，马车拉的气息和河水的气息。灰褐色的晋北山区，屋檐低垂，树枝如铁，土墙和水沟蜿蜒曲折，阡陌纵横交错。他远远地望见他的父亲来了。父亲戴了一顶褐黄色的旧草帽，手里提着一个竹篮，竹篮内的一个瓦罐里盛着饭，父亲是给他送饭来了。他看见父亲有些肥胖的身子走起来很吃力，脸上的麻子或蹦或跳，或沉静如沙。

“我不想吃。我早就跟你们说我不想吃，你们就是不听。”他望着地上的瓦罐说道。

“人是铁饭是钢，一顿不吃饿得慌，你一天没吃了，吃吧，还热着哩。”父亲打开那个瓦罐后一边擦汗一边说。

“我早就想来了，就是怕人看见了，我知道你早就饿了。”父亲用草帽扇着风说。

“这会儿天黑了，人少了，我才敢来。”父亲说道，“你放心地吃吧，我来的路上，谁也没看见我。”父亲说着话，天就黑下来了，四周的景色如铅。有风刮过来，风中夹带着一种腐烂的气味，像是一具散发着臭气的尸体，或一堆潮湿的木头。

“你想吃就吃吧，我不想吃。”他说。

“要不回家再吃，这会儿天黑了，咱们绕没人的地方走，不会碰上人。”父亲说。

于是，他就站起身，与父亲一起沿着一条十分僻静的小路向家里走。他提着竹篮，他的父亲提着瓦罐。后来，他就把竹篮挂到了自行车的车把上。

“到了家，我从大门进，你从墙头上往进翻，我给你在后院放一架梯子。”父亲说。

走了一会儿后，两个人就分开了。老赵走在一条平日里没人的孤路上，路的一边是山崖，一边有一些破旧的空房和宅基地。这个地方经常死人，谁住谁死，所以，许多的宅基地就都荒废了。听见一些碎瓦片在风中响着，声音有如老鸦。

老赵后来翻上家里的墙头以后，就看见院墙里果然立着一架梯子。老赵的爹早就从大门外回来了，这会儿正站在墙下用手扶着梯子接应他。老赵上墙时，手被墙头上的碎玻璃割破了，流了一些血。老赵看见他爹在下面表现得很焦躁，他就顺着梯子下来了。

“来啦?”他下了梯子后问道。

“还没来，快了，一会儿就来了。”他的父亲说。

“比他开会还准时呢。”母亲在黑暗中说道。

进屋的时候，听到羊圈里的羊叫了一声。老赵的母亲便灵机一动，低声说道，吃了饭，要不你先到羊圈里躲一会儿，我一叫你你就赶快出来。

那天夜里，老赵吃过饭走进羊圈里后，看见几只羊都用绿色的眼睛望着他，他用手摸了摸羊头，就在一个石头槽子上坐了下来。后来，他感到羊圈里的空气很不好，就起身站到了一孔小窗前，呼吸着外面的气息。

天上的星星有如听到钟声后上工的山区农民，都席地而坐，竖起了银色的耳朵。

圈里有好几只羊，不知道小雪以后他爹要杀哪几只。他这样想着的时候，就听见母亲在外面叫他赶快出去。

十五

老赵在他爹的帮助下，用一条麻绳将冯捆好以后，老赵的女人还光着身子，她一直没有看见她的裤子。她身上裹着一张毯子，头发散乱着，又浓又黑。

“不能轻饶了他，他总以为他是阎王，总以为别人都不敢动他。你动他，你踢他。”老赵的女人坐在炕上说。

“我知道。”老赵说。

“爹，做了他?”老赵问。

“使不得，万万使不得，杀人偿命，自古如此，做不得。”老赵的爹说。

“那要咋样？”老赵说。

“给他点颜色，给他点颜色看看就行了。”老赵的爹说道。

“给他点颜色，咋给他颜色？”老赵说。

“刮了他，刮了他就有颜色了。”老赵的女人说道。

“我想割狗日的一个耳朵，让他一辈子都能记住，让他一辈子在人前都抬不起头来。”老赵的爹说。

“就割一个？剩下的那个咋办？”老赵说。

“就割一个，剩下的那个还给他留下。咱不动他那个，还给他好好留下，原来啥样儿还啥样儿。他要是往后再往谁家去，就让谁割那一个去。咱就割一个。”老赵的爹说。

“就割一个。”老赵说。

“就割一个。”老赵的女人说。

冯那时候听见老赵的女人说话后，似乎很艰难地笑了一下，但没有发出任何的声音，所以，谁也没有察觉到冯是在笑。冯被捆好以后，身上只穿着一件秋衣。后来，冯就用头去一下一下地蹭老赵的腿。

老赵感到腿上很痒，老赵就笑了。

老赵说，“你躺下，你不要动。”

“你不要挨我，你一挨我，我就忍不住想笑。”老赵说。

老赵的爹看见冯的两只眼睛有些发蓝，就对冯说，“你不要来回动，你躺下，你吃得多了。”

冯听了老赵爹的话，便很善良地望了他一眼，冯说：

“给我一块砖，我想枕着砖躺一会儿。”

老赵的父亲听罢便出外面拿回一块砖以后就垫到了冯的头

下。冯枕着砖头说：

“这砖头真暖和，这好像是我砖厂里烧出来的那种砖。”

老赵的爹说，“你说对了，就是你烧的。”

老赵说：“我说过我一从矿上回来就请你来家里喝酒，可是你就是不听，你今天提前就来了，我还没回来你就来了，我觉得你这样做挺不好。”

“我一直都记着你的话哩，我每天都听见你在哗哗地给我倒酒，我以为你回来了，我就来了，我不知道你还没回来。”冯说。

“谁说我回来了？你看见我回来了？你没看见我回来，咋就知道我回来了？”老赵说。

“你这人，我又没说我看见你了，我没看见你，我就只当是你回来了。”冯说。

“我没回来。”老赵说。

这时候，老赵的女人坐在炕上，“呸”地朝地下的冯吐了一口。冯感到自己的脸上很湿，就又笑了一下。

“你笑哩。”老赵说。

“你看她，她啐我。”冯说。

老赵对女人说，“你不要啐他。”

“我告诉过你好多灭鼠的好办法，你就是不听。你这人，你把那么多的粮食都放坏了。每回从仓库前走过时，我都能闻见那种霉味，有的麦子已经变成绿的了，经常像虫子一样从仓库里爬出来。”老赵说。

老赵说话的时候，他爹出去了。老赵的女人穿了一部分衣服，还有一部分没有穿。老赵对女人说：“你要是冷，就穿衣服吧，多穿点。我一看见别人穿得少，我就觉得冷。”

“我也是。”冯说。

老赵的女人听了他们的话以后，就又开始穿衣服，声音叮叮当当的。老赵说：“你的衣服真响，我好像听见有铜钱在响。”

冯那时候正在不住地摆弄自己的头。冯听见炕上女人的衣服在叮叮当当地响，就感到自己头上的汗珠正像黄豆一样噼噼啪啪地往下滴。冯眼巴巴地望着老赵说：

“你来摸摸，我的一些头发让砖头磨光了，我的头皮有些麻。”

老赵就伸手在冯的头上摸了一回。老赵说：“这砖头真硬，你是怎么烧出来的，像磨刀石一样。我一点儿也不知道这砖头会这么硬。你好好躺着，你不要动，你一动，砖头就要磨你的头发了。”

冯说：“我不动，我听你的，我知道你的办法灵。我知道你这人有办法。”

这时候，老赵的爹从外面进来了。老赵的爹手里举着那把雪亮而锋利的镰刀，他站在门口，将那把镰刀高高地举到了门框上方。

冯看见那把雪亮而锋利的镰刀了，这以后，他就一直头枕着砖头，仰望着那把高高在上的镰刀。望了一会儿，他就又笑了一下，他声音轻轻地问道：

“那是什么？”

“刀。”老赵说。

“不是。你哄我哩，刀怎么会是那样的，我早就看出来那不是刀，你还哄我。”冯说。

“我没哄你。”老赵说。

“今天初几了?”冯说。

“大概初五。”老赵说。

“你看今天晚上的月亮有多亮啊，弯弯的，像一根眉毛，又像一把镰刀。”冯说着话，继续仰望着，他脸上的笑容很好看。

老赵听了冯的话以后，就顺着他的视线一起去看。老赵看了一会儿以后，对冯说：“你这人，你忘了，每个月的初五，月亮都这么亮，要是遇上刮风天和下雨天就不行了。”

“多像我们小时候看到过的那个月亮啊。那时候，我一直以为那不是月亮，我一直以为有人将一把雪亮的镰刀扔到天上去了，扔上后再也落不下来了。”冯说。

“那时候我们都小，都愣头愣脑的，都以为镰刀就是月亮。”老赵说。

“那时候总是我给你剃头，每逢过年的时候我就要给好多的大人和孩子剃头。我记得你一剃头就哭，还哭个没完。”老赵的爹说。

“我怕疼。”冯说。

“你爹常跟我说你没出息。”老赵的爹说。

老赵告诉冯说，“你不要动，我爹说他要给你剃头了，还要给你刮胡子。”

“我不剃，我怕疼。”冯说。冯这时候枕在砖头上有些急躁。

“我不剃，我就不剃，你非要剃，我就哭。”冯说道。

老赵的爹说，“你哭吧，你狗日的想哭你就哭吧，我不怕你哭。从小你就爱哭，小时候每回剃头的时候，你都要哭出一身汗。你哭吧，我不怕你哭。这时，老赵又对冯说，你不要哭，又不疼。你知道我爹剃头的手艺很有名，他给那么多的人都剃过头。你不要哭，又不疼，我爹从小就爱吓唬你。

“我不剃，我就不剃，现在还不到过年的时候，我怕疼。”冯很急躁地说着，他的头在砖头上磨来磨去，声音哧啦哧啦的。

“你爹常跟我说你没出息，果然被他说中了。”老赵的爹说着，便举着那把刀来到冯的跟前，他用一只手按着冯的头，另一只手握着刀。

冯的头正在抗拒。

“你哭吧，你要是想哭你就放长声哭吧，我不怕你狗日的哭。”老赵的爹说着话，已开始一寸一寸地用刀。

冯的声音呜呜咽咽的，他的头像一颗西瓜一样在砖头上动来动去。

“哎哟，您的手上真有劲儿，您这么大年纪了，力气还是那么大。”冯声音模糊地说道。那时候冯抽空又仰望了一下门框的上方，他没有看见那把雪亮的镰刀，他就说：

“我看见那半个月亮不在了。”

“在我爹手里握着哩，起风了，怕让风刮没哩。”老赵说。

冯听见老赵的声音很遥远，远在千里之外。他看见老赵的那件白衬衫在山区里迎风飘扬，那些向日葵有如吱吱呀呀的车轮，日夜旋转在山区里。

那天夜里山区里刮了很大的风，遍地都落满了金色的朴素无华的农业思想，山区人民翠绿的情感一直持续到天亮。

原载于《小说家》一九九一年第一期

深红的农事

一

十几天前的一个晚上，老金来到母亲住的屋里，看到母亲的白发从头上披散下来，遮住了她的脸。四周的墙上有一些十分模糊地图像，很挤，很遥远，有的仿佛远在别的村庄里。虽然看不大清楚，但老金还是觉得自己是很熟悉那些东西的。时光仿佛停止了，以至于老金在无边的寂静中听到自己的身体正在发生着某些变故：有的地方在咕咚咕咚地冒着泡，有的地方在摆动，有的地方发出风吹树木的声音或山墙倒塌的声音……老金曾听人说过，一个身体非常不好的人，才会时常感到身上的各个器官的存在。他有些茫然地在屋里站了一会儿，没有听见母亲对他说话，不久他就从那昏暗的光线里走了出去。

墙里的榆树在月光下看上去显得很大很硬，树枝和树身都给人一种铁的感觉。老金从两棵漆黑坚硬的树下走过时，耳边忽然听到一种声音，仿佛是从他们的院落上面传来的。那声音没有引起老金太多的注意，他以为是残疾军人白玉又在吹箫。每逢这样有月亮的晚上，住在他们上面的残疾军人白玉都要坐在自家的门前，抱着一支箫吹上很久。

墙外的榆树也是墙里的那种样子，不过更黑一些，从树枝之间几乎看不见什么。偶尔显露出几块微微发亮的青瓷般的碎片，老金知道那是天，被遮在树后面的天。晚上只能看到这些。白天的时候，就能看见那些住在高处的人家了，黄色的土墙，银灰的艾叶，正在梳头的女人，站在烟囱后面东张西望的男人……沿着墙外的一条细窄的石级往上走的时候，树上的李子有时会突然在人的耳边或脸前碰一下，之后又很快地弹开，返回到树上。老金有一个从前可爱，但现在却常常让他感到难堪的名字：金蛋。母亲说他小的时候，她非常疼他，以至于不知该用什么来叫他。“金蛋”两个闪闪发光的字代表了她当时的心情。遗憾的是，如今连附近一带的孩子都这样叫他，他对他们的警告与恐吓完全无效。老金想起母亲曾对他说过的话，她已经有些年没有沿着墙外的这条细瘦的石径走过了。父亲很早就死去了，老金几乎没有任何印象，因而从来没有那种伤心的时候，他只是觉得那是一个擅离职守，很不负责任的人。每当不睡觉的时候，母亲就把老金叫过来，他与她一起赌钱。是真赌，并不是虚假地游戏或玩笑，而且每一次都要当场兑现，从不赊欠。“欠下的钱就不再是钱了，很难说已经变成了什么。”这是母亲的看法。她的面前时常倒扣着一只青花瓷碗，骰子是用几颗坚硬如铁的黑色的丸药充当的，它们变幻莫测地转起来或静下来的时候，时常让老金感到痛不欲生。

流星从天上划过。残疾军人白玉的房子里的灯光已经熄灭了，整个河东也没有几家亮着灯了。老金在外面转了一会儿，耳边响起骰子滚动的声音。不久，他又走进母亲的房里。他看见住在他们前面小树林子里的女人马大有坐在母亲的旁边。马大有是他们家里的常客，有时做他们的证人。当老金与母亲发生争执时，马大有就会站出来主持公道。这个四十多岁的女人虽然已生育过不少孩子，但仍然保持着一副非常结实的身体。

母亲的手里端着那只青花瓷碗，黑色的骰子在碗里咕噜咕噜地转个不停。母亲对老金说：

“你又到处乱窜去了？”

母亲嫉妒老金的那两条腿，尤其嫉妒他能随心所欲地到处走动，这使她常常不得不独自一个人守着整个空荡荡的院子和死寂无声的房子。母亲曾经准备了一副锁链，用来拴住老金的腿，锁链的钥匙虽然一直挂在她的腰上，但老金每次都能走脱。母亲感到奇怪，她不知道老金还有一把钥匙。冬天的时候，老金的那把钥匙就藏在他的棉帽子的夹层里。

母亲和马大有都坐在炕上。马大有的一条腿蜷曲在灯影里，另一条腿笔直地伸过来。老金来到她们的面前，挽起袖子，对母亲说：

“我要赢你！我要想办法赢你！”

“想赢我？”母亲说，“你做梦去吧。”

“我一定能够赢你。”老金摩拳擦掌地说。

“那要看你的运气。”母亲对老金说，“叫喊是没有用的。”

榆树的影子映在窗户上，像旧年的窗花。黑色丸药做成的骰子在母亲的手里神出鬼没，有时安静得让老金怀疑它们都消失了，但有时竟又会突然发出刺耳的尖叫。它们变化得最厉害的时候，老金感到心神不宁，头晕目眩。老金觉得自己不是不适应母亲的手段，也不是缺乏必要的心理准备，而是母亲既能够变化，又善于在一个数字上长久地盘桓不去；同一个数字连续数十次地出现，很快就使老金垮了下来，以至于他丧失了最基本的应变能力和判断力，一败涂地。老金表情痴呆而又战战兢兢地站在母亲的面前，像一个做错了事的孩子。坐在一旁的马大有渐渐地明白不是自己的腿在颤动，而是老金的那只手在哆嗦。

母亲认真地点完钱后，看着老金：

“好像还不够。”

“先欠一次吧，真的没有了。”老金动手在自己的口袋里翻了一阵，近乎乞求地对母亲说，“下一次一起算。”

“不行！”母亲斩钉截铁地说道，“下一次再说下一次的。你不想还清旧债，轻装上阵吗？”

“不是不想，我确实没有了。”

“你又来这一套。”母亲说完后，又对身边的马大有说：

“上次你不在，他欠我一块八角钱，也说是没有了，也像这样装模作样地翻了半天口袋。当时我想，算了，就不要他的了，就当我没赢，就当我手滑，不小心打了两个碗。”

“你这样说话，让我感到很难过。”老金对母亲说道，“说什么手滑……哼！”

“你不给我钱，我才难过呢。”母亲说，“让证人说吧。”

“看样子他是真的没有了。”马大有调和道，“就先让他欠一次吧。”

“那就让他再欠一次吧。不过，你可要记住噢。”

老金推门出去的时候，有风吹了进来，风中充满了河边的湿气和草木的绿意。他回过头，看见母亲的白发突然纷扬起来，像一蓬白色的荆棘。

河边的水草正在风中起舞。老金听到马大有家里的人正在叫马大有回去，他们站在屋后的一小片葵花地里，好像是两个孩子，也可能是三个，叫声传遍了整个河东。

一个人手里提着一个包袱，从老金的身边匆匆走过。老金愣了一下，忽然冲着那个人的背影说道：

“伍元！这么晚了，你要到哪里去？”

那个人仿佛没有听见，很快就走远了。

二

走出家门的时候，家的轮廓和气息还十分清晰地印在他的记忆里，一扇窗户，一把剪子，几件衣服，都在各自的位置上等待着他下一次回来，甚至连烘烤的土豆的气味也一直在屋里萦绕不去。但慢慢地，那些东西都保留不住了。倒不是那些东西容易变质，越放越坏，而是被他渐渐忘记了。离家越远，他对家的记忆也就越模糊。一方面来说，人走在路上，心里想着别的事情，他不得不忘记它们；另一方面，铭记与遗忘都由不得他，这是最关键的。

离开家以后，伍元独自一人在阴山的南麓走着。眼前有时会浮现出一片晃动的屋脊，屋脊既遥远又不清楚，上面的青草和枯黄的衰草交替出现，随风摇曳；有时又会看见晚间的雾将栽在房子四周的一些稀稀落落的青杨树遮掩得一棵不剩，干干净净，踪影全无；雾中传来孩子的哭声，开门的声音和小羊吃奶的声音。

后来，一辆运草的马车将他捎了一段。赶车的人看见一个形影十分孤单的人在路上走着，便招呼他上了车。伍元起初对于搭乘别人的马车还很有顾虑，十分迟疑地站在路边，很忸怩地看着装着干草的马车。赶车的人见他那样，冲他说道：

“叫你上就上来吧，还穷讲究什么！”

赶车的人是一个很爱说话的人。伍元从车的后面踩着绳索爬到车上，坐在高耸而松软的干草上以后，突然感到自己离天似乎已经很近了。湛蓝晴空里的云彩仿佛手帕一样不断地从他的脸前拂过，在他的头顶上面飘着。赶车的人一边走一边说：

“不认识就不能捎你一段吗？一看你就是附近一带的人。哪个村的？不要把自己闹得像个外国人一样。就算你是一个外国人，你也可以上来坐坐。”

“我已经上来了。”伍元对赶车的人说，“你真是个热心肠的好人。不过，有一点我必须声明：我不是外国人。”

“你当然不是，你和我一样。”赶车的人说，“外国人怎么会出现在这里？外国人要是到了这里，北京就麻烦了。”

“咱们说点儿别的吧。”伍元看看四周，几乎是恳求地对赶车的人说道。赶车的人再没有说话，他扯动缰绳，控制着马车行驶的速度，像一位坐在船头放长线的渔人。伍元坐在高高的干草上面，身体和心情随着马车的颠簸起伏着。过了一会儿，他突然听到身边传来一声响亮的鼾声，那声音将他吓了一跳。他看到干草上面不仅仅是他自己，还有一个人，那个人的脸和大半个身体都埋在干草里。

“这是谁？”

伍元大声地问道，忍不住又看了那个人一眼。那个人看上去似乎睡得很沉，但在某些方面却给人一种按兵不动的感觉。

赶车的人没有听见。他有时坐在车前，瞪着眼睛看着前面的路，有时又从上面跳下来，跟着马车小跑一阵。一边跑一边问伍元要去哪里。伍元几乎有些害羞地说要到南边的大煤矿上去当工人。赶车的人打了一声呼哨，然后回过头来，十分惊讶地看着坐在干草上面的伍元，说：

“真他娘的！看不出你还是一个走运的人……驾！”

“你才是个走运的人呢！拉着这么一大车干草，像个富足的地主一样。”伍元坐在高高的草上对赶车的人说，“我到那里不过是去受苦。”

“这草不是我的。”赶车的人说。

不管是谁的，就草的本身而言，它是干净的，金黄，茸厚，温暖，每天散发着清香纯粹的气息。在干草的亲切而柔软的映照下，伍元越来越感到自己所做的事情吉凶难卜，几乎要多危险有多危险。每天都要把命交出去一次，到时再收回来，如同安假牙一样再附到自己的身上。在那黑暗而又闪耀着灯火的巷道里，谁也没有足够的把握让自己万无一失。没有几个人敢于肯定自己每一回都能原封不动地上来，每一回都能安全脱险。仿佛一个人将帽子抛向空中，不知道还能不能准确无误地接住。经常就有人接不住，抛出去以后就再也回不来了。年轻的工人们说，我们一点儿把握也没有，我们完全不熟。年老的工人说，熟也没用，这不是熟不熟的事情，越熟越没有把握，越熟悉越害怕，越没底，还不如不熟。经常有人在进入巷道之前就首先失去了信心，怀着沮丧而无奈的心情钻进去。最终出来后，不免侥幸地欢呼：我又出来了！总算把早上抛出去的东西又接住了。但明天的这个时候能否再接住，又是一个谜。我们是什么？有人说。我们是一群靠运气活着的赌徒，每天都在用自己的性命下注，深思熟虑也不起作用，诡计多端也不起作用。

“不过，那也要比锄地、赶车好得多，是不是？”赶车的人说，“老弟，说说你的经验，你是怎样让自己成为工人阶级的？”

伍元看着沿途的树木和低缓的山岗，车上的草一直随着马车的行走在晃动。有的树是红色的，有的像羊毛一样又茸又白。灌木丛里时常有野鸡飞起，有的像孔雀。路上的白色沙子和粉红色的沙子发出细碎的粮食一样的暗响。

“不愿意说就算了，一定是不能说。”赶车的人说，“中国人，差不多每个人都有一本不能翻看的血泪史，我的一位表弟，如今和你一样，也是一位工人，他是用五只羊换来的。”

“我和他不一样。我的工作不是用五只羊换来的。”伍元说。

“那你用了几只？六只？”赶车的人说，“我敢肯定不是一只两只，两只羊什么事也办不了。”

天空又高又蓝，抬头望得久了，会让人感到视觉眩晕，眼前一阵发黑。一片一片的虚实不定的黑影不断地在眼前飘来飘去，有的像斑点，有的像清晰的手印。伍元听见了雁的叫声。黑色的队伍缓慢地从空中经过，从下面望去，它们如同粘贴在天上的剪纸。赶车的人一会儿说死人的事是经常发生的，一会儿又劝伍元不要想那些不吉利的事。翻来覆去他说得都对，道理也总是在他的那一边。一个人何以能够在正反两方面都站得住脚？伍元的视线从雁阵上落下来，停留在辚辚作响的马车上。

马车从一片河滩上经过时，伍元忽然听到一群孩子齐声叫道：

“车倌车倌笑嘻嘻，半夜想起戳马×。”

赶车的人恶狠狠地骂了一句，回头看着伍元。

“我敢肯定他们不是在专门说你，是在说所有的车倌。”伍元对赶车的人说，“你要是多心，就等于替所有的车倌承担了责任。你千万不要多心。”

"我怎么会把那种事情往自己身上揽?"赶车的人有些急躁地说,"我在想,世界上没有无缘无故的恨。每次从这一带路过,都要遇到他们,想不遇到几乎是不可能的。他们真让人头疼!"

到达一个叫冯大印的地方时,马车忽然停下来不走了。赶车的人将两匹马从绳套中解放出来,牵到附近的一口井边去饮水。伍元继续坐在车上,坐在高高的干草上面,向四周一带张望着。仿佛是一个镇子,房子都坐落在路的北边,南面全是一些稀疏的小树林子。伍元坐在车上能看见那个在井边饮马的人,井边还有几个人。走了这么长的路,马渴了,马也需要喝水。他想。那些房子的白墙和黄色的土墙看上去很干净,只在墙基以上部分有一些霉斑和青苔。至少有两面墙上都明确地写着这个地方的称谓:冯大印村。天气有些热,伍元脱去外面的一件衣服后,仍然感到很热。看着眼前的晴朗明媚的景象和阳光下的树木与房屋,伍元想到了阴山。他走的时候,那里的雪还没有化,天冷得让人不得不放弃许多东西而变得无所事事;一个人只要夜不归宿地在外面转悠上一夜,依然能冻出病来。这一带真是暖和多了,难怪左政权想方设法要将自己及全家人的户口迁到这一带来,若没有让人放不下的诱惑在这一带闪耀,谁肯费那么大的劲。也许这还不是最理想的地方。伍元想。看情形,越往南走,天气就会越暖和,越适宜居住。

赶车的人饮完马以后从井边过来。伍元将脱掉的衣服叠了叠,抱在怀里,做好了重新上路的准备。赶车的人来到车前时,看到伍元还在高高的干草上面坐着,吃惊地说:

"你怎么还在上面坐着?不下来了?"

"我应该下来?"伍元疑惑不解地说,"这不是又要走吗，我下去干什么？下去还得再上来。我不想吃饭，我就不下去了。”

赶车的人看着伍元，用一种含糊不清的声音表示了他的惊讶与不满。他说：“谁说要让你吃饭了？没有人请你吃饭。谁告诉你还要走？我们不走了。”

“不走了？”

赶车的人满脸倦意地点了点头，显得有些焦躁。伍元很快发现赶车的人是自己一个人过来的。又往远处看，见那几匹饮过水的马还在井边站着，有的扬起飘动的鬃毛，发出咴咴的叫声。看到它们都没有过来，伍元明白赶车的人不是在开玩笑。这时，他忽然想起了一件事。他看看自己的身边，吃惊地发现那个一路上一直都在干草中昏睡不醒的人不知在什么时候早已不见了，他身边的干草被拱得很乱。

“你还要往南面去吗？”赶车的人问伍元。

“对。”伍元说。

“我们要是还接着走，你就一直坐着，不用下来。”赶车的人对伍元说，“可是我们不能再走了，人困马乏，今天必须得在这里住一夜。老弟，你自己想办法吧。”

伍元从车上爬下来，听到赶车的人说：“往南去的车很多，你要是运气好，说不定转眼又能遇上一辆。要是遇不上……”很快又说道：

“不会遇不上的，一定能遇上。其实，所有的车都在朝着一个方向走。”

“给你添麻烦了。”伍元说。

赶车的人将鞍子搭在自己的肩上，围着马车仔细地看着。伍元背起包袱和雨伞，开始一个人继续向南走。平川一带的孩子们从来没有见过长得那么丑的人，自从发现了他以后，他们就开始乱哄哄地跟在他的后面尖声叫着，有的跑到他的前面，然后回过头来看他，嬉笑，怪叫，像一群小妖。伍元看上去像一个水土不服的人一样，满面病容。他想让自己走得更快一些，努力避开那些孩子，尽量不去看他们，尤其避免自己的视线与他们的视线相撞在一起，那样一来，他们会闹得更起劲。走在异地他乡，他还知道自己不能生气，不能对那些孩子们怎么样。他们想闹就让他们闹吧。“车倌车倌笑嘻嘻，半夜想起……”比起赶车的人来，他这简直算不上什么。干什么都有麻烦，工人有工人的忧虑，当车倌的有当车倌的麻烦，很少有人能够例外，一点麻烦都没有。赶车的人说，中国人，差不多每个人都有一本不能翻看的血泪史，这话说得极对。车倌并不是天天都笑嘻嘻的，那样的情形只不过是短暂的一瞬，如过眼的烟云。那时候，附近一带的田野和山岗上，有不少埋头耕作的当地人，还有几个老人坐在临近路边的山墙下。值得庆幸的是，一路上那个赶车的人没有向他询问他的姓名。我有一个多么贫贱不值钱的名字啊。他想。伍元，仅仅只是伍元，连六元都不够。有一年秋天，几个人在一起吃饭，有人曾问起他的名字，他憋了半天，最后竟说，我实在是没啥好说的。众人都感到愕然。

路上时常能见到一些披着羊皮的人。人人互不相识，谁也不清楚别人的底细、来历与大致的去向。路上晃动着人影，水边回荡着一些陌生的声音。住在河边的人们，每天往头上洒水，将采集到的香草缝进一些小口袋里，携带在身上。闭上眼睛，能看到家里的窗户，发黑的山墙，日常的器皿和凝固了的油脂。一只狗在耀眼的阳光里跑着，不久竟用嘴来拱他的袖子，试探他的手里。他的忽长忽短的影子出现在南下的路上。可怜的影子，禁不起颠簸的影子，有时候走着走着，忽然就被什么东西无情地截断了，需要很久的工夫才能重新续上，接通，恢复如初。人真是禁不起折腾啊，伍元边走边想。除了有头有脸，一切都像一根脆弱的棍子，随便一使劲就会被折断，有时更变成几节，哪里还有什么精神和灵魂？经过一片异常安静的小树林子旁边时，他忽然听到了自己走路的声音——那声音使他感到饥馑而焦渴。他听见一些既熟悉又生疏的人正聚在一起说话。男人们的帽子，女人的嘴，含意不清的眼神和手势，如同梦里的情景一样出现在他有些迟钝而麻木的意识里。沿途的地势由高向低逐渐减，一程一程地铺展下来，垂卷下来，离家越来越远了。

伍元一边走，一边向四周张望着。他想起有一年秋天，他和自己的一位表姐往南边去。仿佛也是走到这一带的时候，表姐忽然停住了，她让伍元在这里站着，替她看着人，她自己则走到一片草木丰盈、兰花摇曳的低洼地里以后很快就不见了。伍元站在路边不住地东张西望，警觉地注意着四周以及路上的情形。“有人来了！”他突然大声地喊了一句。表姐听到他的叫声后，立即从那片丰茂的草地里站了起来，她的脸都白了。伍元开心地笑了。他对惊魂未定的表姐说：“没有人来，我就是想看看你还在不在。”表姐用嗔怒的声音骂了他一句。岗上的风将他和表姐的衣服吹得飘拂不止。

后来，真的有人来了。

三

春天的晚上，他们常在栽着杨树的院子里吊打那只品行不端的猫。可恶的猫，大约有十岁了，常在女人熟睡之际潜入她的身边，无比兴奋地做洗脸状，做舞蹈状，做憨态，做深思熟虑状，花样百出，风情万种。男人在打猫的同时，也时常忘不了质询女人：为什么睡觉时不能老老实实地睡？苍蝇不叮无缝的蛋，坏人——坏猫总是要寻找一切的机会，从来不放过一点点的可能。女人无言以对，无法说清楚自己何以一闭上眼睛以后总是睡得忘乎所以。

女人对男人说：

“干脆勒死它算了。”

男人没有听从女人的建议，每一次总是将猫教训一番就算过去了。当然，每一次的教训都是非常严厉的，甚至是十分残酷的。男人隐隐约约地觉得女人有一种企图杀猫灭口的隐秘意图。这一层意思让做男人的很伤脑子。但男人的表弟却对男人说：

“就算不杀，你难道还想从猫的口里得到什么吗？你还指望它开口说话，向你坦白一切？”

“不是那个意思，不是那么回事。”男人说，“事情有些不对头，好像在哪里出了错，现在仍然还在错着。”

“要是一开始的方向就错了，那就再也纠正不过来了。”表弟说，“小学生爱咬铅笔，怎么纠正也不行，好像上了瘾。”

还有比这更让人难以接受的事情。在不远处的一个很安静的院落里，绣着橙红色花朵的被子在婚后几年突然腾空而起，飞越众多散发着往昔气息的街巷和屋顶。人们普遍感到头疼，有的人一忍再忍。一个名叫王生的年轻人独自在蚂蚱飞舞的西山上砍柴，砍着砍着，渐渐地感到无边的倦意不容分说地浸透了全身，眼睛很快就再也睁不开了。睡醒一觉以后，发现随身带来的斧子在夕阳下变得通红，他的手和脸都在不同程度地流血。名叫王生的年轻人带着无缘无故的伤痛回到家里，在窗户前坐了两天，嘴里有时喃喃自语地说着一些含糊不清的话，不久便死去了。

寂静的西山上有时候突然密密麻麻地站满了沉默不语的牛，仿佛是在雨后的一瞬间突然长出来的。更多的时候，只有那种豆粒大小的鲜红的浆果在风中摇曳，释放出阵阵酸甜的气息。那些往南去的马车多数时候如同在梦里行走，车上载着草或炭，有时全是人。乌鸦在车的上空一路跟随，悠长而遥远地叫着。

四

春天里的一个晚上，他们又在自己的院子里吊打那只时常流露出一副二流子相的猫。鞭笞是无情的，体罚更显得残酷，凄惨的叫声越过成片的青杨树和粉红色的桃树，变得比白日里还要清晰而揪心。那时候，老金正在屋里坐着，他们经常这么打猫。让他很是受不了。他如坐针毡地听了一会儿，后来实在听不下去了，就起身出去找他们。那个院子里没有点灯，老金进去的时候，恍惚看见有四五个影子散落在周围。他的脚步声大约惊动了他们，有两个人忽然走近老金，对他说：

“你这是干啥来了？不好好在家睡觉，为啥管得这么宽？”

“你们的猫叫成这样，我能睡得着吗？”老金对他们说，“我并不想管啥，啥都不归我管。我只是睡不着觉，猫叫得这样厉害，我连眼睛都合不上。”

“睡不着就先不要睡，这会儿还不到睡觉的时候。”他们说。

“它怎么了？惹得你们又打它？”老金问道，“它又钻到她的两腿中间去了？”

“不该你问的就不要问。打听这干啥？”他们说。

“我想好好睡一觉，别的要求没有。”老金说。

“那就回去睡吧，没有人不让你睡。”他们说。

“有，你们的猫就不让我睡。”老金说到这里，忽然又想起了什么，“不光我一个人睡不着。”老金说，“我妈她老人家也睡不着，她快一百岁了，成天睁着两只眼睛。”

“不光是你们一家的问题，你去打听打听，所有的老年人都睡不着觉，这是一个非常普遍的现象。”他们说。

“猫犯了错误，打它两下，吓唬吓唬也就行了，难道真要往死里打？”老金对他们说，“真想要它的命，那还不如一下把它摔死，也省得这样叫人心烦。”

“这是我们的家务事。”他们说，“我们还不嫌心烦呢。”

“它叫得我心里很烦，我真的受不了啦。”老金说。

“住在你们上面的白玉每天吹箫，动不动就吹他那根破管子，你为啥不管？”他们对老金说，“怎么不去说说他？”

“吹箫和猫叫能一样吗？能是一回事吗？”老金说，“箫是音乐，猫是什么？白玉只是坐在自己的家门前细细地吹，他有过这种狼嚎鬼哭的时候吗？他要是也像你们的猫这样狼嚎鬼哭，我早就去说他了。”

这时，有一个声音对老金说：

“睡不着觉就吃药，实在不行就喝酒；把自己灌醉了，就啥都不知道了，哪还能听得见猫叫？”

“我好好的，凭啥又让我吃药又让我喝酒？我怎么了？”老金说。

“没有人强迫你既吃药又喝酒，你可以不吃，也可以不喝。”还是那个声音在说，“至于猫呢，我们是一定要整治的，再也不能这样继续下去了。”

“是的，我们一定要整治这只恶猫，整治这个二流子！已到了非整不可的时候了。对它心慈手软，就是对人的不尊重。”

“你们可曾尊重过我？”老金叫道。

这以后，再也没有人理会老金了。他们用一根绳子不住地抽打那只被吊起来的猫，边打边问：

“你他妈的！还敢不敢了？”

“说！还敢不敢再胡闹了？”

猫凄厉无比地叫着，喘着粗气，不久又发出呜呜的声音。

老金站在旁边看了一会儿，忽然感到脸前一阵燥热。他在心里对自己说：

“这哪是在打猫！这分明是在拷问一个人，分明是在逼供。”

树叶的影子与月光一起映照到窗户上，在最静谧的时候轻轻晃动，发出沙沙的声音。老金看到自己的影子像一个巨型的怪物一样在墙上飘移蠕动，他有些吃惊地注视着。他已经注视了很久。

“我真大呀！”老金看着自己的影子，心里想道。

“我从来没见过那样的猫。”母亲说。

“我也没见过。”老金说。

老金和母亲说话的时候，眼前浮现出那个时常被猫骚扰的女人。她叫林芝，是老金见到过的皮肤最白的女人。要不是两只眼睛有些上吊，她应该不是一个难看的女人。老金想。不过，就这也已经很不错了。一开始的时候，老金对于那只令人费解的猫也时常感到不可思议，认为它的行为已不能用过火来形容，而是充满了奸邪。以后，随着时光的流逝，他不无惊讶地发现自己的看法在不知不觉中发生了一些变化，有些变化与当初完全相悖。老金发现猫也像人一样常常以貌取人。此外，他还注意到一种现象……

“马上我就要过八十九岁的生日了。”母亲忽然对老金说，“虽然我们只有两个人，但我们还是要认真地过一过。”

“啥时候？”老金说。

“快了。”母亲说，“杀一只鸡。再买点木耳，蘑菇啥的。”

“你先不用急，再等一等吧，啊！”老金对母亲说，“等我过六十三岁生日的时候，咱们一起过吧。”

“生日怎么能等？亏你想得出来。”母亲说，“你的是你的，我的是我的，你和我难道是同一天出生的吗？”

“当然不是。”老金说，“我是说，这样一来，我们就可以减少浪费，避免重复地一次又一次地过生日。别人会咋看我们？‘那家里一共只有两个人，却经常看见他们在过生日。’”

“没有人那样说，我只听见你在说。”母亲说，“是你非要把你的生日和我的贴在一起。我知道你的小心眼，你是怕花钱。我有钱！我多年存钱，就是防着这一手呢。”

“你的一部分钱，还不是从我这里赢去的？”老金说，“赢谁不是赢，非要赢我？”

“当然，赢谁都是赢。你无非是想把我的生日像变戏法一样给蒙混过去，还说什么减少浪费，避免重复！”

他妈的，硬是要和我过不去呢。从里面出来以后，他边走边想。

在河滩的不远处有他的一些菜地，每隔一两天，老金都要去看一看。那些菜地都不大，最大的不超过一分，它们仿佛是从天上飘下来的，互不连贯，这里一块，那里一片地散落在不同的地方。在老金的印象里，它们很像是一些飞来的手帕，但又不纯粹是手帕，因为人们很少在手帕上栽培什么寄托什么。从某些方面来说，那些菜地更像是几个住在河边的亲人，需要时不时地去看望一下。

他弯腰扶起两棵被人踩倒的小白菜以后，看见他的邻居香孩儿正在河滩上转悠。这个比老金小几岁的男人一个人带着四个孩子过日子，头发和胡子很早的时候就花白了，看上去要比老金大得多。有一次，香孩儿对老金说，你和我一样，我们都是一些命苦的人。老金当即驳斥道：

“那怎么能一样呢？你是一个死了老婆的男人，而我是一个未婚的男人，我们在本质上是有区别的，完全不一样。”

“你真是这样想的吗？你真的认为我们不一样？”香孩儿有些吃惊地看着老金。

在可怜的香孩儿面前，老金十分明显地感到自己的身上洋溢着对方所没有的优势，那种多少有些奇怪的东西像阳光一样使他的周身发热，使他感到舒心。香孩儿拿自己与他相比，让他感到既意外又可笑，他猜测，一个人只有倒霉极了，也许才会萌生出这样的想法。在老金的记忆里，香孩儿的亡妻应该算是一个有几分姿色的女人，人们说她是被别的男人睡死的。这样的说法让从未结过婚的老金既感到糊涂又难以置信。

“那怎么可能呢？”老金对香孩儿说，“一个人怎么可能会被另一个男人睡死？说不通么，我不相信这是真的。”

“你不懂。和你说也是白说。”香孩儿悲凉地说。

“我坚决不相信，打死我也不相信。”

“你不信就不信吧，反正人已经死了，你信不信都不是个事。”

“人当然是死了，但道理还在，总不能都死了吧？总不能连道理也一起死了吧？”

五

香孩儿的一个十岁左右的儿子正在院里杀鸡，老金的母亲隔着窗户对那个孩子说：

“先把脖子上的毛拔一拔，然后再杀。”

“我已经把它的脖子割断了。”孩子说。

鸡的脖子并没有被完全割断，还连着一层皮。孩子以为自己已经把鸡杀死了，他一松开手，那只被杀得鲜血淋漓的鸡突然在院子里飞舞起来，四处乱撞，将星星点点的鲜血溅向四面八方。

老金的母亲在屋里听到动静后，高声对院里的孩子说：

“杀一只就行了，不敢再杀了！只杀一只。”

“金奶奶，它还活着呢。”孩子看着四处乱撞的鸡，惊恐不安地说道。

“没死？”

愤怒而狂躁的鸡拖着一颗血头向窗户前奔来。老金从外面回来的时候，听到了母亲的声音：

“老天爷呀！”

老金在母亲的声音里看到了院子里的血，他被吓了一跳。那只鸡在台阶下已经死去了，终于不再动了。老金愣了一会儿，然后突然以一种与自己的年龄不相称的力量和速度冲进去，抓住了那个脸上和手上都沾着血的孩子。

“兔崽子！小砍头的！你在干啥？”他盯着孩子，用极其愤怒的声音说道，“穿着中国人的衣服，干着日本人的勾当，大白天的在我的院里屠杀起鸡来了。”

“不是我要杀它！”孩子用力挣扎了一下。老金的手将他的耳朵拧痛了。

“是我让他杀的。”母亲在屋里对老金说道。

“是你让他杀的？”老金说，“你？”

“你不是不敢杀生吗？”母亲对老金说，“一看见血，你的手就发软。我不得不找一个人帮我。”

“有啥事情不能等我回来再说？”老金说，“我就出去这么一小会儿，你就把一只鸡给杀了。”

“我要过生日。”母亲说。

“你想过就过吧，没有人不让你过。”老金说着，来到台阶前，拎起那只鸡看了一下，吃惊而又痛心地说道：

“放着那么多老的不杀，非要杀个年轻的！我真是不明白。”

“我没有让他杀年轻的。”母亲说，“我喊他进来，让他杀一只既不老又不年轻的。”

“他懂得啥？在他的眼里，所有的鸡都是一样的。”老金看了一眼站在旁边的那个孩子，生气地说道：

“你这个死孩子，你知道你把谁杀了？你把它们中间最年轻的最能下蛋的一个给杀了，你把生产力给杀了。”

“我不知道它是最年轻的。”孩子说。

“以后，你就负责给我下蛋，一天一个。”老金用一种近乎仇恨而蛮横的眼光看着孩子说道，脸色变得很白。

孩子听到老金的话以后，突然向外面跑去。他听到了老金的喘息声。在快要到街门口的时候，孩子回过头，眼里含着泪，大声地对老金说：

“金蛋，老金蛋！我要给你下个金蛋，像你一样！”说完以后，很快就在外面消失了。

这天晚上，老金又输了。母亲眉开眼笑地将手里的钱数了一遍又一遍。他们都忘记了日间留在院子里的血腥的景象和与之相关的气息。

“这些钱，为她即将就要到来的生日举行了一个不小的奠基礼。”从母亲的房里出来后，老金想道。

晚上，老金坐在门前看星星。

星星离他都很远，有的仿佛远在几百年以前。蝙蝠在院子的上空盘旋着，有时发出绸布一样的声音。这个时候，住在高处的残疾军人白玉又在吹箫，箫声像一股细细的水一样从上面流下来，漫过沿途的树木和老金的屋顶，沿着墙头来到院子里，来到老金面前。慢慢地，老金感到自己的鞋被洇湿了。不久以后，那种洇湿的感觉通过他的四肢传遍了他的全身。他伸手在自己的脸上摸了几下，感到脸上湿津津的，潮极了。

白玉的箫声把他浸湿了，使他有一种深夜落水的感觉。后来，白玉起身回去睡觉以后，老金感到自己依然沉浸在那种无边无际的水里。

不知又过了多久，他朦朦胧胧地看到街门在一阵越来越近的脚步声中忽然开了。他想起身，但连着两次竟都没有站起来。晚间的那种幽深而看不见的水依然在囚禁着他，尽管没有让他继续越沉越深。那时候，他感到自己像一个湿漉漉的水鬼一样被幽闭在其中，只剩下一双眼睛还露在外面。他睁着眼睛，心里谋求着一个又一个能够上浮、能够脱身出来的途径和策略。他首先想到了呼喊和挣扎，二者也许都是必要的，都是争取解放的重要方法。

接着，又有一些情景像众多分岔的小径一样浮现在他的记忆里。

一个穿着一身白色孝服的女人，领着一个孩子，从外面走了进来。她们轻轻地随手关上身后的街门。很快地沿着院中的一条狭窄的石径，来到他的面前。

六

看着看着，那个人就从他们的眼里消失了。他们跑了几步，来到一个露水遍地的浑圆低缓的山岗上，眼前房舍错落，门户重叠；再往远处看，看到青草和树木正纷纷遮挡着他们的视线。

小米看看老金，从老金的脸上他似乎什么也看不出来。他们两个人的衣服被风吹成一团。昨天晚上，天快黑的时候，老金也是这样一副表情。

他们在山岗上停留了一会儿，然后沿着那种低缓的起伏不大的脉络开始向南走。小米不怎么说话，一直低着头走路，看着自己的两只脚在草里隐没，不久又很快地浮出来。小米看到自己的鞋已经差不多全部被露水打湿了。沿途不但有红色的花和黄色的花，有时候还会出现一些重影，一蓬草看着看着就变成了两蓬，甚至好几蓬，十几蓬；野花也变得枝枝蔓蔓，一簇又一簇。远处的烟像竖起来的柱子一样直挺挺地伸到空中，有的钻进云彩里，很快混在了一起，让人再也分不清烟和云的界线了。老金说烟和云本来就是一家，你非要分出个子丑寅卯，那不过是自找苦吃；费力不讨好的人才会想办法去区分它们，妄图能搞清楚点什么。但是，当真正弄清楚以后，又会发现原来实在也没有什么意思，不如不搞。小米看看老金，他隐隐地感到老金似乎总是在有意混淆什么，把话说得很含糊，事情也做得很含糊，仿佛就是为了不让明白，不让人看出什么，脸上的表情更是幽深莫测，如一个算命的术士一样充满了虚静与期待。小米抬起头，看着远处那柱子一样的青烟，每一股烟下面都有人在活动，什么样的人都有。不知道老金是个什么样的人？不知道他算不算是一个狡诈的难以对付的人？小米边走边想。他觉得他们已经走了很久了，有一种长达几年的感觉。老这么走，人会烦的。可每一次回头看去，总能发现一个或大或小的村子一声不响地坐落在他们的身后，这样的一种重复的发现不禁使小米怀疑他们一直都在原地打转；不仅大多数的房子和街巷能够看到，甚至还能清楚地看见一些住在河边的人家在院子里晾晒衣物的情景：黑大衣，红被子，棕色的毛线，紫色的菊花，闲置的农具。院子里闪闪发亮的地方——一定是水，不可能是玻璃，玻璃都镶在窗户上。

又走了一会儿，小米感到腿有些困。他对老金说：

“我说借一辆自行车骑着去吧，你非不让借。”

老金看样子没有听见小米的话，他一边走一边想着什么，闭着嘴，眉头紧锁着。过了一会儿，他忽然问小米：

“去了那里，他们要是找你谈话——他们肯定要找你谈话——问你还有别的什么要求，你准备咋说？你知道不知道该说啥不该说啥？”

“谁要找我谈话？”小米说，“矿长？”

“矿长是大官，哪能说见就见着了？就那么好见？应该是他手下的小官们。”老金说，“不过，你的情况有所不同，闹不好矿长也许会真的出马与你谈话。这事可真的说不定。”

“谈啥？”小米说。

“你先跟我说说，你都有哪些要求？”老金说。

“我不知道我有啥要求。”小米说。

“你真是，一点儿出息也没有。”老金有些生气地说，“你多大了？”

小米低头想了一会儿，然后对老金说：

“我想起来了，我有无数个要求。是哩，无数个。”

老金听了小米的话，向旁边的一个雨水坑里啐了一口，说：

“好，说得好！”

小米不解地看着老金。

“刚才还说不知道自己有啥要求，转眼就变出了无数个要求。”老金冷笑着说道，“你知道么，有无数个要求就等于一个要求也没有。”

“一开始我真的啥也没有，”小米说，“让你一骂，我忽然有了好多的念头，它们都乱纷纷地纠缠在一起，数也数不清。”

“你不是疯了吧，啊？”老金对小米说。

“我没疯。”小米说。

“没疯你咋能这样？”老金说，“告诉我，你咋能这样？咋能说这种既没理又过分的话？你说的完全是疯话，正常人不说这种话。我没看出你竟是个疯子。”

“我不是疯子。”小米说。

“你听我说，就算你爹是个烈士，你也不能狮子大开口，向人家提无数个要求呀！那谁能受得了？你是不是想把那整个的大煤矿都给了你，你是不是想把那几万人都给了你？”

“我没说。这是你说的。”小米说。老金的话让他感到有些害怕。

“不管是谁说的，都不对。”老金斩钉截铁地说，“作为你的亲人和长辈，我首先就不赞成。”

“你不赞成就算了。”小米说。

“不行，你到底有啥想法，先跟我说清楚。”老金说，“我得给你过滤过滤，免得到时候闹出乱子来，谁也担当不起。”

“我没有别的要求。”小米仿佛怕被别人听到一样小声地说道，“接了班以后，过一段时间，只要给我转正了就行了。”

“那是肯定的。”老金胸有成竹地说，“一年。一年以后，都得转。不光是你，所有的接班人都要面临一个转正的问题。中央也有接班人呢，到时候，该上的就上去，该下的就下去。表现，考验，像烧红的铁在水里淬火一样，你要是一放进水里马上就裂成了两半，那还要你干啥？就算勉强要了你，几块零碎的成色不足的废铜烂铁又能干什么？”

山梁上的风吹拂着他们的衣服。西边的光线正在由红色向青灰色过渡，远远望去像一堆熄灭了的炭火。小米走在老金的后面，他看到老金有时几乎是在蒿草掩映着的路上爬行。一块被烧得通红的铁来历不明地在小米的眼前飘来飘去，如同梦里的一种东西，小米有些吃惊地看着。他听到老金一边喘气一边说：

“说是那么说，实际可不是那样的。现在，从乡里、县里到省里，到处都是一些废铜烂铁在领导着我们。”

“真的吗？”小米说，“你的意思是不是说我们的头上堆满了垃圾？堆满了让人恶心的东西？”

蒿草在他们的眼前和四周散发出异常强劲的气息。

“让人麻烦的是，我们本身也是垃圾。”老金说。

“我也是？”小米吃惊地问道，“我也是你说的那种东西？”

“你凭啥就不是？这个世界上，每个人都是垃圾，尽管有些人自以为自己不是。”

小米跑了几步，赶上老金，对老金说：

“我爹死的前一天晚上，我梦见一口血红的棺材。”

老金抬起头看了他一眼，没说什么。小米说：

“我真的梦见了。棺材不是常见的那种棺材，看上去很像一只衣柜，先在水上漂着，后来，没有人抬它，它自己就穿过河边的那片小树林子来了。”

“连个梦也不会做。”老金说，“梦棺材是要发财的。”

“我还没说完呢。”小米说，“它从那片小树林子里飘出来，离开地面有五六尺，从一片发蓝的屋顶上经过以后，就直奔我们家来了。”小米说到这里，看了老金一眼，见老金也正在斜着眼看他。小米说：

“眼看就要撞开我们家的门了，可是，就在那时候，它忽然掉了头，擦着许大家的院墙，一直进了孙死人的院子里。”

“什么？进了谁的院子里？”

“孙死人。我看得清清楚楚，进去以后就再也不见了，一直到天亮以后也没有出来。”

“进了孙死人的院子里？”

他们慢慢地走着。过了一会儿，老金对小米说：

“这还比较符合实际。你看孙死人算不算一个富人？”

“当然算，当然富了。”小米说，“那还能不算富么！”

“你这个梦还有点准头。”老金说。

“就是很准嘛。”小米不禁有些得意地晃了晃头。

“它真的没有撞你们家的门？”老金说。

“没有。”小米说，“要是撞了，我还能听不见吗？不过，我听见有人在叫我爹的名字：五块……十块……十五块……”

“你爹叫伍元。”

“五块不就是伍元吗？”

“不要硬往那上面扯。我听着倒像是在数钱，数钱就是这么个数法，五块，十块，十五块，二十块……”

老金停下来，回头向远处张望，似乎在寻找那个不寻常的院落。小米告诉老金，那些天，孙死人家的院子里时常传来一些人莫名其妙的声音，有时候动静很大，有的时候又完全没有一丝声音。又过了几天，孙死人用砖把整个院子都铺出来了。

“都是这么大的青砖。”小米边说边向老金比画道，“上面还印着螺纹，图案像月饼一样好看，又像地图一样复杂，把整个院子都铺出来了。那么大的一个院子都铺出来，那得需要多少块砖？要不是得了意外的钱，他哪能那么做？”

一些埋头干活的工匠若有若无地浮现在小米的眼前，砖瓦的声音回响在附近一带。

“孙死人为啥叫孙死人？”小米问老金，“他难道没有别的名字吗？他明明不是一个死人呀。”

“他的真名我也忘了。”老金说，“不是叫孙保国，就是叫孙国宝，已经没有人叫了。人们叫他孙死人，是因为他不愿意惹是生非，哪怕是一点儿小事；还因为他不愿意暴露自己，很多时候都不出声，像个死人一样。”

“他咋了？”小米说。

“没咋。咬人的狗不叫，他就是不愿意让人多注意他。”老金说，“你记得刘自人这个人吧，成天汪汪汪地叫得很凶，但从来没有干成过任何一件事情。别人觉得奇怪，连他自己也常常感到纳闷。”

“也没有咬住过任何一个人？”小米认真地问道。

“孙死人就不一样了。”老金说，“看着不出声，下手却很重。”

“就说他的女人，就比别的女人要特殊，穿的衣服也比别的女人穿得好。”小米突然压低声音，神秘而又兴奋地说道，“别的女人来了月经，用的是很一般的乱七八糟的纸，你知道孙死人的女人用的是什么纸？”

“什么纸？”

“是能够用来写字作画的上好的白纸。”

“你连这也知道？”老金瞪着眼睛，异常吃惊地看着小米，“你是咋知道的？你听谁说的？”

“反正我知道，她用的是白纸。”小米说，“是那种可以写字作画的宣纸。她对人们说，城市里的名人有什么了不起？他们把它铺在桌子上小心翼翼地写字作画，我却用它来垫我的裤裆，一张宣纸，两个世界。”

“你小小年纪不学好，连女人的那种事都知道，你完了！”老金有些伤心地说，“你完了。”

“我咋完了？那又不是啥了不起的事情，那不过是一种正常的现象。”小米说，“没有那种东西的女人才可怕呢，才着急呢，那才可以说真的完了。”

“说实在的，她们的那种乱七八糟的东西，连我都不大清楚，你说起来却一套一套的，一清二楚，如数家珍，我真不知道你是咋回事，我咋向你爹交代？”老金说，“我没法向他交代。”

“你用不着向他交代。”

“不管咋说，你是完了。你爹要是还活着，他也未必会知道这些。——他肯定不知道，他是一个老实不过的人。”

“又说我爹！我们就不能说点别的吗？”

“还说啥？我们都不如你，没有你知道得多。”

“你不是常说我的名字太小吗？‘小米不如大米，大米不如大豆’，我也不用叫大米或大豆，我干脆直接叫馒头或者烧鸡算了。”

有一种既像鸟又像野鸡的东西叫半池，全身灰褐色，时常在山梁上低飞，在灌木中发出口哨一样的叫声。

七

一到中午，小树林子里就织满了明亮的光线。马大有和她的六七个孩子正在家里吃饭。她粗略地数了一下，可能还有一两个孩子没有回来。猪在地上走来走去。每到他们吃饭的时候，它就会准时地闻讯而来，带着一种粗重模糊的哼哼声从外面走进来，这里嗅一嗅，那里拱一下。这是一只功劳很大的猪，自从开怀以后，已先后为马大有家繁殖过五代小猪了。现在它时常率领的一群乱七八糟的闹哄哄的小猎属于第六代，又一茬新生力量，像一群崭露头角的新人。其中有几只很自以为是的家伙，从来不把谁放在眼里，即使看见女主人迎面走来，也从来不懂得让路，仍然挤作一团，旁若无人地乱拱乱叫。这只先后生育过七十多只小猪的功臣从某些方面来说，已完全是一副德高望重的老祖母的形象了。家里的人，没有人会对它怎么样，马大有本人也是时常自觉不自觉地把它看成是一位劳苦功高的老太太而敬重有加。她从不骂它，生气的时候，也只骂那些什么也不懂的小猪，它们时常有让她头痛的时候。

一个孩子在弥漫的雾气中说：

“爹不知咋样了？”

“不管他。”马大有说，“死了最好。”

那时候，马大有的丈夫陈富贵正在院子西南角的另一间房子里为自己炒饭。这个四十多岁的男人已提前长出了两道令人惊奇的长寿眉，仿佛存心在与马大有的诅咒作对，而且这样的对抗是沉默而有力的，已然成为一种不容置疑的事实。面对如此苍劲而又飘忽的两道眉毛，马大有的诅咒就不免显得苍白无力，甚至充满了胡搅蛮缠的意味。昨天下午，他从外面回来后不小心打碎了家里的一只铁锅，原本是为了以勤劳去讨好马大有的，谁知不经意之间竟为自己酿成了一桩罪行。在马大有外出还没有回来的时候，陈富贵蹲在地上看着那只摔成两半的锅发呆。

“我要是不去碰它，它就不会摔成两半了。”他想。

“我为啥要去碰它呢？”

“我要是不去碰它，那就好了，那就啥事也没有了。”

一直到天黑以后，很晚的时候，马大有才回来，她看上去既疲劳又精神抖擞。陈富贵将摔成两半的锅藏到一张桌子下面，但不久便被一个到处乱翻的孩子给拎了出来。孩子如同一个重大事件的发现者一样拎着半只锅来到马大有的面前。于是，马大有就开始顺理成章地生气，生气为她带来一道天然的屏障，为她掩盖了下午以来的一切。仿佛一种反客为主的置换，使她意外地甩掉了某种包袱，再也用不着为自己编织什么，只需轻松而又纯粹地对陈富贵发一通脾气就足够了。她一边责骂陈富贵，一边在心中暗自窃喜，但愿下一次她外出回来的时候，能够巧遇陈富贵再打碎一个什么，或者弄坏一个什么，那会让她感到更加轻松而毫无任何顾虑与不适，那又会让她再一次反客为主，取得主动与制胜。

"宁愿让他再打碎一个锅。"她想。她永远不想暴露自己，没有哪一个女人愿意暴露自己的隐秘，除非迫不得已。

铁锅碎成两半，大的一半有三分之二，小的一半有三分之一。马大有让陈富贵拎着那片三分之一的锅到院子西南角的那间房子里去，让他自己做饭。陈富贵生着火以后，一个人在烟雾中叹了一阵气，咳嗽了一阵，然后开始为自己弄饭。三分之一的锅不能够煮饭，只能用来炒饭。他一边为自己炒饭，一边想：

"无非是想让我吃不成饭。"

火苗从四周窜出来，陈富贵急忙将手缩了回去。

"革命人禁得起地陷天塌，无产者一生奋斗求解放。"他用一种十分难听而又走调的声音哼了两句，然后又对自己说：

"有条件要吃，没有条件创造条件也要吃，何况我还有半个锅呢，不能说完全没有条件，啥也没有。比起那些既没有锅，又没有粮食的人，我的情况要好得多。我够幸福的了。"

在这间偏僻而又漏风的小房子里独自起居，对于陈富贵来说已不是一天两天，一年两年了。虽然他的那些孩子们绝大多数是他的，但他与他们在一起吃饭的时候并不很多。最主要的原因是由于马大有从心里嫌弃他，鄙视他。一个在自己的女人面前抬不起头的男人，在其他人的面前也依然不能理直气壮地做人，陈富贵就是这样的人。

有时候，遇到一些年轻人时，陈富贵就由衷地对他们说：

“做人不要做我这样的人，做人要做那样的人。”

“哪样的人？”

他想说除他这样的人以外的，哪怕是一个游手好闲者，哪怕是一个恶棍！女人都是欺软怕硬的，男人越软弱，她们就越凶狠，越邪恶。现在，陈富贵非常羡慕住在他们后面的老金。老金一生未婚，白天到河边去看看自己的几块菜地，晚上与母亲赌赌钱，过着神仙般的日子。虽然有时母子两人因争执而吵得很厉害，各自都迫使对方说出一些平日里很少说的很伤感情的话，但过去以后也就再没事了。母亲还是母亲，儿子还是儿子。还有住在老金上面的残疾军人白玉，更是一个比老金还要自由的人。白玉每天活在自己的箫声里，百事不问，想吹箫的时候就坐在门前吹一会儿，不想吹就不吹，没有人给他脸色看，没有人给他罪受。

“年轻的时候还不如当兵去呢。”陈富贵远远地望着白玉的房子和院子，心里想道，“即使只剩下一条腿，一只胳膊，也要比现在强。”

一年中，无论什么季节里，他都始终如一地穿着一双尺码很大的塑胶雨鞋，上面还有许多用红色塑胶粘着的补丁，无论走到哪里，都要发出一种嗵嗵嗵嗵的响声，让所有看见他的人都觉得很烦。小孩子们则感到滑稽。他的一位叔叔为此曾不止一次地教训过他。

“你他妈的咋老是这样？你就不能换一双别的鞋吗？”叔叔

很生气地对他说，“她再厉害，也不能不让你穿鞋吧?”

“你也不要见我一次就说我一次。”他对叔叔说，“穿啥不一样？穿啥不是穿?”

“世上的人多了，谁像你一样!”叔叔又恨又气地说。

“我喜欢穿雨鞋。”

四十岁以后的时候，他开始相信命了。一个人娶了一个非常不贤良的女人，一定是前世做了太多的恶，尽管无法查明都做过什么，但依现在的遭遇与情形来看，十有八九是做过一些事情的。一个人做点儿好事并不难，难的是一辈子做好事。一个人做坏事也并不难，难的是始终不知道自己在做坏事，始终不认为自己在做坏事。

八

“这么说，你们到了那里，啥事也没有办成?”

“是哩，一件也没有办成。”

“他们是咋说的?”

“他们说我还太小，让我再等几年。”

“那是啥意思?”

“就是再过几年的意思。”

“老金和你一起去的吗？他有没有对他们说什么？ ”

“哪能轮上他说话。我连累了他，他们批评了老金，对他说：‘他是一个孩子，不懂事，难道你也不懂事吗?’”

“老金说：‘我不懂事？我活了六十多岁了不懂事？你们才不懂事呢！这孩子大老远地跑来了，你们就这样对他？咱们中间，不知到底是谁不懂事?’”

“‘请放心，我们对他是有安排的，我们对每一位烈士的子女都是有安排的。’”

“‘那就说说你们的安排吧。你们是怎么安排的？’”

“‘总之是要他好，不会亏待他的。’”

“老金很难过。回来的路上，他很少说话。他对我说：‘既然他们坚持说他们对你有安排，那就再等几年吧。’”

“我看也是，你就再等几年吧。”

“我们白跑了一趟。”

“到我这边来坐吧。”

“我不过去，我怕你们家的猫。”

“它已经被拴起来了。”

“我听说它非常厉害。”

“它非常懂事。”

“你们每天晚上还打它吗？”

“这两天没有，它身上的伤还没有好呢。”

“我不知道它为啥要那样？它是一只猫，处处却像一个人一样，奇怪死了。我觉得奇怪死了。”

“你过来。”

“有啥事吗？”

“我来月经期间，使用宣纸，你是咋知道的？”

“我不知道。”

“你是咋知道的？”

“我也是听人们说的。我并没有看见。”

“你想看吗？”

“看啥？”

“你想看我的宣纸吗？”

“我连宣纸是啥样子都没有见过。”

“我能让你见一见。”

外面下起了小雨。雨点落在一些听起来十分空洞的东西上，传来阵阵很闷的回声。

几天以后又是一个黄昏的时分，从附近的山上下来的牛车叮叮当当地走进了被夕照笼罩的村庄里。赶驴的人仿佛刚刚办完了什么事情，一边探手在身上的口袋里掏着，一边仰望着斜阳中有些发红的天。

村里的众多的山墙如同镀了金，灰、黄两种颜色的鸟正在比山墙和屋顶略高一些的地方飞翔。

在虚掩的门里，一道斜窄的树枝一样的光线映照在地上。

“我看见它了。它看上去很凶，一副凶相。”

“它快要睡着了。”

“它对每一个从外面进来的人，都这样凶吗？”

“每天的这个时候，它都要睡一会儿。”

“它能睡多久？”

“至少一个时辰，有时还要长。要是刚刚被打完不久，它会做噩梦，睡着睡着突然发抖一下，或者叫喊一声。”

“它本身就像是一个噩梦。我一看见它，就觉得快要醒不过来了。”

“你看，它现在睡着了。”

“它真的睡着了吗？”

“它已经在开始打呼噜了。你听见了吗？”

“我好像听见一些。”

“人们都以为我养了一只猫，谁也不知道我养了两只。”

“你还有一只猫？”

“那当然。你不算是一只吗？”

“我？”

“一只是它，另一只就是你。”

“我也是你的一只猫？”

“不要说那么多了。柳树已经开始泛绿了，桃花也开了。”

九

马大有站在老金的门前，对老金说：

“你知道你妈的钱都放在哪里？”

“不知道。”老金说。

“我知道。”马大有有些眉飞色舞地说道。

“知道你就去拿吧。”老金说，“我保证不告发你。你放心地去拿吧，没有人会知道。”

“不敢哟。”马大有长吁短叹地说道，“不是我的，我咋能随便去拿？你去拿还差不多。”

“我也不敢啊，那不是要她的命么。”老金说，“那些钱是她最后的支柱，它们在一天，她才会一天接一天地活下去。什么时候一旦突然发现啥都没有了，她会马上死去。”

“马上死去？”

“我敢肯定，一定会是这样的。她曾不止一次地亲口对我说：‘不论啥时候，一旦发现没钱了，我马上就去死，一刻也不多耽搁。’”

“她真是这样说的吗？我看，她也许是在警告你，敲打你，让你不要动她的钱，不要打小算盘，心存不良。”

“你怎么知道我要动她的钱？你都说了些啥！我自己也有。”

老金坐在门前的石头台阶上，脚上打着绷带，放在一个小凳子上。因为说话的声音太高，因为情绪过于激动而给他带来一阵钻心的疼痛。他充满怨恨地看了那女人一眼，又急忙去查看纱布上是否有血洇出来。不久前的一个晚上，他的脚踝被一只猫咬伤了。当他鲜血淋漓地回到家里后，感到身上极度虚弱和疲倦，仿佛全身的血都已经在他回家的路上一滴一滴地流尽了。意外到来的脚伤将他从此羁绊在家里，哪里也不能去。

“唉，他妈的这脚。”检查了一遍，发现纱布上的血迹还是昨天的模样，没有看到洇出来的新血，但疼痛依然存在，依然让他感到难受而心烦意乱。他努力想让自己在疼痛中平静下来。

“真是奇怪。”马大有说，“那么多人，怎么偏偏咬你？”

“我哪知道？”老金生气地看着马大有，“有啥奇怪的？难道是我想让它咬我吗？”

“哎，我真是想不通。”马大有说。

“想不通就别想。”老金用一只手轻轻地摸着那只受伤的脚说，“咬就咬了，是我运气不好。有啥可奇怪的！”

“到底是咋咬的？”

“我正在一个人走路，走着走着，突然觉得后面热乎乎的一下。”

“热乎乎的一下？”

“对，不错，就是这么回事。”

“哎，我还是想不通。那么多的脚走来走去，都没有事，就你热乎乎的一下……难道你的脚和别人的不一样吗？”

“行啦！我疼得要命，不要再烦我了。”

“这一下，你快成白玉了。”马大有笑嘻嘻地说。

“我咋能跟人家白玉比？人家是光荣负伤，我是啥？黑夜出去被一只恶猫咬了一口。都说不出口去哟。”

他惦记着散布在河边的那些菜地。有几天没有迈出过大门了，他的心里想得发慌。他仿佛看见他的菜地里长满了草，都是一人高的草；牛和猪陆陆续续的都去了；地里满是乱七八糟的脚印，被践踏得已不成样子；黄瓜架东倒西歪；尚未成熟的葫芦和南瓜被剖成几瓣；绿色的菜叶顺着河水向远处漂去……眼前浮现出的幻象使他情不自禁地心痛似的呻吟了一声。

“你能帮我去看看那些菜地吗？”他看着马大有说。

“当然能。没问题。”马大有爽快地应承道。

过了一会儿，他又对她说：

“你要是想吃黄瓜，就顺手摘两根去吧。”

“拿两根回去？”

“拿吧，那又不值钱。”

“我不想这么做。不要说这种小气的话。你放心好了，安心养伤，我连你的一片菜叶也不会动。”

“我没说不让你动。”

“你让动我也不动，我懒得动。我知道你在想啥。”

她一阵风似的走了。

“我真是不会说话哟，活了六十多年，还是没有学会这个。”望着她远去的背影，老金忽然感到脚又疼了起来。那渐渐远去的脚步声仿佛是他本人在行走，正在向季节的深处疾走如飞。疼痛自上而下地传来，一直来到他的脸上，很快又漫过了他的眼睛与眉宇。

看着那只肿痛的给他带来一连串麻烦的脚，他不禁伸出一只手在自己的腿上拍了一下，狠狠地说道：

“他妈的，我再叫你疼！”

晚上，正是河东一带炊烟缭绕的时候，马大有又来了。

她说，她去地里看过了，一切都挺好。黄瓜和芸豆可以摘了，再不摘就都老了。地里没有什么野草，也没有看见猪和牛的影子。她在那里坐了一阵，看见他的甜菜一排一排地长得很绿很旺盛。

“你没有帮我把它们摘下来吗？”老金说。

“还是你自己去吧。”她说。

“我这个样子，你看我哪能去？我连门都出不了。”

“明天再说吧。一黑夜的工夫，想它们也老不到哪里去。放开手让它们老，它们也来不及老。”

“那倒是。”

“老金，每年都这么种来种去，人活着到底为了啥，就为了一口吃的？”

“那你还能为啥？”

“真要是那样，人活着其实也真是寡淡。”

疼痛使他变得像一个充满疑虑的人，他茫然而又几乎是痛苦地看着她。

“那你说是为了啥？”

“无非是一些乱七八糟的事。”

“乱七八糟的事？”

傍晚时分的青烟不断地从门前，从他们的头顶上飘过。

十

有人携带着农具和从身上脱下来的衣服从外面走过，在曛黄而渐深的暮色里，他们边走边说着话。

“今年的糜子已经完了，莜麦也没指望了。”一个声音在说。

“还有胡麻和玉米呢。”另一个声音说。似在安慰，又像在提醒。

“我先把丑话说在前头，要是胡麻和玉米也再完了，那笔钱我就不能再按时还你了，只好等下一年了。”

“我去看过了，胡麻是不会完的，玉米也没问题。”

“我是说‘要是’。我辛辛苦苦地忙了这么久，不知道自己在干啥。不知道。”

“都好着呢。再说还有土豆、扁豆和谷子呢。”

“我从没敢指望过扁豆，它们总是打得那么少，比金子还难弄哩。”

“不管咋说，玉米是跑不了啦，想不丰收也不行了，对不对？我们总算逮住一个。”

“有一件事，我憋了很久了，一直想说，又怕你不愿意。我不知道你是不是愿意？”

“啥事？啥样的事让你这么难受？”

“今年的屠宰税又来了，你能不能先替我抵挡一下？就一下，就抵挡一下。”

“……到时候再说吧。”

“我他妈的实在是不明白，我既不养猪，也没有杀过猪，为啥每年都要交一笔屠宰税？每年的这个时候我都跑不了，为啥？我想了很久，一直弄不明白。”

“我也不明白。”

“你是了解我的，这些年来，我屠宰过啥？我连一只猫都没有杀过，更不用说屠宰别的大一点的东西了。”

“我知道。我能够证明。”

“所以说，我的钱都是这样窝窝囊囊地花掉的。在我的印象里，我从来没有正儿八经地花过一分钱，没有听见过一声响。没有，我一次也想不起来。”

“老弟，钱与钱是不一样的，并不是所有的钱都能想发出响声就发出响声，并不是每一分钱都能花出响声的。”

他们说着话，渐渐地走远了。

“我不信。”老金对马大有说。

“我说的是真的。”她说。

“你刚从地里回来。”

“天黑了，人们就回家，天亮了，就又去地里。一年，几十年，都是这样。”

“不去地里，也不回家，那你要咋？”

“是我在问你。”

“你今晚看上去有些特别，这到底是咋回事？”

“噢，哪里特别？”

“富贵家的，你有些不对劲。”

“你总算明白了一点点。老金，我问你，你从来没想过要找一个女人吗？”

“没有。找那干啥。”

“你知道女人是怎么回事吗？”

“女人就是女人。比如你，还有聂小翠、孟小玲什么的，还有我妈她老人家，这些都是女人，这些都是时常能看见的女人，另外还有很多没看见过的女人。”

“老金——”她看着他。

“啥?”

“你难道真的不想?”

“不想就是不想，还难道什么!”

“要是我愿意，你也不想吗?”

他歪着头认真地看了她一会儿。

“你?”他说。他咬了一下牙，忽然感到更深的疼痛从脚底传来。

“傻瓜！不开窍的死人……”她愤怒地看了他一眼，很快就从院子里消失了。

那时候天已经完全黑了，星星在远处闪烁。风中传来玉米和高粱的簌簌声。他凝神听了一会儿，确信她已真的离去了，这才对自己说道：

“哼！说什么送上门的！还不是看我手里有几个钱?”

十一

母亲对老金说，你是一个胆小鬼，守财奴。

老金回过头看着母亲，她的话让他暂时忘记了自己的疼痛，很快陷入一种突如其来的麻木与不解之中。他不明白她在说什么。他坐在那里，等待着她下面的话。但母亲似乎已把要说的话都说完了，她只是在注视着他，目光从白发之间透出来，停落在他的脸上。又等了一会儿，母亲仍然没有开口。于是，他决定不再等了。他不得不向她问道：

“我又做错了啥？该付给你的，我好像都已经付了。”

“你错了，我指的不是这个。”母亲说。

“那是啥？”

“你们刚才说的话我都听见了。”

“你听见啥了？”

“我听见你很不像个男人。”

“我咋了？”

“好多事情你都不懂。并不是每一个女人都能直截了当地向男人说出那种话的，也就是她那样大大咧咧、马马虎虎的人才说得出来，可惜却遇到你这样的一个人。”

“你是说，我应该听她的，答应她？”

“为啥不？”

“问题是我不认为那是一种很好的事情。”

“你做都没有做过，怎么能知道好不好？”

听到她这样说，他立即觉得自己再也坐不住了。于是，他忍着疼痛站起来，一种无奈而又似笑非笑的表情出现在他的脸上。“真他妈的！”他想，“竟然有这样的母亲！硬是要设法帮着自己的儿子作孽，胡闹，干坏事。”他没有办法让自己很快地从她的眼前消失。人生在世，有些事情不一定非得亲自去做。他没有将自己的一些想法告诉她，他感到一直缺少必要的机会和环境以及气氛。疼痛与苦闷仿佛来自大地本身，以至于他走到哪里它们就跟到哪里。他转过身，用一种陌生而又十分不安的目光打量着母亲，他无法知道她还听到过一些什么。以前，甚至直至今天，他一直以为她的耳朵已经很聋了，不再起什么作用了。现在看来满不是那么回事，甚至正好相反！她的很多方面还好得很，好得让人害怕；很多方面看来要优胜于他这个六十多岁的人一筹甚至几筹。“真是不得了呀！”他想。真让人不敢相信呀！这么多年，他一直以为她早已经完了，一直以为她不过是家里的一个能够呼吸的摆设……

他偷眼看了她一下，然后，几乎是以逃跑的速度回到了自己的屋里。

绿色的豌豆苗在微风中柔软地起舞。地里的胡麻和苍耳纠缠在一起，变得难解难分。强壮的苍耳使柔弱的胡麻依附到它的上面，不断地沿着它的枝干向上攀缘，几乎成为它的一些附属的枝叶。这样，人们不得不费时而又小心翼翼地将它们尽量分开，以保证胡麻的正常生长。可恶的苍耳！像玫瑰或荆棘一样的苍耳，让人们吃尽了苦头，很多人的手都被扎破了。黄蜂和牛蜂在人们的脸前与头顶上面飞来飞去，阻挠着人们的分离。河边的玉米地里灌满了明晃晃的水，抽水机如同等待上路的拖拉机一样突突突地响着。

一位穿着一件紫红色毛线衣的干部正在黄绿的田野上追赶着一个身体异常灵活敏捷的人。他们从墒垄中跑出来，在一些稀疏的树木之间和土坎上下迂回，穿插。穿紫红色毛衣的干部显然不善于奔跑，他不时地停下来喘息，大声地怒骂，并向那个身材灵敏的人指出诸多严重的后果和可能。那个身手敏捷的人纵身跃到一道垄上后，一边飞快地向这边的一些房屋前奔跑，一边回头说道：

“你个狗日的！你无非是想抓住我，让那些愣头青民兵们把我打一顿。你永远也别想抓住我，我不可能让你抓住。”

“我是抓不住你。不过，你看着办吧。”穿紫红色毛衣的干部站在那里，喘着粗气说道，“想跑你他妈的就跑吧，我不怕你跑。跑了和尚跑不了庙。”

那个人突然停住了。

“你知道你这样跑下去会给自己带来什么麻烦吗？你要倒霉的！你总有倒霉的那一天。”

“倒就倒吧，不就是个倒霉么，别拿这个来吓唬我，谁没有倒过霉？我现在不正在倒霉么！”

“好家伙，一点儿也不怕我。”

穿紫红色毛衣的干部在继续加码，努力把话说得越来越严重，尽量让事情的后果听上去凶险而残酷，不堪设想。什么天网恢恢，疏而不漏，什么秋后的蚂蚱，热锅上的蚂蚁，蹦跶不了几天了，什么死路一条啦，都经他的口说过了。但那个人仿佛没有被他的这些话吓倒，犹豫了一下后，终于还是跑掉了。

一开始的时候，老金看见那个人向他们的房子这边跑来，他不由得被吓了一跳。他在窗户前目睹了他们相互追逐的全部过程，他们的样子使他忍不住发笑。要不是笑声为他带来一阵钻心的疼痛，他也许会一直笑个不停。这以后，他及时地止住了自己的声音，将脸上的笑容收敛起来。他既不愿意看到那个人被干部抓住，又不愿意在他跑进来的时候帮他在此隐匿，从而得罪穿紫红色毛衣的干部。他觉得自己完全没有必要得罪他。让他感到松懈和万幸的是，那个像一只狐狸一样的人并没有跑进他的院子里来，他在附近一带的参差错落的房舍之间转了一阵之后便倏忽地消失了。好人哪！老金想，眼看自己已经被逼到绝路上了，硬是不愿意连累别人，不给别人增加麻烦。这是一种什么样的精神？

现在，老金看到那个穿紫红毛衣的干部正在外面的一块石头上坐着，一边喘着粗气，一边自言自语：

“操他妈的，还是没有把他吓住！这年头的人真是越来越难闹了。”

过了一会儿，穿紫红毛衣的干部走了。

两个十一二岁的孩子悄悄地走进老金的院子里。他们来到窗户前，其中的一个对老金说：

“老金，我有一块钱，咱们赌一下子好吗?”

“去他妈的!”老金说，“拿着一块钱也想来碰运气，这和诈骗有什么两样。”

“金蛋，我们有的是钱。”另一个孩子说。

“你们听着，”老金对他们说，“谁要是再叫我金蛋，我就对谁不客气了！不管你们是谁的孩子，不管你们有多少钱。”

“不客气又能咋的?”两个孩子嘴里叫着他的名字，叽叽喳喳地出了大门，跑远了。

夜里，老金听见有人对他说：

“金蛋，你是一个可怜的人。”

是母亲的声音。他确信那是母亲的声音。在白发的遮掩下，她用怜悯而难过的眼神看着他。

“我不可怜。”他说。

一声叹息从他的脸前飘过，仿佛二月里的阳光和风。

他又听见了从房后传来的箫声。褐色的麻雀成群成团地飞来，有的落在远处，有的在距离他很近的地方跳着行走。他伸出手去，他小心翼翼地伸出手去抓住一只。他觉得自己已经捉住了，因为一种热乎乎的感觉来到了手里。然而，当他慢慢地展开手以后。发现里面什么也没有，只有满手令人厌恶的褶皱。一如既往地铺陈在他的眼前，不久前的那种温热的感觉消失得比阳光还要迅速。

于是，他开始疑心自己是在做梦。

十二

有一天早晨，他还没有睁开眼睛的时候，就听见母亲用一种急切而慌乱的声音说：

“快跑——”

接下来，他没有听到任何声音，尽管他竖起警觉而惊奇的耳朵，努力去听。他在寂静中飞快地起来。院子里有一层很薄的霜，因而看上去比他想象的要更加寂静，甚至有一种荒无人烟的色彩。他推开母亲的房门走进去，看见她已经起来了，正一个人坐在那里。

“这么早就起来了？”他有些皮笑肉不笑地问道。

“我睡不着了。”母亲说。

“起来也没有事，为啥不多睡一会儿呢？”他说。

“我不想睡了。”母亲说。

“是啊，心里装着事情，哪能睡得着呢。”他慢慢地走近她，看到她的头发梳得很光滑，不像以往那样蓬乱。

“啥事？”母亲说。

“你把什么放跑了？”他认真地盯着她的眼睛，一张脸严肃得几近于愤怒。

母亲看着他。

“我问你，你把什么放跑了？”他说。

他的声音在不知不觉中变得很高，像是在尖叫。

母亲看着他。她的头发软得已完全失去了聚集的能力，很难再扎紧了，已经有一些垂到了她的脸前。

“刚才，我在睡觉的时候，忽然听见你说：‘快跑——’”他说，“那是什么意思?”

“我想知道那是怎么回事。”他说。

他异常烦躁地在屋里走来走去，看上去显得既热又渴。走了一会儿后，他忽然又停住了。他大声地说道：

“我就知道你是不会认账的！这种事情你怎么会承认呢?”

母亲突然也大声地说道：

“啥事？到底是啥事情?”

他吃惊地望着她。过了一会儿，他走到门口，回过头说：

“先别叫喊，等我找到证据再说。”

说完后，他转身从屋里消失了。母亲在后面叫他，但他似乎完全没有听见，很快地就走远了。

路两边的玉米和高粱都已经成熟了，红黄两种颜色的叶子在风中不住地摇晃着，发现沙沙的响声。

正是午后，他用一辆小车推着母亲往前走。走了一会儿，两边的玉米和高粱渐渐地越来越稀疏了。

又走了一会儿，他看到了远处的那些黄泥的房屋，它们像一些梦境一样呈现在他的眼前。

母亲坐在车上，不住地问他：

“儿呀，我们这是要到哪里去?”

“到一个新地方去，到一个好地方去。”他说。

“我们在河东住得好好的，为啥要搬走呢?”

“是的，我们该换一个地方了，河东我们住腻了，是不是？还有更好的地方在等着我们呢。”

“我不想离开河东。”

“河东有啥好的呢？那是一个鬼地方。”

“我喜欢坐在窗前看人们在地里收割，说话，有的在吵架，有的在捉蚂蚱，扑蝴蝶。”

“到处都有人在收割，说话；到处都有人在吵架，捉蚂蚱，扑蝴蝶，这样的情景哪里都有。”

“到处都有马大有和香孩儿吗？”

“不光是马大有和香孩儿，还有住在我们后面的白玉。白玉的箫吹得再好，我们也不听他的了。”

“我不知道我们为啥要离开？”

“为了让你去享福。”

这样说着，他忽然兴奋起来，推着小车小跑了一阵。耳边能听到车轮的辚辚声。他对母亲说：

“妈，说句公道话，你看我像不像水泊梁山的李逵？”

“像。”

“到底像不像？”

“像，就是年纪比李逵大些。”

“那又有什么关系呢！都是让自己的母亲去享福，意思是一样的。对不对？”

“儿呀，我记得李逵的母亲好像是让老虎吃掉了，你也想让我被老虎吃掉吗？”

“瞧你说的，现在哪有老虎？现在到处都是人。现在花钱才能看上一眼老虎呢。不花钱什么也看不上，只能看看这些玉米和高粱，看看远处的那些黄泥的房子。”

他的眼前浮现出一些鲜红的血。是那只猫的血。早晨过后不久，在离家不远的一棵树下，他悄悄地杀死了一只很大的猫。他永远忘不了那只猫在看着他时的那种样子，狰狞，阴险，充满了仇恨，让他一想起来就感到不寒而栗，头皮发紧。他杀死了它，还剥掉了它的皮。

记忆中的猫血，像一个孩子的血。

晚上，他们刚吃过饭，就听见门响，听见有一个人从外面走了进来。当看到走进来的女人是马大有时，他吃惊得差一点儿尖叫起来。他的视线随着她的两条腿在移动，飘忽。

不久，隔壁的院子里传来一阵打骂声。一个人挥舞着一根扁担，正在追打几只不肯回窝的鸡。那个人的声音在暮色中越过墙头传到他的跟前，他听出是香孩儿的声音。

很快，又听见一阵箫声像水一样从屋后的高处细细地流了下来。

“……柳树都已经泛绿了，桃花也开了。”

有人在轻轻地说话，声音像是从松软的土里传出来的。他注视了一会儿那些松软微湿的土，突然从地上站起来，以一种异常猛烈的方式跑进母亲的房里。

原载于《钟山》一九九九年第八期

消逝的农具

一下完雨，远处的山就蓝了。

颜如玉他们家就住在那种青蓝色的年代里。

一

二月下旬的一个黄昏，我乘坐的一只木船到达了一个山岗的前面。还在很远的地方，我已经看到了对面岸上的炊烟。划船的人亲自给我点了一支烟以后他就走了，他要在第二天天亮以前赶到草地的一个集镇上去。他的船上载着一批茶叶和学生蓝布料，他告诉我说那个集镇上现在沿街都挂满了各种式样的羊皮，他将以民间最古老的方式与当地的店铺进行易货交易。

几个月之后，当我尾随他赶到那个集镇上的时候，划船的人已经死于非命。那个集镇由四条灰色的街道和一些灰色的房舍组成，结构松散，背景空旷。坐在十字街头青石台阶上的民间艺人终日拉着一把二胡。街上常有马车载着瓷器和农具驶过。

夜里，我住在城墙下的一家客栈里，绘在城墙上的形象模糊的壁画是一队长途跋涉的驼队和一支渡河的队伍。草料的气味从客栈外面的马棚里传进来。

回忆几个月前的那个黄昏，我告别划船人后独自走上山岗又走下山岗的背面。我穿过一些颜色灰黄的树林，看到眼前的景色与我在梦境中看到过的景色十分相似，天气阴沉。到处散发着一种陈年雨水的气息。除此之外，我再无法描绘沿路上的情况，我怀揣着划船人赠送的茶叶，不时地捏一些放到嘴里嚼着。

黎明出现的时候，四周已经十分空旷了。只有四五棵紫红色的杏树。我选择了一个能看见风景的地方坐下来。我的对面就是那种青蓝色的年代，就是颜如玉他们生活的寂寞的乡土。

黎明时的清风很凉，它吹过来的时候曾经掀动了那本来有着天蓝色羊皮封面的民间著作，书中的七十二幅木刻的插图仿佛是裸露出水面的山丘和木头。

出现在我面前的是一个破旧的画面；星星点点的窑洞分布在一种黄色的背景之内，栅栏和土墙形成一道道的围墙。黎明到来以后，一些篱笆门还关着，另一些篱笆门已经开了，炊烟在窑洞上徐徐地升了起来。

类似的这种岁月荒草丛生，我要描述的景色包括土丘下的三孔窑洞，它的特征是院子中央有一棵杏树，由土墙围着。

二

陈仓原来住在西边的那间窑洞里，就他一个人住。陈仓不和他们住在一起，陈景和徐改鱼就住在东边的那间窑里。

西边的窗户陈仓用砖头垒起来了，垒了六十多块砖，缝隙处又抹了泥，陈仓不喜欢阳光。窑洞里的墙上贴了一张年画。另外，墙上还有一只钉子，钉子上挂着一只草帽。除此之外，那墙上就基本上什么也没有了。

早晨起来后，陈仓的一只手提着裤子就从西边的窑里出来了。他在揉眼睛的时候，看见徐改鱼正在外屋的地上淘米。陈仓从她的身后走过时，注意了一下她的腰。屋门开着，门口有一团阳光。陈仓提着裤子走出门外，向院里的一个墙角跑去。

不一会儿，院里便响起了哗哗的声音。墙角里的泥被冲烂了，上面出现了一堆白花花的泡沫，冒着热气。

徐改鱼淘米的手抖了一下。

陈仓，不能再往那儿尿了，你知道那墙就要塌了。

东边的窑洞里传达出了一种很老的声音，这是陈仓的爹陈景。陈景的声音带着七十岁到八十岁之间的那种最常见的东西。

陈仓站在墙下，仰起脸望着对面的山梁和更远处的山。他心不在意地系着裤子，手在裤腰上滑动了好半天。

对面的山梁上全是阳光。

陈仓走回屋里，身子靠在一个木柜上。他看见徐改鱼的手在水盆里游来游去，他说：

夜里谁老在外面唱？闹得人一夜没睡成。

陈仓是在问淘米的徐改鱼。徐改鱼听见陈仓的话以后，就将一双手从水盆里捞出来，手指和手背上还沾带着一些米粒。徐改鱼仰起脸看着陈仓问道：

谁？

不知道是谁，总在外面唱。陈仓说。

唱得又不好听。陈仓说。

好像没听见。徐改鱼说。

你听见有人唱了？徐改鱼朝东边的窑里问了一声。陈景在窑里说，没听见，或许是风。

陈仓听见这话，脸就有些白。

风会唱？唱给你听过？陈仓说。

米在这个过程中已经基本上淘完了。徐改鱼垂着眼睛把米放进锅里以后，又哗哗地往锅里添水。陈仓看见原来放盆子的地上洒了一些水，形成了很圆的一个部分。

我不吃饭了，你们不用等我。陈仓说。

饭好了，你们吃就行了。陈仓说这话的时候，他人已经走到院里了。

陈仓你要去哪儿？陈景在东边的窑里大声说道。

去死。陈仓说。他头也不回地走了，身子消失在一片土墙后。

徐改鱼望着锅里的米说，又多了。

陈景从东屋里走出来，声音十分含糊地说：他老是这样儿，我一看见他的脸就心跳。

徐改鱼从院里抱回一捆柴火，陆陆续续地往灶膛里添。

他憋得不行。徐改鱼边添火边说。

陈景哼哼着出了门，他走到那墙角前仔细地看了半天。

快了。他说。阳光洒到他的身上，他感到他的皮肤上和衣服上全是花纹。

三

土的气味很重。

三月的前半个月里，陈仓的视线里老有一道紫红色的栅栏。

一切都像是假的。虚构在栅栏后面的是山羊雪白而瘦削的面孔和稀稀拉拉的胡子。

那些山羊都看见陈仓了，它们的目光像羊奶一样从栅栏间的缝隙里软软地流出来，这现象使陈仓浑身松软而无力。陈仓坐在一块青石上，他的背后是黄颜色的背景。

这一年的颜色比较凌乱，山坡上出现了一些斑斑驳驳的东西。

那是牛。

天气还没有热起来，牛毛就开始褪色了，牛们将身子靠在土墙或木头上久久地蹭。一遍一遍地蹭。

蹭完了，就看见那些牛的身上出现了深一片、浅一片的东西，牛毛由白变黄。天气晴朗的时候，一头一头的牛出现在山坡上，山坡看上去就像一块古代时期的毛毯。

毯子。毛茸茸的。陈仓一个人说。

穿过一些零星的牛圈，土的气味越来越重。他看见天空里有几片红云。

她们把那种东西都晾出来了。他说。

都是那里面流出来的。他说。

哗哗地流出来了，像米汤一样。他反复地说，一遍一遍地说。

都说完了，把想要说的都说出来，再没有什么可说的了，他就不说了。他感到身上十分轻松，仿佛刚刚被人抚摸了一回。

山梁上犁地的人都不说话。鞭子细细的，舞得很慢。

四

吃饭的时候，陈景听见对面的山梁上有人吹唢呐，那个人把唢呐吹得十分令人难过。陈景就守着饭碗出神。

你老了，你的耳朵有毛病了。徐改鱼对他说。

徐改鱼先他吃完了饭，开始乒乒乓乓地收拾碗筷。陈景看见女人的手臂很圆，就不禁叹了一口气。

吃饭的中间，就有人起身离开桌子。那个人捏了她的脚。

院子东面的一个土丘上生长着一些零星的苦菜，灰绿色的叶子，味道清苦。徐改鱼从外面回来后，见他还守着碗出神，就说：

还吃不吃了？不吃就把碗放下。

不吃了。他说。他将碗推给徐改鱼。

他们那样干，我一口也吃不下。他说。

谁？徐改鱼问他。

你每天都是刘备哭荆州。徐改鱼说。

徐改鱼说完话就走了。徐改鱼说她要去对面的山坳里种豆子。时光过得很快，他的棉裤还没有脱下来，天气就又热起来了，地里又有东西长出来了。他望着徐改鱼很圆润的腰消失在一堵灰黄的土墙后面，他十分吃力地咽下了一口唾沫。

天热起来了。他想。

他开始回想前几个月以来的一些事情。他想得十分仔细，几乎大部分的事情，甚至一些侧面，很多细小的东西他都想到了。对于那些他不熟悉的紫颜色的部分，对于那些无论任何时候只要一想起来就觉得心不静的东西，他想了不止一遍。这后来，他就顺手抄起一把剪子，看准了那些地方，狠狠地向着想象中的最艰难的那些东西扎去。

他感到那剪子很锋利地深深地刺进了那些地方。

这一下你就完了。他说。

你就要变了。他说。

已经破灭了。他说。

你老牛破车。他说。

你黑灯瞎火。他说。

从此以后，再没人想看你一眼。他说。

你老了，剪子刺进你的肉里，你连一点血也流不出来了。他说。

他一个人弄得十分兴奋，不住地发出一种笑声。院里的几只鸡咯咯地叫着，飞上了墙头。后来，他看见一个穿蓝衣服，留分头的人出现了，他才不笑了。

他用两只胳膊支撑着全部的身子，身子坐在炕沿上，两条腿伸到地下开始用脚找鞋。第一只鞋很快便找到了。第二只则费了些周折。他用脚在地上划拉了半天也没有接触到与鞋有关的东西和鞋本身。后来，他听见有一种吱吱的尖叫声传来，他就从上衣口袋里掏出他的老花镜戴上，他这才看见他的那一只鞋里正藏着一只刚满月不久的小猪崽，那只小猪崽钻进他的鞋里后用头拱着鞋走出了老远。他见状后便大叫着骂了猪一声。他抓到了那只鞋，顺手在那只小猪很光滑的背上拍了一巴掌，小猪尖叫了两声跑出去了。他穿好鞋，推开屋门出了院子。

外面的阳光很黄。

五

那个穿蓝衣服、留分头的就是颜如玉，学校里的一个老师。

陈景经常心情很好地与颜如玉在一起讨论有关写字方面的一些问题。颜如玉与陈仓是同一个属相，都三十七八岁。回忆往事，回忆各种的粉笔和毛笔，颜如玉曾经书写过无数的标语和口号、墙报和板报。一生中的每夜都有一排排的坚硬如铁的警句和格言将颜如玉一遍遍地唤醒，出现在他的梦里。

陈景从家里出来，颜如玉已经走远了。逃出狼窝，又进虎口，颜如玉一点儿也不知道他正行走在另一个人的视线内。

颜如玉蓝色的身影出现在黄色的背景里，如同一个笔画简单的象形文字。

这一年有许多的空地。

陈景坐在一棵枣树下以后，看见颜如玉的一个孩子正在用一把切菜刀吃力地削铅笔。

那些空地像一张没有人烟的地图。有的地方长着几棵树，树的对面有一条河，河的上游有几孔零星的窑洞，地图上黄的部分是土，绿的部分是草，都是一寸多高的草。

眺望三十多年前的那个日子，整个民间风调雨顺，谷物金黄。陈景远远地望见一顶红色的轿子从对面的山梁上缓缓飘来。

唤醒那个早晨的是一个扫院子的老头。清水洒院，黄土垫道，黎明的时候，他手中的扫帚弄出一种沙沙的声响。东家。他听到有人在叫他，声音低远而沙哑，来自他的身体内部的某个偏僻的角落。那个黎明，开满陌生的红色花朵，他先后四次洗脸漱口，他看到视线之内的庄稼整齐而又说不出的凌乱，丰收在望。远处的山呈现出一种极其陌生的效果，一种迷茫而遥远的原始画面。

一些鸟土头土脑地从土墙下飞出来，把很重的土味弥漫在眼前。

许多张瘦削的脸在废弃的岁月里哗哗作响，仿佛梦中飘零的白纸。

三月里的某一天，我看到陈景苍老的身躯出现在一片荒草丛中，他的四肢犹如一段陈旧的木头。他一手提着肥大的棉裤，一手搭在眉心处遥望着山下的景色，他感到他的身后黄土重重，麦浪滚滚。三月的阳光像油漆一样涂染着他的身体，他听到一阵嘹亮的读书声从山梁的凹地里飘起来。

阳光里有一种明显的人间的气味。

那气味主要来源于一些皮肤以及闪烁不定的舌头，他想起了鸟的透明的肚皮和背部的如花的纹路。

你们藏到窑顶上去，不要让她跑了。他站在一片荒草中说。

山坳里嘹亮的读书声渐渐消逝，山梁上的土沉静如水。他看见学生们席地而坐，许多只颜色不同的耳朵全都优雅地竖着，彬彬有礼，异口同声。

四周起伏着一些土台。

这回你就跑不了啦，四周都是我的人。

我抓住了你的胳膊，还有你的头发。

我将用六个指头抚摸你身上的花纹。

我还要用另外的剩下的五个手指摘取你的花苞。

你可以使牙咬，也可以唾，我不怕。

我一点儿也不疼。我一点儿也不在乎。

三月的树木距离发绿的日子还为时过早。原野宁静，远近的视线内始终呈现着许多灰色的树干。陈景跌跌撞撞地奔走于一片荒草之中，他在回忆往事，挽留岁月，他冒冒失失地说着一些性质十分严重十分过头的话，他在追逐一种无形的东西。

犁地的牛贴着黄色的山梁慢慢地走，一直不叫。

苍老的窑洞和栅栏像一种画面一样，静静地垂挂在山梁上。

六

颜如玉在那个阳光明媚的日子走上山梁后，遇到许多的杏树正在开花。颜如玉的口里背诵着一些古人的诗句，他的视线之内挂满了无数形状各异的羊皮。他独自一人从一些羊皮下走过，又走到另一些羊皮之下。

在那样的景色里行走，你会忘记时间和年代，忘记所有的故事。他说。

小学教师颜如玉曾经在一个刮风下雪的天气里布置他的学生们写过一篇题为《三月里的故事》的作文。他站在一堵土墙下用一根烧黑了的木炭在黄土的墙上写下了一些题目，学生们坐在一些土台子下，如同十几只羽毛凌乱的麻雀，形成一片灰褐色的印象。他把故事的开头、发展、高潮和结尾画成一只长方形的盒子，他告诉学生们说：

盒子里边的内容就是叙事人的想象。

什么都可以想。他说。

他望见学生们的头发有如茅草，一个个像古代的谋士一样注视着面前的土堆。他来回在灰黄色的土墙下走动。他说，可以想象你们家的窑洞顶上一片雪白，院子里也是一片雪白。你可以把那种雪白想象成是吃不完的白砂糖，也可以是永远也吃不完的面粉。

他的喉咙上下滑动了几下。说到白砂糖和面粉时，他看见学生们黯淡已久的眼睛全都不同程度的亮了起来。他感受到了他们某种情绪，他几乎激动不已，情不自禁。于是，他又开始说道：

可以把砖头想象成一块豆腐。

也可以想象成一只柔软的锦缎枕头。

枕头里面全是珍珠，或者元宝。

可以把你们家里搭在墙头上的褥子想象成是一扇猪肉。

那是世界上最肥最美的猪肉。

山梁上的风把一些枯黄的草刮到他的面前，他听到学校里的气氛有些异常。有几个学生全身瘫软地背靠着土墙无力地坐着，嘴角处的口水流出老长。颜如玉感到再不能这样继续下去了，他便停止了叙述。

不要想过了头。他对学生们说。

出门的时候，他感到他的下巴处湿漉漉的。他用手摸了一下，全是水，从嘴里流出来的水。

站在山梁上，他望见远处的炊烟瘦如河水。

颜如玉这样想的时候，并不知道前面的一棵杏树下有一个人正在等他。所以，当他恍恍惚惚地走过那棵杏树旁时，他就被树下伸出来的一条腿绊倒了。

这条腿肉多，还很白，腿肚子上有透明而稀疏的汗毛。这是颜如玉从地上爬起来后首先看到的初步印象。这显然是一条女人的腿，颜如玉这样想着，怀了一种淡黄色的情绪，看见了坐在杏树下的女人。

坐在杏树下的是徐改鱼，此刻，她的腿还没有缩回去，仍伸在颜如玉的面前。

摔死我了。颜如玉对徐改鱼说。

死了才好。徐改鱼说。

一般情况下，这山梁上总是什么也没有，总是显得很空。

说好了到窑后，你为什么没来？徐改鱼问。

她的下半身又肿了，又红又肿，疼得要命。颜如玉说。

害得我在那儿等了半夜。徐改鱼说。

我得给她煎药，我实在抽不出空。他说。

你看，蚊子差点儿吃了我。

徐改鱼说着，便用手指着小腿上的几个红点让他看。

于是，颜如玉便做心疼状，仔细地用手抚摸女人腿上的几个红点。颜如玉还用指头沾了一些唾沫涂到那些红点上。

我得给娃娃们做饭，还要批改学生的作文。他说。

你心里就没有我。徐改鱼说。

看你说的，我哪能没有你，我心里谁都有。他说。

唯独没有我自己。他叹了一口气说。

她到底还能活多久？徐改鱼问。

看你说的，这种事谁能做了主。也许能活一辈子，也许明天就完了。他说。

这事情谁也说不准。他说。

你就没有别的打算？

我什么打算也没有。他说。

陈仓的爹已经七八十岁了。徐改鱼说。

一百岁也是你们家里的事，他再老也还是你的男人。我有四个娃娃，我知道你和他们合不来。他说。

我一辈子总是给人做后母，就是做不好。徐改鱼望着天空说。

陈仓他常骂你？他问。

不常骂。徐改鱼说。

如玉，我天天在山梁上都能听见学生们读书声。你是个好人，你真了不起。徐改鱼说。

看你说的，我哪有那么好，他们都是照着书上说的去念。他说。

颜如玉看看头顶上圆圆的天空，他对徐改鱼说：

天不早了，我还得去。我要是不去，学生们就又反了。

如玉，明天夜里还在老地方，你来不来？徐改鱼说着话，眼睛有情有义地望着他。

要是她的下半身不疼，我就来。我给娃娃们做好饭以后就来。他说。

要是又来不了呢？徐改鱼不放心地问道。

要是实在来不了也没办法。我想想办法，我尽量来。他说。

徐改鱼走了。山梁上显得更静。颜如玉往前走了几步，站住了。

远远地望见学校孤零零地坐落在僻静的山坳里，犹如一座破败的庙宇，颜如玉的心里忽然之间变得空洞无比，有一种很古的东西泛上来，他仿佛看见了柳树下的一个婴儿。

他行走在挂满羊皮的季节里，遮天蔽日的羊皮绵延不绝。

七

很浓的阳光从庄稼地里流出来，一团一团的，如同黄色的牛油。

远处的山很虚，涂着青蓝的颜色，仿佛一道布景。

陈仓坐在地头边，用一根棍子在土上画着一张犁的形状。陈仓对正在种豆子的徐改鱼说，我在这里等你半天了，我早就知道你今天要来这儿种豆子。过了今天就是四月了，我不能再等了。好几年了，我老是等。

徐改鱼正在一粒一粒地点豆子，她的腰和腿在阳光下显得有些膨胀。她背朝着陈仓，阳光就在她很厚的背部来回流淌。她每点一粒豆子，腰间的肉就动一下。她很黑的头发被太阳晒着。

你爹就在坡上。徐改鱼一边点豆子一边说。

不怕。陈仓说。

他看见你了，他把你看得清清楚楚的。他看见你像一头牛一样蹲在我身边。她说。

他看不见我，他老了。他说。

他会剥你的皮，他手下有很多的人。她说。

那是过去，现在他没钱了，没人再为他干了。他说。

豆子种了一半，就听见对面的山梁上有人扯着嗓子乱吼，是一个放羊的老头。老头穿着一件长长的羊皮坎肩，几十只羊簇拥着他，拱他的腿。

好几年了。陈仓说。

你就不怕下雨打雷？徐改鱼说。

总觉得有机会，有机会，可是其实总也没机会。陈仓说。

黑松口的朝贵就是因为伤了天良，下雨的时候，一个雷就把他劈死了。徐改鱼说。

我又不是朝贵。朝贵的事还有别的原因，再说他本身就是个带电的人。陈仓说。

我是你后母，我就差没有生你。徐改鱼说。

你常看戏，你常说武则天。你看人家武则天。陈仓说。

那是戏。徐改鱼说。

有人说活着本身就是一场戏。陈仓说。

戏中的事都是假的。徐改鱼说。

假的还要看。陈仓说。

你会不得好死。女人说。

我不怕。陈仓说。

碗里的豆子没有了，徐改鱼便起身回地头边去取豆子。女人站起来以后呈现出的那种姿势使陈仓觉得她是想跑。陈仓就跳起来，从刚种过豆子的地里跑来。他从后面将徐改鱼拦腰抱住，徐改鱼滚圆的腰使陈仓感到十分吃力，陈仓便有些恼火。他顺势将徐改鱼摔倒在豆子地里，他脱下身上的一件土布褂子蒙到徐改鱼的头上。徐改鱼那时还在下面不断地挣扎，陈仓感到徐改鱼很不听话，他就将一只衣服袖子团起来塞进了她的嘴里。

你不要动，就当唱一回戏。陈仓说。

徐改鱼的头在褂子下面摆来摆去，发出一种很闷的唔唔的声音。陈仓的两只手按着褂子，不让徐改鱼的头露出来。他觉得这女人一点儿事也不懂，像一匹不听话的马一样难骑。

你不要动，我就一回。陈仓说。

徐改鱼还在继续动，嘴里唔唔的，陈仓一点儿也听不清楚她在干什么。后来，徐改鱼的一条腿从陈仓的身下探起来，女人的脚正好踢到了陈仓的脸上，陈仓就有些生气。

我就一回，你还踢我?

陈仓这样说着，就把徐改鱼的两条腿扭到了一起。陈仓感到徐改鱼很有力气，不亚于一个男人。两个人在地里拖着，滚着。后来，他们就一起挪到了地头边。陈仓一抬头，就看见了放在地头边上的那张犁。陈仓就腾出一只手拉过犁压到了徐改鱼的脸上。

我说过我就一回，完了你就回去，你就是不听。陈仓说。

陈仓将徐改鱼的两条腿放开以后，徐改鱼就不挣扎了。这种情况使陈仓十分满意。陈仓想了想，就把犁从徐改鱼的脸上搬开，扔到了一边。

我不会欺负你。我就是不喜欢你不听话。陈仓说。

陈仓动手将蒙在徐改鱼脸上的褂子拿开以后，徐改鱼似乎朝他笑了一下。

徐改鱼的两只眼睛一直闭着，嘴角处有一些白色的泡沫，鼻孔里流出两道淡淡的血。

陈仓看到徐改鱼鼻子里的血以后吃了一惊，陈仓说：

你看你，我又没打你，你就流鼻血了。

说着，陈仓就抓起他的衣服去擦徐改鱼的鼻血，他知道要是让陈景和其他的人看见了这鼻血会很不好。他抓起衣服以后发现他的袖子已经破了，上面有一些破洞和线头。

你看你，费那么大的劲，把我的褂子都咬烂了。他说。

我不知道你有这么大的力气。他说。

我不怪你，你把我的褂子补好就行了，我一点儿也不会怪你。他说。

我知道你不会告诉我爹。他说。

对面山梁上放羊的那个老头又吼了两声以后就不见了。羊群翻过山梁，像一支队伍一样消逝了。

八

有一道视线很荒芜，不知道是谁的。

荒草丛生的年代里，青烟的姿态犹如一个绣花的女人。

颜如玉离开学校以后，他的腋下夹了十几个作文本。他行走在一种黄色的背景里，他看到沿路上有很多的干柴，他就一根一根地拾。当后来他望见家里的烟囱和栅栏时，他已经拾了一大捆干柴了。有人挑着水桶与他说话，住在一片杏树下的一家人正在盖猪圈，麦秸和黄土堆放在院子中央。几个老头蹲在土堆上吸烟，捻毛线。一辆马车从他的身边走过，马车上的口袋里装着干草和谷糠。狗那时就卧在一个离井台不远的土堆下。

一些屋顶上已升起了炊烟。

在最远处的山梁上，呈现着一些弯曲而发白的路。两头毛驴的腰身上搭着红布的被褥，两个走亲戚的女人骑在红色的被子上。毛驴在瘦削的是山梁上走得很慢。

对面的山坡上，有人正在割草。

颜如玉回到家里后，看见他的女人侧身躺着，她的头发十分凌乱，下半身盖着一块粗线的毯子。

放学了。女人说。

女人见他回来，就将脸转向他。女人的这个动作十分吃力。

放了。颜如玉说道。

他端了一盆水放到女人的面前，开始为女人擦洗下半个身子。很久以前他看过一本书，书上说女人病了以后就得每天这样洗。所以，他就按照书上说的每天为女人洗一次至两次。

女人看见他把水盆放到了她的面前，女人就伸出一只手掀开了盖在下半身的毯子。颜如玉望着女人的下半身，开始在水盆里把毛巾拧干。他望着那些红肿的地方说：

又肿了。

肿了。女人也说。

女人的下半身上红一片，紫一片的。那年，他生病的时候，女人背着他走了四十多里的山路才到了一个医院。回来的时候，女人驾着一辆小平车一直将他拉回来。在路上休息的时候，女人还不失时机地在两旁的草地里拔了许多的野菜。现在，她再也不能动了。

我觉到这里面全是脓血。

女人用一只手摸着那些红肿的地方对颜如玉说。

我不是医生，我要是医生就好了。颜如玉说道。

我不知道我为什么要教书？我要是医生，你就可以不受罪了。他说。

医生也没有用，医生也有没办法的时候。女人说。

大家看得起你才你教书，教书是很重要的，你可不要想邪的。女人说。

早上，徐改鱼来过了，她说她找你有事。女人说。

她没说是什么事？他问。

没说。也许是很要紧的事。吃过饭你就去吧，人家找你是看得起你，还记得你这么个人，你可不要辜负了人家。女人说。

颜如玉听到女人的话，心里有些酸。他给女人擦洗完毕，又重新盖上毯子以后，就开始做饭。

窗户上糊着颜色灰黄的麻纸和报纸，还有一些是颜如玉早年上学时用过的课本。多年来，女人一直将那些课本保存得好好的。有一年窑洞漏雨，颜如玉就翻出那些课本让女人撕了糊窗户。女人舍不得，女人是怕他难过。他对女人说那些东西都没用了，留着也是占地方，女人还是不肯撕。后来，他把课本全部撕开了以后，女人才无声地将它们全部贴到了窗户上。

窑洞里比较昏暗。

火生着以后，浓浓的烟就立即弥漫了整个窑洞。颜如玉在烟雾中看不见他的女人，只听见她被呛得不停咳嗽。他打开门，跑出院子去察看烟囱。他想，不是没有风，就是烟囱让人给堵了。

颜如玉这样想的时候，已经站到了一个圆圆的土丘上了。

他看见在那种土黄色的背景里，一个人摇摇晃晃地向山梁上跑去。

再看窑洞顶上的烟囱，青烟如柱，徐徐升入天空化为乌有。

九

陈仓举着他的土布褂子回到家里时，看到陈景正在院子里坐着，脸上的表情如同一种常见的遗容。

她死了。陈仓说。

你在说谁？陈景问道。

她。我又没欺负她。她就死了。陈仓说。

她死了与你无关。陈景说。

我又没打她，她就流鼻血了。陈仓说。

狗日的。我早就知道你总有一天要做出这种事来。陈景说。

我没干，我什么也没有干，就是她把我的褂子都咬烂了。陈仓把他的衣服上的破烂的地方指给陈景看。陈景一下也没有看，只是望着不远处的两根深黄色的草绳。

我都看见了。我喊过，可是你们都听不懂我的话，谁也听不懂。陈景说。

我看她时，她还朝我笑了一下。陈仓说。

她是我花了好多钱娶回来的。那是，她还是省立女子学校的学生，她长得像花儿一样，有几个教师总在打她的主意。陈景说。

我老了，我不中用了。他说。

其实，多年来她一直都盼你死，她一直都在咒你，可你就是不死。陈仓说。

你说说，你为什么还一直不死？陈仓问。

你要是死了，她就不会死。陈仓说。

那年秋天，有一个算命先生说我能活一百四十岁。陈景说。

牛群从土黄色的山梁上纷纷流下来。

陈仓的视线里全是牛皮。

很久以来，陈仓就发现陈景比较无耻。这个老东西现在越来越不像话了，就要成精了。他每天都在那道紫红色的栅栏后面哼哼唧唧，他是在怀念一些青花的瓷器。

傍晚，陈仓一个人从一些结构简单的牛栏旁走过，粗糙的木头组成了一种古老而空旷的现象。这是一种纯粹的农业问题的景色。山梁上零星的灯火昏暗而寂寥，很多年以前，深厚的积雪曾经覆盖着一切。

陈仓看到一群孩子从那间破败的庙宇般的学校里冲出来时，陈仓以为是他看到了一群灰褐色的麻雀。过了没多久，这群灰褐色的孩子就十分零碎地出现在瘦削的山梁上，出现在陈仓惊愕的视线里。一个一个灰褐色的孩子像打落后的牙齿一样，十分零碎地在陈仓的视线里摇摇晃晃。

面对眼前的这种有关农业的景色，陈仓马上就感到冬天就要来了，先是远山开始落雪，不久之后山梁上便将布满积雪。

陈仓明白捕鸟的季节已经来到了，太阳已经有好长时间没有晒过他的头发了。他在想象中编好了一只筛子，很大很辽阔的筛子，还有弹弓，还有颜色辉煌的秕糠。

陈仓一个人蹲在山坡上，他感到他的视线里有些寒冷。像豆芽一样的白色虫子在风中出没，蠕动。

陈景是在一种不知不觉的情况中出现在陈仓的视线里的。当时，他披着一件黑色的棉袄，头戴一顶灰色的兔皮帽子。陈仓远远地望着那个苍老的影子，情不自禁地说：

看我怎么捉住你。

陈仓的眼睛里闪烁着一种类似红玻璃般的东西，所以，陈仓那时一点儿也不知道在他的脚下正浮动着一团乱麻般的头发。

十

屋里响起沉重的鼾声以后，女人就醒了。

其实，这女人一直没睡。

月亮从外面照进来以后，女人就开始往地上爬。她看到几个孩子胡乱地睡在一起，地上全是鞋。

借着屋里的月光，女人看到他睡得很香。他脸上的皱纹里几乎积满了汗。他的头顶上方放着十几个作文本。女人看到颜如玉在作文本里用红毛笔画了许多的红色杠子，还写下了一些字，女人不认识那些字，那些字都十分缭乱而陌生。

女人缓慢地爬到了门口，女人轻轻地开了门。

门一开了以后，女人就爬到外面的土坡上去了。

她回过头以后，看到深厚的窑洞像一间仓库。许多的窑洞都像台阶一样建在山坡上，窑洞顶上可以晒粮食，可以放马，可以赶着马车或小平车经过。

那天晚上，女人在山坡上爬了很久，几乎爬遍了坡上的每一个位置。她显然是在寻找一个比较陡峭一些的位置。后来，她终于找到了那个满意的位置。

她见到下面是一块僻静的洼地，洼地里黑乎乎的，肯定有一些东西，但绝不会是土。女人这样想的时候，脸上不禁有了一种很宽松的东西。她看了看下面，准备出其不意地一头栽下去。

女人觉得她已经想好了，于是，便回过头最后看了一下她刚才爬出来的那间窑洞。她的眼睛里满含了无数亮晶晶的水珠，她似乎含糊不清地说了句什么，或许，她什么也没说。

她栽下去的时候，听到风声很狰狞地从耳边划过，有如多年以前的一种口哨。

那天晚上发生了很多的事情。

一个从出生以来就啼哭不休的婴儿，看到一个生人走进屋里时，立即中断了哭声，破涕为笑，笑逐颜开。这件事很有可能是一桩前世的姻缘。

四头牛越过重重的牛栏，围着一只绣花的布鞋哀鸣不止。

那天晚上，天上的月亮很圆，犹如民间的月饼。

十一

那天晚上，陈仓很早就掉到那块洼地里了。

当颜如玉的女人一头栽下去，头部碰到陈仓的肚子上以后，陈仓正在苏醒过来。

陈仓感到他的肠子可能被挤出来了。他扶起栽下去的女人后，在她仰起的脸上，陈仓看到了一种熟悉的梦幻般的东西。女人一直清醒着，女人的脸离开陈仓汗津津的肚皮，在经过陈仓的那件土布褂子时，女人闻到了一种辛酸的灾难之气。

他完了。陈仓对女人说。

谁？女人问他。

我爹。陈仓说。

他一直在那里站着，我就一直盯着看他，我一直都在使劲地看他。后来，他禁不住看了，他就倒下了。他倒下的时候像一个草人一样，一点儿声音也没有。陈仓说。

我想他不行了，他就要完了。他说。

我把你背回去吧，我知道你走不了，我听见你们家的水瓮破了，水正哗哗地漏，漏了一地，地上的那些鞋全湿了。陈仓对女人说。

女人趴在陈仓的背上以后，听到从陈仓的头发里传来阵阵鸟鸣的声音。那天晚上，陈仓的头发有如茅草。

土塬上很寂静。紫红色的栅栏后面悄无声息，缝隙稀疏。

月光如水。

月光下的窑洞景色，类似于古书上的封面和插图。

陈仓背着颜如玉的女人走上土塬以后，陈仓看见颜如玉的脚上穿着一只鞋，正望着重重的山岗出神。

陈仓将女人背到颜如玉面前以后，陈仓对颜如玉说：

给你。

我给你弄回来了。陈仓说。

她身上全是骨头。我背她的时候，我感到她身上到处都长满了牙齿。陈仓说。

陈仓，你爹找你了，他唤你回去吃饭，他说你还没有吃饭。颜如玉说。

他完了。陈仓说。

谁？颜如玉问道。

我爹。陈仓说。

他一直在那里站着，我就一直盯着看他，我一直都在使劲地看他。后来，他就禁不住看了，他就倒下了。他倒下的时候像一个草人一样，一点儿声音也没有。陈仓说。

我想他不行了，他就要完了。他说。

我总算给你弄回来了，我知道她走不了。我听见你们家的水瓮破了，水正哗哗地漏，漏了一地，地上的那些鞋全湿了。陈仓对颜如玉说道。

陈仓，你想写字吗？我愿意教你。我知道你很早的时候就想写一封信，只是你一直没有机会，一直没有笔和纸。陈仓我告诉你，写字不能描，越描越黑。颜如玉说。

颜如玉说话的时候，陈仓已经走了。陈仓十分虚幻地走在颜如玉的视线里时，颜如玉觉得他是在注视着一个麦田里的草人。

那时，颜如玉的一个孩子刚从睡梦中醒来，身体笔直地坐着，手在头发里挠来挠去。颜如玉走回屋就冲孩子说：

睡吧，有什么可挠的。

爹，我头上痒得不行，孩子说。

或许是生了虱子了。女人说。

明天给你剃个光头。

颜如玉说完这话，孩子就躺下了。从此以后再没挠过。

十二

夜里，我坐在稀疏的庄稼地里，我叙述的农业故事悠久而纯粹。

回忆漫长的农业岁月，我的描绘有时流于纯情。越过画面般的窑洞，越过重重的牛栏和土墙，天空中还残留着一些美丽的东西。

十三

这一年的夏天里，太阳很毒。

黄颜色的太阳光线里，蒸发着郁郁葱葱的一种毒气。原野里的草和野菜被晒得直不起身子，纷纷软软地贴在地皮上。

这一年的夏天里，有无数的人都剃了光头，经常有青色的头皮在寂静的梁峁上晃来晃去。远远地望去，很像是一些鼓了气以后的猪尿泡。

给颜如玉的孩子剃头的那老头是一位六十多岁的皮匠。一生中他制作过众多的皮口袋、皮鞭子，马车的缰绳以及马鞍。颜如玉一手拿着教科书，一手牵着孩子找到他的时候，早晨的太阳像一盆破碎的鸡蛋一样，正出现在远处的山垭的入口处。颜如玉看到皮匠的老婆正在洗锅，紫红色的手臂上挂着一串水珠。院子的墙头上悬挂着一张去年的牛皮，皮匠正坐在院子里全神贯注地观赏他的牛皮。

颜如玉领着他的孩子走进院子里后，皮匠就看见他们了。颜如玉把孩子推到皮匠的面前说，给他剃个光头吧，他热得不行。

一小撮也不留？皮匠问道。

不留了。一根也不要了，都给他剃了。颜如玉说。

行了，剃光就剃光，剃光了痛快，省得麻烦。皮匠说完之后就起身进屋里去了。不一会儿，皮匠就从里面出来了。他手里拿了一把老式的剃头刀，褐红色的刀柄，青色的刀锋。

皮匠又端来一盆水，挽起袖子便将孩子的衣领塞回脖子里，将孩子的头摁进了水盆，撩着水往孩子的头上淋。之后，又把孩子的头从水盆里捞出来，孩子的头发湿淋淋地贴在头皮上。

皮匠对颜如玉说：你有事你就先走吧，我一会儿就剃完了。

颜如玉听了皮匠的话以后，转身就走了。

走到大门口，颜如玉又回过头对孩子说：

不敢乱动，听大人的话。

皮匠让孩子坐到一个破旧的木箱上。

皮匠将剃头刀在裤子上蹭了几下，然后又放到嘴前吹了吹，皮匠一手扶着孩子的头，一手让剃头刀在孩子的头上运行。

啊，不敢动啊不敢动，刀子就在你的头上，一动就完了。

皮匠一边剃头，一边这样对孩子说。

皮匠在孩子的脑袋后面先刮出一片青色的头皮，皮匠用手拍了拍这个地方，孩子感到很凉。面对光滑如水的头皮，皮匠仿佛看到了一种青色的灾难之气正在孩子的头部回旋不止。

不敢动啊不敢动，你的头上有问题，有很麻烦的问题。

皮匠这话是对孩子说的，你的头上有问题，有很麻烦的问题。

皮匠这话是对孩子说的，但孩子太小，一点儿也听不懂他的话，所以，在整个剃头的过程中，皮匠实际上始终都是在一个人自言自语。

从很小的时候，周围的景色对于皮匠来说就一直比较熟悉。在多年来漫长的生涯中，皮匠的活动一直游离于民间的风景之外，皮匠的活动是具体而零星的。他一张一张地洗皮子，缝皮子，他一口一口地吃饭，一下一下地洗碗，他具体而实惠地喜欢某一个女人，喜欢女人身上的某一个部位，除此之外，其余的东西对他都不十分重要，毫无任何意义。

周围的景色如梦。

许多细碎的头发都从孩子的脖子上掉进了孩子的衣服里，面对这一现象，皮匠始终无动于衷。皮匠看到孩子青色的头皮有如人烟稀少的旷野和平川上的村庄。

田野里蓄满了阳光。

空气在远处青蓝色的山上流动如水，缓慢而宁静，构成了民间传说中的风水现象。美丽的风水如同柔软而飘逸的绸缎，自然地舒卷，徐徐而行。

所有的头发都被剃掉以后，孩子的脑袋像收割过庄稼以后的田野。皮匠从一只桶里抓出一把白土在孩子的头上蹭了蹭，均匀地将白土抹开，然后用巴掌拍了一下孩子的头。

去吧，剃完了，都剃光了，一根也没了。皮匠对孩子说。

孩子一边用手摸着光光的头，一边离开了皮匠家的院子。

十四

许多的院落都比较简单，相似的结构里堆放着相似的农具和习俗。墙外堆着红色和黑色的草垛，墙外还长着一些树，有些稀疏。墙内的钉子上挂着草帽和蒜，葱就生长在屋后。门口的土地上晾晒着陈年的玉米，鸡和猪相互在院子里重复走动。多年来一直形影相伴的农具被黄土和庄稼磨蚀得闪闪发亮，日夜出没于幽闭而混沌的岁月之中。瓷碗成群，瓷碗辛酸，土布的衣衫低远地飘动、起伏，温暖的程度远远地胜过一些旗帜。

多年的农具带着固定的形状日夜出没于无边的庄稼地里，构成了山中的一种风景。

陈仓在经过漫长的回忆以后，终于从十年前的一个黄昏里走出来了。许多的故事都没有名目，陈仓剃着一颗光头，穿着黑色的棉袄，腰间扎着一根棕褐色的皮带。他像一个八九岁的孩子看见了糖果一样，久久地徘徊于一桩往事的末尾，不肯离去。透过紫红色的栅栏，他注视着那些原始而人烟稀少的地方，远处树丛里的青烟正在徐徐升起，安详而宁静。

在经过了漫长的回忆之后，陈仓决定去干一件没有名目的事情。半坡村坐落在三十里以外的一个山坡上。在陈仓的印象里，半坡村就是几间稀稀落落的窑洞，几棵紫褐色的杏树。半坡村的男人和女人都像一张张零星的照片一样贴在黄色的山梁上，悬挂在稀疏的庄稼地里。

午后，陈仓一个人站在圆形的山梁上，时断时续的唢呐声从远处传过来，如同流淌着的青铜故事和瓷器岁月。他听到远在三十里以外的半坡村里有人正在结婚，红色的爆竹落满了坡上坡下。山坡上和窑洞顶上都站满了寂静无声的人。牛群在原野里的土丘后面时隐时现。孤苦伶仃的人在对面的山梁上尖着嗓子唱歌，声调像是悲伤的女人。

命苦的人都住在山上。

那些低矮的窗户都新换了，往年灰暗污黑的窗户纸扯掉后，换上了大红大绿的充满内容的新纸。新换的窗户上出现了金黄饱满的玉米，紫红色的高粱，血红的土豆和谷穗，以及绿色的萝卜。

娶亲有如过年。

五谷金黄。小麦和谷子的幽香轻轻飘散，土的颜色，阳光的颜色，牛的颜色不断地在陈仓荒芜的视线里重复出现，寂静的窑洞仿佛山中的坟丘。

陈仓解开裤带，认真地系着裤子，粗糙的布匹沙沙作响。

过年的气味渐渐向他飘来，渐渐地漫过他胸脯和头顶。

杏树在他的视线里不断失去，鸟披着灰褐色的羽毛，无声地飞来飞去。

就要上路了。他想。

上路的时候，日子已渐渐临近黄昏。

那时候，辽阔的天空里正在缓慢地呈现出一种丰饶的情景，无数的人身穿粉红色的晚霞，在广阔的天蓝色的背景里载歌载舞，美丽的舞姿恍若做梦、恍若烂漫的山花。

西天的背景如同一座久远而古老的城门，那上面画满了无数的民间的农具。

遥望那些不同季节里的农具的形状和尺寸，它们的上面似乎还留有余温。

行走在那样一种景色里，陈仓感到前面的路途旷远而漫长，遥遥无期。

青铜幽暗。

铁器成堆。

苍茫的开头和苍茫的结尾里，石磨的声音在低远地回响。

沿途的瓷罐里盛满了早年的雨水和铜钱。

十五

河湾里涨满了水。

河边潮湿的洼地里种着绿色的甜菜和葱。河水漫过菜地，将插在地头边上的一张木犁湿了一半，一只菜篮子浮了起来。

夏日的河水轻轻地荡漾着，许多东西的倒影都在水中奔走相撞。弯曲的山，扁平的窑洞，扭曲的树以及棉花般的云彩，干燥的蛙声从绿色的水草和青苔中飘起来。

午后，一群孩子从粗糙而浑圆的牛背上纷纷滑落下来，他们的手上和腿上还带着一些牛毛，另一些牛毛挂在他们的指甲缝里。夏日在一起一落的蛙声里变得漫长而充满回忆，他们分别站在不同高度的地方先后跳入河里，他们迎风张开的土布小褂象征着一种想象的翅膀，象征着一种充满回忆的童年风景。

午后的阳光如针，一根一根的缝衣服的针密集万分。

最早跳进水里的那个孩子是颜如玉的一个孩子，他剃着一颗光光的头，小鸡鸡像大拇指一样兴奋而激动地挺着。附近的水里有一个圆形的土丘，土丘浑圆的顶部裸露出水面上。颜如玉的孩子爬到土丘上面以后，就坐在那里，他看见了四周的一些东西。

左边的一条水沟旁站着一匹马，放马的人那时正躺在一棵树下睡觉，头枕着一双鞋，脸上盖着一只草帽。除此之外，出现在景色里的还有一只瘦骨嶙峋的赤脚高高地跷着，看不见挽起后的裤管，只有脚背上和脚掌上慢慢地爬动着几只悄无声息的蚂蚁。

这边是清澈的水沟。这边是山的形状和杏黄色的麦田。

这边是灰褐色的鸟。这边是废弃后的烽火台和蜿蜒而青白的乡村之路。

这边是夏天。这边是紫色的水稗草和童年时期的耳朵。

这边是孟家湾，生长青蛙的地方，悬挂着“红姑娘”的村庄。坐在浑圆的土丘上，隐隐约约，梦家湾里升起的炊烟依稀可辨。

河东的山向水而落，山腰上的破庙里住着两个一模一样的老头。荒草丛生，蛛网连天的庙宇里庙门敞开着，黄瓜粗细的青蛇和花蛇在庙门前的乱草中徘徊、穿行。

那边是土，皮肤一般的土。众多的坟堆在空旷的山梁上起伏绵延，绵延至遥远。

那边是棕红色的崖。人迹稀少的崖畔上长满了鲜艳夺目的枸杞子。火苗般的山丹花在崖畔的上下经久不息，日夜不灭。

那边是亲亲热热地走亲戚的人。那边是圆形的打谷场和颓废荒芜的废墟般的乡村戏台。

那边是磨，青色的石磨里五谷呜咽，六畜哀鸣。

那边是井，那边是卸磨后饮水的驴。

那边是三十里寂寞的乡土，那边是几十年空旷的背景。

那边是虚幻的农具和庄稼。

河对岸是一些稀疏的树，树后面是一大片绿色的胡萝卜地。

颜如玉的孩子坐在水中央圆形的土丘上，他看见对面的树丛里渐渐隐现出一张女人的脸。

看不清她的长相，只看见她的满头的头发被风刮着。她的出现和存在，都具有一种无可奈何的色彩。她仿佛是在努力要完成一件什么事情，但飘扬的头发却昭示出她的所有愿望以及所有的努力都将随风而去。她徒劳无益地梦见了一些有关的结果，她梦见了时间虚无的故事。大雪纷飞，赤日炎炎，两种不同的景色里都望不见半点内容。一些陌生的人如纸片一样向她飘来，另一些是熟悉的和比较熟悉的人又如纸片一样远远地离她而去。

孩子听到女人的裤子被身边的树枝挂破了，坚硬的树枝还在她的皮肤上划出一些梦幻般的符号。女人望见满地的萝卜都裸露出黄色和红色的底部，遍地绿色的萝卜缨子宛如幼年时的松树，枝叶整齐而规矩，伸展得小心翼翼。

时间随着河水渐渐远去。

村庄里出现了胶皮轮子的马车，马头上戴着抖动的红缨子和黄色的铃铛。胶皮轮子辗着低缓的山岗，在沿途留下花纹般的岁月。

乡村的花开在地上，开在颓废的草房四周。踏着遍地的牛蹄印，原野里生机勃勃，烧土豆的气味，架起柴火烤玉米，烤黄豆的气味浓郁而清新。

青烟四起，远山虚幻而遥远。

十六

颜如玉的课上了一半的时候，有一个人来找他。

太阳油亮油亮的。

后来就看见有几个学生在教室的窗户上和门口向外面不住

地探头探脑，有一个学生还在讲台上扭起了秧歌。颜如玉在远处大喝一声，一只脚用力地在地上踏了一下，那些探出来的头和身子便都迅速地缩回去了。

他声音平静地骂了一句。

他听见山坡下面的玉米地里人声嘈杂。紧接着，一只落荒而逃的猪便被从玉米地里追出来了，跟在猪后面的是粗糙的喊声和骂声，最后面才是那些追猪的人。那只猪摸进玉米地里后，一口气拱倒了一大片玉米，吃得满嘴白沫。

颜如玉走在学校外面的一块土坪上，他看见原野里的庄稼不够密集，很像是一片一片的稀疏的灌木。土坪的尽头有一道土墙，两只鸡正在墙下的土里认真地刨食。

夏日的天空里基本上什么也没有。极目远眺，就发现天蓝得十分厉害，蓝得让人头晕，让人心慌，让人腿软。颜如玉身体轻飘飘地走回了教室里后，便站在讲台上用力咳嗽了一声。学生们听见他的咳嗽声后，便一齐都将各自的视线转向了他。（颜如玉出现在学生们的视线里时，学生们都觉得像是看见了一个站在田间的草人。）

刚才谁在门口向外看了？嗯？颜如玉厉声问道。

下面没有人说话。

王贵，是不是你？颜如玉又问道。

不是我。王贵在下面小声说。

不是你是谁，你说出来。颜如玉说。

我没看见，我正在看书。王贵说。

你真了不起。告诉你王贵，今天的太阳估计要从东边落下去，哪里来哪里去，不从西边落了。颜如玉说。

老师，这不可能，太阳说什么也不会从东边落下去。王贵争辩道。

你能看书，太阳为什么就不能往东落？颜如玉问道。

我爷爷说要是发生了那样的事，日子就不太平了，天下就要大乱了。王贵说着话，脸上泛起了红晕。

王贵，你得写检查，写十五份，你满脑子变天的思想。颜如玉说。

王贵听颜如玉这么一说，便"哇"的一声哭了，学生们就全都看他，不再看颜如玉。王贵的鼻涕与泪一同俱下，哭声曲折而沉闷，颜如玉听了，觉得心里很乱。

行了，不要再哭了，再哭就没意思了。还真以为你能干出那么大的事？李自成那么厉害的人最后的结果还是失败。我不过是随随便便地说了一句，你就当真了？你是不是觉得你比李自成还要厉害？颜如玉说道。

王贵听了这话，便立即不哭了，但还在缓慢而微弱地发出抽泣声，这已经是余音了，他开始用袖子擦拭眼泪和鼻涕，他的眼睛和脸都被袖子擦得红红的。颜如玉又咳嗽了一声，大家便都安静下来了。刚才嗡嗡声立即便完全消逝了。

谁在讲台上扭秧歌了？颜如玉问道。

……

谁扭了？我可是看见是谁了，现在站起来还没事，不要让我点名点出来。要是让我点名出来，你就准备吃不了兜着走吧。颜如玉说。

……

谁扭了？没人承认我就点名了，现在承认还不晚，还来得及。颜如玉说道。

老师，是我。从靠墙的一个角落里站起了一个灰不溜秋的孩子，他的脑袋后面留着一根筷子粗细的辫子。

李永福，我就知道是你，一有风吹草动，你就必定会跳出来。你再上来扭一回让大家看看。颜如玉说。

李永福低垂着头，一句话也不说，他脑袋后面的那根细细的小辫也垂着，像一根老鼠尾巴。

把今天所有的字，每个字都给我写七十遍，一遍也不能少。颜如玉说。

听见了没有？李永福！他说。

听见了。李永福小声说。

学生们严肃起来，脸上的色彩类似于悲壮，无限的悲壮。看看时辰已到，颜如玉便让学生们下课。

人去屋空，留下一屋子废纸和铅笔、橡皮的味道。

下一节是体育课，内容包括跑步和捉迷藏，体育课一般都在打谷场上上。颜如玉背着两手在阳光下走了一阵以后，便领着学生们向土坪下的圆形的打谷场走去。

打谷场上有一些发红的草垛，几只雪白的山羊在草垛之间的空地上走来走去。

队伍走得稀里哗啦。

颜如玉跟在学生们的后面，他看见四周的景象一如往年。

十七

从山下的玉米地里跑出来的那只猪是陈仓他们家的。当初，它踏破猪圈的栅栏而去，现在又一口气跑回来了，情形类似于落叶归根。猪跑回来后，独自在院子里转了几圈，很粗哑地叫了一声后，便立即死了。

面对静止不动的死猪，陈景感到心内如焚。他站在窑洞前的一棵杏树下面，朝着空荡荡的山梁无名无姓地骂着，骂的内容包括天气、世道和一些往事。骂了一会儿后，就开始杀猪取肉。

他蹲在猪的面前胡乱磨了一阵刀，然后就首先割下了猪头和四只猪蹄子。以后的过程中，他又用热水和沙石褪光了猪毛。他把猪的肚子割开后，取出了全部的下水。下水中还残留着许多颗粒鲜明的玉米。看到这些玉米，他不禁深深地叹了一口气，起身便将猪下水挂到了那棵杏树的枝丫上面。那时候，那个孩子正在离他不远的一个土丘上坐着。当时，他的眼睛里充满了猪的下水，所以他根本没有发现不远处的那个孩子，他把猪下水挂到树上后就转身回去了。

但是，他不知道那个孩子其实已经看见他了。那个孩子一个人坐在土丘上感到没事可做，便一直前后左右地向这儿看看，又向那儿看看。那孩子在看见他的时候，也同时看见了他挂在树上的那副猪下水。

孩子当时一点儿也不明白自己看到了什么，他只是对那一串挂在树枝上的花花绿绿的东西感到有些吃惊，继而开始变得新奇。孩子不知道树上挂了一串什么，于是，孩子便从土丘上站起来，向这院子里走来。

孩子一口气爬上这高高的院子以后，就开始站在距离杏树一二尺远的地方盯着树枝上的那串东西看，他闻到了一种十分浓烈的血腥气。一团数目众多的苍蝇围着那一串花花绿绿的东西飞来飞去，发出很大很闷的声音。孩子一个人琢磨了几次也没弄明白树上挂着的是一串儿什么。孩子的两个手指一直在嘴里含着，手掌心里已经聚积了不少的口水。

这时候，孩子在一筹莫展之际忽然听到了从他的身后传来的另一种用斧子砍腿的声音。这声音很刺激地惊动了孩子后，孩子便回过头沿着声音的方向望去。孩子看见了一个比杏树前更加有趣更加新奇的场面，于是，孩子便不假思索地离开了杏树，开始朝着发出声音的地方走来。

陈景这时正在用一把斧子砍出一堆骨头和肉，当他转身发现他的脚下蹲着一个孩子时，他微微有些吃惊。他认出这是学校老师颜如玉的那个孩子。不久之前，皮匠刚给这孩子剃过头，到现在孩子的头发还没有半点起色，一根头发也没有冒出来，仍旧光秃秃的，颜色近似于一种青红。

陈景没有理会孩子，他看中了两块骨头之间的一条缝隙，挥起胳膊一斧子砍下去，两块骨头被砍得分开了，另外的一些肋骨也受到影响，断了几根。

一种细小的红色肉星溅到了孩子的脸上，但孩子一点儿也没有感到，孩子只是很认真很出神地望着被肢解着的猪。

经过一番很仔细地琢磨以后，孩子终于明白眼前他所看到的正是一堆带着肉的骨头。先前浮在孩子心头的云雾没有了，孩子显得有些兴奋。于是，孩子便又朝堆着的猪肉前挪了挪，仍旧蹲在地上。

现在，这孩子已经离猪肉十分近了，只要一伸手就可以摸到那血红色的猪骨头和肉了。

孩子显出了一种难以表达的激动之情，他的小脸蛋上红红，很热。

这是谁的骨头哩？孩子问道。

陈景听见孩子问的话，本想对孩子说这是你的骨头，但他看见血红的骨头和肉，又看看年幼的孩子，他便有些于心不忍。于是，陈景便认真地老老实实地回答说：

猪的骨头。

谁是猪哩？孩子又问道。

谁也不是猪，猪就是猪，就是经常跑在院里的会哼哼的那种猪。陈景回答道。

孩子不知在什么时候已经在用手摸那些猪肉了。不一会儿，孩子就发现他的两只小手都被紫红色的血水染红了。孩子望着两只红红的手，说道：

猪哭了。猪咬我哩。

站远一点儿，我要放血了。陈景一边对孩子说着话，一边两手提起猪的脖子，将里面的一点儿稀少的血倒了出来。

他砍完了所有的肉以后，觉得十分愿意逗逗眼前这孩子。孩子明亮的光头使他有些情不自禁，跃跃欲试。他坐在一个麻袋上，那孩子就蹲在他的膝下，手里正举着一个鼓起来以后的猪尿泡。陈景手里拿着一把斧子，在孩子的光头上来回地比画。

砍呀，砍呀。他逗着孩子说。

砍谁呀？孩子举着猪尿泡问他。

砍你呀，我要砍你呀。他笑着说。

砍呀，砍呀，我要砍了啊。他说着，目光慈祥地看着这个令人疼爱的孩子。

那时候，天空里的太阳很毒，四周异常寂静。他忽然看到他的斧头上和孩子的脑袋上都闪现着一种油亮亮的东西。后来，他就发现斧子又红了一片，孩子的头像一个有缝隙的西瓜一样出现了一道粉红色的缝隙。那时候，他感到腿部很沉，孩子很硬地斜靠在他的腿上。那只猪尿泡已经离开了孩子的手，飘到远处后被很毒的太阳晒着。

不久，那只猪尿泡便被太阳晒破了。一个背着干粮的牛倌从坡下走过时听到了一种很闷的声音。

十八

有一片庄稼很茂密，只是看不清种的是什么。

陈仓一个人走过两道山梁以后，就发现他离家越来越远了。

四周看不见人烟，只有山梁上经常出现一些避雨的窑洞。

他听见一些农具叮叮当当地在前面为他开着道，沿途稀薄的草上留着车轮辗过后的种种痕迹。明亮的铁锹和锄头在远处闪烁不定，鞭声虚无。西边的山沟里，牛角忽隐忽现，辣椒干燥的气息呛人肺腑。一些梦中的马尾无声地在他的视线甩来甩去。

红色的砖头依稀可辨。

他记起了家中窑洞上面的黄泥的烟囱。粗糙的雨水曾经无数次地漫卷过他家的院子，以及四周的一部分山岗。犁在土地的边缘插着，送饭的歌声软软地贴着山梁，很曲折地起伏，很婉转地消逝。布鞋沙沙作响，黑色的饭碗日夜飘走于山梁与山梁间。

附近的庄稼稀了，口袋的颜色深浅不定，变幻莫测难以把握。

那些牛都老了，它们慢腾腾地出没在十年九旱的农业岁月里，身上的疤痕有如往年的窝头。一个一个的牛蹄窝里积满了水，草从下面窜出来，草总是这样从下面窜出来。

他解开绳子，发现口袋里的干粮已经不多了。他听见半坡村的公鸡在苍茫的大山里面叫了一遍。

十九

那一夜，我沉湎于对一场往事的回忆之中。

黑暗中，山坡上的烟头如零落的星斗。回忆漫长的农业岁月，云彩稀薄，荒草遍野，木轮车缓慢地走着，鲜红的辣椒和对联一茬接着一茬，重复演义。

早年的水面上晴朗安静。一条木船远远地驶来，船头上站着划船的人，他面色苍白地回忆道：

卖羊皮的人提着灯笼，敲开了客店的大门。

颜如玉发现今年的土豆不大。

上午一开始，他就感到学生们的字有所长进。

这个比较强烈的感受，使他的脸和脖子都微微有些发红。他披着一件颜色发灰的旧衣服，像一只鸟一样在学校里不安地走来走去。他有些激动，又感到有些很不好意思。他看见李永福的帽子上用毛笔画了一个蓝色的五角星，两条手臂上还各画着一块蓝色的手表。

昨天，他命令王贵和李永福放学后去给坡上的五保户做好事。王贵和李永福很听话，他们给一个五保户挑了满满一缸水，接着又挑了满满的一缸。他们还为另一个五保户扫了院子，又喂了鸡。王贵的手里握着一把发霉的秕谷，几只鸡就围着他叽叽咕咕地闹个没完。王贵和李永福做完好事回来后，两个人的脸上还留着一种很灿烂的笑容。

回忆多年来教书的生涯，颜如玉觉得最愉快的事情就是在黑板上一笔一画地写字。当他把那些诸如：“石头”“墙”“镰刀”“斧头”“碗”“骨头”“褥子”“耳朵”“旱烟”“唱戏”“睡觉”“表姐”“老舅”“草帽”“面条”“坟”“谷雨”“骡子”“大年”“十五”“尿”“下雪”“向日葵”“月亮”“他爹”“头发”“粽子”“门框”“报纸”“二人台”“甜菜”“牙”“肚疼”“灯笼”之类的字和词端端正正地写到黑板上以后，学生们表现出了一种极大的兴趣和热情。他看着那些活泼的字一个个从学生们的嘴里裸露而出，脱颖而出，他感到清水涟漪，轻轻荡漾，潮湿的往事笼罩着他的一部分手指和手背。他穿着一双麻底的布鞋，很干燥地从一些没有标记的年代里走过。往年，村庄的四周总是宁静地流淌着河水，河水里呈现出石头和绿衣、房屋和树。在河水消逝的那些日子里，他夜夜都梦见干瘦的山梁上站满了无数的土黄色的大小的公鸡。那些羽毛有如黄尘，一年中有六个月总是这样的天气，历史和岁月使黄土失去记忆，成为一览无余的不毛之地。

那条黑色的河是不久以前才进入颜如玉的梦里的。那天放学以后，颜如玉并没有马上离开学校。那时候有两个扛着锄头的人从外面走过，颜如玉看见了他们头上的灰黑的毛巾。两个扛锄头的人边走边在谈论着一块麦地。颜如玉听到这个内容后，脑子里便立即出现了无数铜丝一样的麦秆。

那天颜如玉离开学校时，天已经晚了。他回头眺望着暮色中的黑板，视线内的景色十分苍凉。他回忆着一生中用过的许多废纸，单调的钟声在寂寞的岁月里响着，有一种孤苦伶仃的意味。

好长日子以来似乎没有下过一滴雨，所以在颜如玉的记忆里总是黄尘遍野。其实，这中间下过几次雨，只是他都忘了。土坪和山坡都积了很干的土，转弯的时候，他听到了一阵羊的叫声。

他顺着声音望去，就看见了王贵家的院子。院子的四周都用紫红色的篱笆扎着，围成一道墙。他看的时候，那柴门正敞开着。他看见院子中央睡着一只羊，王贵的手脚把着羊的头和腿，王贵的爹正在给羊剪毛。他在下面盯着看了一阵，就情不自禁地摸起自己的头发来，他听到生锈的剪子嚓嚓地剪着他的头发。

王贵。

他低低地叫了一声，他感到他的声音比较曲折，中间拐了好几个弯。王贵没有听见他的声音。羊毛剪了一半的时候，那只羊突然从地上站起来，将正在蹲着的王贵的爹撞了个仰面朝天，王贵的爹从地上坐起来以后，就开始骂王贵和羊。

二十

我曾经不止一次地眺望过农民与河流的关系，以及农具在四季里的形状和印象。描述农业岁月里的颜色和气候，是一次困难的空洞而悄无声息的活动。我怀着一种十分麻木的心情走过一个悬挂着农具的院子以后，天气正值夏日的黄昏，河面上飘满了农民粗糙的语言和弯曲的影子。

沉静的表情，像是一种怀念，无比沉静的表情，更像是一个万念俱灰的现在。一生中的许多个夜晚，经常有一些脸像报纸一样哗哗作响。

二十一

太阳升高以后，山梁上飘散着谷子的气息。那时候，他们都在吃饭，吃得稀里呼噜的。灰色的大海碗里稀饭很稠，绿色的菜叶不时地浮出来，又被筷子搅得沉下去。土豆在稀饭里频繁出没，叮叮当当，如记忆中的水果。

印象中的干粮已经不多了，辣椒和蒜蜷曲着，有如过年时的豆芽。盐和泥在碗底积了很厚。黑色的酱油瓶子干涸着，空荡荡的醋坛子内依稀地传出往年的辛酸之气。

吃完饭之后，他们就伸出褐色的和粉红的舌头开始一下一下地把碗舔得干干净净后为止。鼻尖和眉毛上都留下了饭的痕迹。

颜如玉一连吃了三大碗以后，还觉得不饱。他看看锅里，发现饭不多了，已经露出了青色的锅底，他就将碗放下。女人让他再喝一碗水，他说不能在喝了，再喝就走不动了。女人知道他没有吃饱，女人深深地叹了一口气。

女人在这一天里已经昏死过去两回了。看见孩子的尸体时，女人死了一回。当颜如玉扛着一个小木箱子去山上埋葬孩子的时候，女人又死了一回。

道士说，孩子已经升天了，他一定能过上好日子，一定要比我们吃得好。颜如玉对女人说。

女人听了他的话没有说话，他的脸色不住地泛着绿。女人的泪已经全部哭干了，她再也流不出一滴泪了。

颜如玉洗了碗以后，就开始往学校里走。

走到一片没人住的空屋子前时，见迎面有两个学生正朝他跑来。学生是要去他家里叫他的，却在半路上遇到了。两个学生喘着气向他报告说，学校里乱了，李永福正和另一个学生打架。

为什么打？颜如玉问道。

因为吃肉。学生说。

谁的肉？颜如玉不解地问道。

是书上的一只猪。学生的答道。

学生告诉颜如玉说，今天准备上的课文里画了一只猪，学生们看见猪以后就开始议论，争吵。大家纷纷感到猪肉比羊肉好吃，因为猪肉油多。在大方向上大家的意见是一致的，但是，在一个具体的问题上就出现了分歧。李永福说猪肉炖粉条好吃，而另一个学生则表示猪肉炖豆腐远远要超过猪肉炖粉条。就这样，先是吵，后来就打起来了，先后动用了教鞭，书包、凳子腿和砖头。

真是一群饿死鬼转世。颜如玉边走边说。

远远地望见学校门口一片宁静，鸦雀无声。颜如玉扭头看了一下身后的两个学生，学生小声说，已经打完了。

颜如玉走进教室，用力咳嗽了一声。

李永福，站起来！颜如玉厉声说道。

你，也站起来。

颜如玉指着另一个学生说。

两个人都站起来了。李永福的头发上糊着血和土，另一个学生鼻子和手破了。

真是一群猪。颜如玉说道。

这个问题还用讨论吗？这本来就不是个问题。猪肉炖粉条和猪肉炖豆腐都好吃，是不是？不用说粉条啦豆腐啦，就是土豆也很好吃，不是吗？每人写一份检查。另外，你们两个人每人把今天的课文抄写四十五遍。他说。

一只鸡站在教室的门口向里面探头探脑地张望。颜如玉跺了一下脚，那只鸡便急忙跑了，声音咯咯咯地叫了一路。

打开书，翻到第十三页，先跟我念。他说。

暑假里的一天，我们很早就起来了。这一天东风浩荡，阳光灿烂，天空万里无云。老师带领我们去参观向阳大队的养猪场和科学实验田。一路上，红旗招展，歌声嘹亮。我们在老师的带领下，意气风发，斗志昂扬地来到了向阳大队的梯田下面。

……

外面下起了雨，雷声像圆木一样在天上滚来滚去。树叶开始发潮，雨使山的颜色更加苍老，山梁上的草跺似一些零星的房屋。许多的人都从雨中消失了，雨季里白茫茫、空荡荡的，石头上贴着泥。雷声过后，排水的人多了起来。

颜如玉念了一遍课文以后，便没有心思再念。雨水的声音使他有些心烦意乱，牙根发冷。他吩咐学生们自己看。之后，他点了一支烟，站在窗户前看外面的雨。

雨水从一些地方发出一种哇哇的声音，听起来像是婴儿要吃奶时的哭声。雨水还浇在一只生锈的铁钟上面，把钟洗成了一种褐红色。颜如玉的视线里飘满了潮湿的干草和麦秸。

牧人赶着羊群出现了。

蟋蟀在远处断断续续地叫着，喘着气。

二十二

放学以后，颜如玉等学生们全部走完以后，他穿过学校前面的土坪，走进一条山沟里。

他砍了一捆柴。

他听见有人杀了一条狗。

早上做饭的时候，他就发现柴火不多了，剩下的几根也都被雨淋湿了，从此以后，他就一直怀着这样一种湿漉漉的心情。山沟里的景色很宁静，上面浮动着一些雪白的云彩。土上有牲畜的蹄印，他看到这些印迹后，就感到这里曾经出现过某种事情。

柴火捆好了。

在他抬起头的时候，他发现头顶上面的崖畔上有一张脸。

那是一张十分破烂的脸，有如年久失修的洋瓷脸盆，它像一张肖像照片一样，镶嵌在崖畔上，四周是棕黄色的土层，雪白的芨芨草凌空而生。

颜如玉站在下面久久地望着那张支离破碎的脸，他感到这张脸十分面熟。他想起许多人的脸都与眼前的这张脸十分相似，他的一个远方亲戚、皮匠、中心学校校长、铁匠、放羊人、会计、学生家长、原野上赶路的人……

山沟里有很大的回音，这是他事先没有料到的。他咳嗽了一声，不久之后，在一个很远的地方就响起了同样的一声咳嗽。他仰望着那张脸，听见风声从耳边呼呼地刮过。

其实，那时候山沟里连一点风也没有，他听到只是远处的铃铛声。清脆的声音里出现了一些栩栩如生的农具。原野上的烽火台很多，一座连着一座。他背起那捆柴火，走在一种在他看来是索然无味的景色里。他感到自己的耳朵很亮，像一面小镜子一样闪闪发亮，鼻子从眉毛下面一直延伸下去，像一道空旷的橙色山岗。

颜如玉背着那捆柴火走出那条山沟以后，他看到了那天的最后一个印象。他看见了一队羊群远去后的背景，一辆木轮的牛车坏在一片庄稼地的旁边，车轮下是一只草帽和一双鞋。那时候，天空如暮色的鼓，一种吱吱扭扭的声音在原野上反复地回响着。

颜如玉感到自己的脸上出现了一种热情洋溢般的东西。他背着一捆柴火出现在熟悉的山梁上时，他看到一个十分熟悉的人正坐在一棵杏树下剃头，旁边的一道土墙上挂满了各种形状的农具。

那个剃头的人与农具一起构成了那天的一种画面。

夜里，颜如玉回到家里后，在他的笔记本上写了这样一句话：

有一张熟悉的脸，像照片一样挂在崖畔上，不知道是谁。

二十三

某年的春天，有人在山上发现了一张犁，两个瓷碗。

原载于《中外文学》一九八九年第六期

编后记

除了另外三部长篇小说以及部分短篇小说由于版权等原因未能收入外，这次编辑出版的作品系列囊括了我目前面世的全部作品，共计有长篇小说六部、中篇小说四十四部、短篇小说三十七部。在各册的编排上，力求和谐。不过，因篇幅字数的差异，有时又确难做到内容与风格上的高度一致甚至相近，如此，同一册之中，有时会有完全不同面目的作品并存。阅读一本风格内容相近的书犹如在一个熟悉宁静的地方漫步，反之，则如同在同一座山上浏览四季；对于阅读者来说，很难说哪一种方式更好。也许，这中间并不存在可比性。此外，部分篇章中偶有另造之词句，我视之为自己之词句，更视之为一个写作者对于语言、对于表达所做之努力或曰贡献。我不喜并厌恶被无数人咀嚼过无数遍的词句及语言，故在与各册编辑商榷后，使它们得以保留。保留它们，也意味着保留了我之所思所想，更是一次与它们生离死别之苦痛的避免。

这套作品系列，贯穿了我迄今为止的写作生涯，从最早到最近。

感谢此系列最早的策划者续小强、孟绍勇二位青年才俊，感谢北岳文艺出版社，感谢北岳文艺出版社众位编辑朋友在此系列的编辑、校阅、出版过程中付出的大量艰辛的劳动和努力，她们认真、求真、严谨细致的工作作风和编辑精神给我留下了深刻难忘的印象，也使我深为感动。

吕　新

二〇一七年十月二十四日